胡濬源诗集

（清）胡濬源 著

校注：胡元龙 谢寿全
审校：熊盛元 黄 莽

郑州大学出版社

图书在版编目（CIP）数据

胡濬源诗集 /（清）胡濬源著；胡元龙校注. -- 郑州：郑州大学出版社，2021.5

ISBN 978-7-5645-7858-9

Ⅰ. ①胡… Ⅱ. ①胡… Ⅲ. ①古典诗歌－诗集－中国－清代 Ⅳ. ① I222.749

中国版本图书馆 CIP 数据核字 (2021) 第 085277 号

胡濬源诗集

HU JUNYUAN SHIJI

策划编辑	呼玲玲	封面设计	黄　莽
责任编辑	徐　栩	版式设计	黄　莽
责任校对	呼玲玲	责任监制	凌　青　李瑞卿

出版发行	郑州大学出版社有限公司	地　　址	郑州市大学路 40 号（450052）
出 版 人	孙保营	网　　址	http://www.zzup.cn
经　　销	全国新华书店	发行电话	0371-66966070
印　　刷	明玺印务（廊坊）有限公司		
开　　本	710 mm×1010 mm 1/16		
印　　张	30	字　　数	384 千字
版　　次	2021 年 5 月第 1 版	印　　次	2021 年 5 月第 1 次印刷

书　　号	ISBN 978-7-5645-7858-9	定　　价	100.00 元

说　明

本书为清·胡濬源著作，在整理原作上为便于当代阅读习惯以及统一性、美观上考虑，特作如下说明：

一、原注释在诗句旁边为小字说明，并没有“注释”二字，为本次出版所加。

二、原作刻本书均无括号，此次出版皆加标点。

三、为保持原诗之意，书中极个别繁体字以及异体字不作修改。

四、凡诗题下“有记”、“序”、“并序”、“云云”皆为原书文字；凡诗题下有说明而没有“序”字样的，本次出版皆加“题记”二字。

五、全书有几首或评或读后感，皆为原书前人之为，今出版特加了一个“评”字。

六、组诗皆以空一行距而区分。

七、校注者为生僻字所加的注解置于诗末尾，标注为“注”。

尚友集自叙

詩書論世尚友古人古人夐矣友之者不幾與古爲徒嘐嘐然自命聖門狂者列乎白樂天云不薄今人愛古人薄今愛古僕則豈敢雖然年衰老矣疇昔交游强半已成古其存者落落如晨星既難相見聚首鄉陬僻處又時事罕聞朝夕家庭兄弟壎篪清談無幾子姪唯唯聞命亦少趣予則閑居無事之餘不得不與古人相晤對而或愜於心者贈若答或得其間有是有非或疑諸義可辨可析如是類多有遂不

原书影印件 1

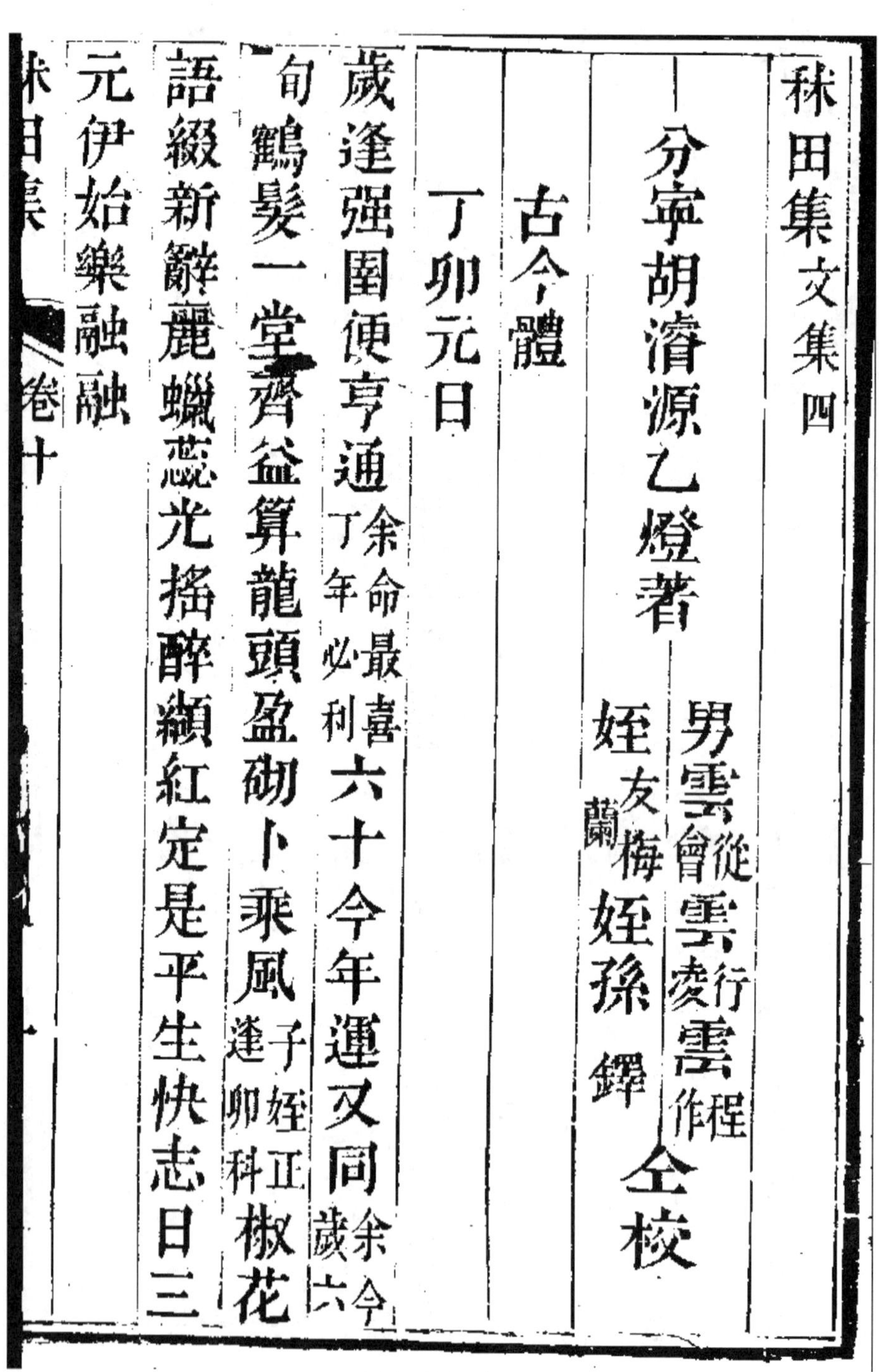
秫田集文集四

分寧胡濬源乙燈著

男雲從 雲行 雲程 曾雲夌 雲作

姪友梅 友蘭 姪孫鐸 仝校

古今體

丁卯元日

歲逢強圉便亨通余命最喜丁年必利六十今年運又同余今歲六旬鶴髮一堂齊益算龍頭盈砌卜乘風子姪正逢卯科椒花語綴新辭麗蠟蕊光搖醉纈紅定是平生快志日三元伊始樂融融

秫田集　卷十

《胡濬源诗集》前言

《胡濬源诗集》选自清代著名学者胡濬源之《树春山房全集》，分《豫小风》《秫田集》《尚友集》三部分。计有诗歌一千零三十五首。

胡濬源（1748 ~ 1824），字甫渊，号乙灯，树春山房是其书斋名。生于乾隆十三年，卒于道光四年，享年 77 岁。祖籍江西分宁（今江西省铜鼓县带溪乡）。胡濬源于 1777 年清乾隆四十二年中举，时年三十岁。三年后赴京会试，因诗越出官韵而落第。清乾隆五十二年再度参加会试，适逢吏部大挑知县，得以中选，时年四十岁。先后在河南商水、考城、新郑等地任知县，达八年之久。

在任知县期间，胡濬源以“重道爱民”为本。判狱迅速果断，公正清廉。任新郑知县时，为减轻民众负担，发誓“宁毁家，毋累民”，竟变卖家产，以填补公事开支。百姓感之，奉为“神君”“佛爷”。离任时，民众争相上书挽留。告退还乡时，沿途设宴饯行，农商备车护送百里，上司嘉其能，以“醇儒良吏”相许。

濬源能诗善书，为官期间，日理政务，暇则潜心研读著述，丁忧三载，仍整理文卷，同僚赞叹，称其为“江右继欧阳修、黄庭坚之后又一文豪”。辞官归田后，执教黉舍二十馀年，培植后进甚众。

濬源毕生笔耕不辍，著述颇丰。有记载者共 130 卷，其中唯《楚辞新注求确》《雾海随笔》完整保存于中国国家图书馆。所撰《义宁州志稿》4 卷，亦于道光四年其逝世前夕梓版传世。

濬源之诗，上继《风》《骚》，于汉魏六朝诸家之篇什，亦颇得其神髓，对东晋陶渊明尤为耽爱，曾屡屡和陶诗之韵；于唐宋则能融太白（李白）、少陵（杜甫）、昌黎（韩愈）、香山（白居易）、昌谷（李贺）、樊川（杜牧）、玉谿（李商隐）、东坡（苏轼）、山谷（黄庭坚）等大家于一炉，并结合一己性情，个人身世，写怀抒抱，悲天悯人，从侧面反映乾嘉时代之社会风貌，以及当时知识分子内心之独特情感。

《豫小风》作于任河南知县之时。“豫”指河南，“小风”者，借《诗经》中《风》《雅》《颂》三类中之“风”，以明此集所收之诗，亦欲如儒家所说，起教育风化之效也。《诗大序》云：“风，风也，教也。风以动之，教以化之……上以风化下，下以风刺上，主文而谲谏，言之者无罪，闻之者足以戒，故曰风。”“风”而曰“小”，固是谦词，然亦有所本，盖“雅”有“大雅”“小雅”之分，《毛诗序》云：“言天下之事，形四方之风，谓之雅。雅者，正也，言王政之所由废兴也。政有大小，故有小雅焉，有大雅焉。”“风”本无大小，因仿效“雅”之分大小，故以“小风”名集也。明乎此，则知《豫小风》主要内容是反映河南之民情风俗，以及内心之深刻感受，并借此“主文而谲谏”。如《丁巳元夕观狮子戏》，不仅写出元宵舞狮之民俗，更宣扬对百姓须施仁政、讲慈悲之理念，故有“驺虞本以圣人出，菩萨原为狮子王”之句。“驺虞”，是一种仁兽，《诗经·国风·召南》中有《驺虞》诗，《毛诗故训传》曰：“驺虞，义兽也，白虎黑文，不食生物，有至信之德则应之。”濬源用此典，足见其悲悯之怀。此集中之古风《将进酒》最得太白风神，诗云：“将进酒，万事无如杯在手，式歌此语莫虚负。混沌之前谁复知，大荒之外又何有。元会寅弦有极限，含生负质能许久。昧者百年只斯须，达人顷刻成不朽。君不见王伯天人隆振古，园陵究归一抔土。麒麟凌烟亦奴隶，惧满终如畏箠楚。兔死狗烹淮阴灭，何似当年胯下侮。石崇金谷金如山，霎焉籍没荒无主。屈平词赋卒沉渊，马迁文章遭刑腐。学仙佞佛求长生，不见秦皇与梁武。神仙有谪约束严，佛法有戒修持苦。将进酒，人生五伦偶然缘，他生宁识此生怜。百岁光阴驹过隙，一朝聚散风中烟。及时欢会不尽欢，明日杖头恐无钱。樽前且进中山酿，免使碌碌百忧煎。君不见古今惟有陶彭泽，归去东篱下，醉来辞客我欲眠。”将（读 qiāng）进酒：意为“请饮酒”，乃乐府古题，属汉乐府短箫铙歌曲调。《乐府诗集》卷十六引《古今乐录》曰：“汉鼓吹铙歌十八曲，九曰《将进酒》。”太白“君不见黄河之水天上来”一首，最为驰名。濬源此诗共三十三句，前二十二句上声语麌与有韵通押，古诗每每如此；后十一句换平声先韵。诗中运典颇多，足见博雅；写出对官场之厌倦，当作于告退返乡前夕。当时因诗文贾祸者甚多，故作此诗，最后用陶渊明解印归田之典，且化用太白“我醉欲眠卿且去，明朝有意抱琴来”之句，可谓妙语天成。其所含悲慨，可与道光年间龚定庵“避席畏聞文字狱，著书都为稻粱谋”同参。《豫小风》中，佳作不可胜数，如七绝组诗《旅怀》，七律《病臂》《偿债》；五古《送别袁生归里》《古风》七首；七古《行路难》《关下阻风》《苦雨行》《侯差行》《卫大水分恤获嘉》等，恕不一一列举。

《秫田集》乃《树春山房全集》中主体部分，作于在河南任知县之时及休官之后，或写为官时之劬勤，或抒致仕后之散淡，或与朋侪唱和，或勉晚辈勤奋，或徜徉于山水，或沉浸于典籍，题材极富，性情颇真，佳作甚多。将诗集命名为《秫田》，亦能见濬源之深心高抱，盖“秫田”一辞，典出《宋书·陶潜传》：“执事者闻之，以为彭泽令。公田悉令吏种秫，妻子固请种粳，乃使二顷五十亩种秫，五十亩种粳。”秫，即高粱，可制酒。据《说文》解释：“秫，稷之黏者也。”《考工记·钟氏》则曰：“染羽以朱砂、丹秫”。贾公彦认为“丹秫”乃“谷之粘者”。盖秫有赤白二种。今北地谓高粱之粘者为秫，秫亦胡秫。陶渊明《和郭主簿》诗云：“春秫作美酒，酒熟吾自斟。”宋人刘克庄《次韵二首》其二诗云：“半生窃禄取禾廛，晚节休官失秫田。伴陆先生游甫里，同陶徵士访斜川。凤池信美其如夺，莺谷虽幽不愿迁。自笑刘墙如许短，谪仙坛未易扳缘。”濬源用此典，可见其歆慕陶渊明之退隐，希冀自己能回归自然，恬淡自乐也。《秫田集》中两首五言长律，均一百零二韵，二百零四句，一千零二十字，且两首皆用四支韵，前一首题曰《病假百有二韵》，后一首题为《六十自序叠在豫假归百有二韵》，乃叠用前首之韵。长律又称排律，格律严谨，除首尾两联外，中间每联均须对仗，非学问渊深，才情富赡者，断难措手也。无怪乎与胡濬源同时之诗家郭履平读《病假百有二韵》诗后，由衷赞叹曰：“笔大如椽，心细于发，生平之志向学问，和盘托出。其详细曲折处，苏院长（指濬源老友苏如榛）已揭其妙，管见不能窥其半豹也。”《秫田集》卷十二中有七古《烟歌》一首，咏当时流行之竹管烟，可见乾嘉年间，吸烟已成时尚。诗云：“不关饥渴等蔬果，始信人间吃烟火。汉晋品酒唐宋茶，近代烟亦品成家。酒能乱性茶损脾，樽榼椀銚行难携。如意麈尾倭折扇，仪手何如烟管便。指麾谈柄助清闲，吐气青云嘘吸间。虽然无益空有费，时尚却胜饔飧餐。”全诗共十二句，前八句每两句换韵，平仄韵交互用之：第一二句上声哿韵；第三四句平声麻韵；第五六句平声齐韵，“携”读xī；第七八句去声霰韵。最后四句又转平声删韵。开头两句与结尾两句点明题旨，白居易所谓“首章标其目，卒章显其志”是也。胡濬源亦嗜烟成癖，但能知其无益且破费，足见颇具卓识。《秫田集》中，佳作夥颐，读者涵泳其中，自可探骊得珠，故亦不再举例也。

《尚友集》收在《树春山房全集》第五集中，保存最为完整。集前有序，写于嘉庆十六年腊月二十八日。嘉庆十六年，按公历推算，是公元1811年，因是夏历腊月廿八，则公历当为1812年矣，濬源时年六十六岁。“尚友”一词，语出《孟子·万章下》：“一乡之善士，斯友一乡之善士；一国之善士，斯友一国之善士；天下之善士，斯友天下之善士。以友天下之善士为未足，又尚论古之人。颂（通“诵”）其诗，读其书，不知其人可乎？是以论其世也。是尚友也。”“尚”通“上”，“尚友”者，上与古人交友也。据濬源此集《自叙》云：“闲居无事之馀，不得不与古人相晤对。而或惬于心，若赠若答；或得其间，有是有非；或疑诸义，可辨可析。如是类多有，遂不啻与古人友也。”此集分六卷，第一二卷以和陶为主，三四五卷则大抵为读史志感，第六卷属杂论诗，平生之学养襟怀，均自然流露，就思想境界与艺术成就而言，已浑融一体，可谓炉火纯青矣。兹举其“和陶”之作，略作分析。卷一《效东坡和陶归园田韵》其六诗云：“畴曩少壮时，竞逐红尘陌。兹久归园田，聊用适其适。餐不计来朝，饮且拚今夕。三年未入城，四时如农隙。事庸代人忙，心肯为物役？祗耽麴蘖功，遑羡盐梅绩？味馋陶公馀，身后名何益？”

按：陶渊明《归园田居》，今存所有版本，皆只存五首。苏东坡谪居惠州时，曾和此诗，题曰《和陶归园田居六首并引》，其小引云："三月四日，游白水山佛迹岩，沐浴于汤泉，晞髪于悬瀑之下，浩歌而归，肩舆却行。以与客言，不觉至水北荔支浦上。晚日葱昽，竹阴萧然，时荔子累累如芡实矣。有父老年八十五，指以告余曰：'及是可食，公能携酒来游乎？'意欣然许之。归卧既觉，闻儿子过诵渊明《归园田居》诗六首，乃悉次其韵。始，余在广陵和渊明《饮酒二十首》，今复为此，要当尽和其诗乃已耳。今书以寄妙总大士参寥子。"观小引中"归卧既觉，闻儿子过（过，指东坡之子苏过）诵渊明《归园田居》诗六首，乃悉次其韵"，可知，东坡所見陶渊明《归园田居》，当有六首。濬源所见陶诗，当亦仅五首，故诗题特别注明"效东坡"也。兹引东坡第六首如下："昔我在广陵，怅望柴桑陌。长吟饮酒诗，颇获一笑适。当时已放浪，朝坐夕不夕。矧今长闲人，一劫展过隙。江山互隐见，出没为我役。斜川追渊明，东皋友王绩。诗成竟何为，六博本无益。"濬源此诗，径步东坡原韵，苏、胡二公，诗风皆神似渊明，又将自家经历与平生襟抱，融入其中，允称佳作。再看《饮酒》其五，陶渊明诗曰："结庐在人境，而无车马喧。问君何能尔，心远地自偏。采菊东篱下，悠然见南山。山气日夕佳，飞鸟相与还。此中有真意，欲辨已忘言。"东坡和诗云："小舟真一叶，下有暗浪喧。夜棹醉中发，不知枕几偏。天明问前路，已度千重山。嗟我亦何为，此道常往还。未来宁早计，既往复何言。"濬源则和曰："王桓乱典午，南北又蜂喧。人境有陶公，乃非巢许偏。譬如大浸旱，神人邈姑山。吟哦乐独善，心与古往还。斯人亦无与，终无河汉言。"试加比较，陶公之纯任自然，天机独运；坡翁之沉浮宦海，忧馋畏讥；濬源之情寄邈姑，心追巢许，俱自抒衷曲，真切感人。昔元好问《继愚轩和党承旨雪诗》诗云："君看陶集中，饮酒与归田。此翁岂作诗，直写胸中天。"实则苏、胡二公皆如此，岂仅陶翁也哉？

本书整理者胡元龙和谢寿全先生，系胡濬源祖籍江西省铜鼓县带溪人。前者为医学博士，外科专家：后者乃师承前者之父的名老中医师；然这两师兄弟均幼承家学，经史子集，皆有所涉猎，且对古典文学饶有兴趣。为传承祖国文化，也为纪念家乡先人。近日检出家藏《树春山房全集》刻本，发愿整理出版，并嘱余校对撰序。我对胡濬源先辈，素乏专研，近日始读其《楚辞新注求确》，觉妙谛纷呈，胜义迭出，惊其博雅且具卓见，以为此书可与王夫之《楚辞通释》、蒋骥《山带阁注楚辞》、戴震《屈原赋注》后先媲美。又毕读《豫小风》《秫田集》《尚友集》中诗作，虽逊于"乾隆三大家"袁枚、赵翼、蒋士铨之个性鲜明，然亦别具一格，故对胡濬源简介如上。谬误之处，在所难免，还请方家不吝指正，是所幸焉。

熊盛元

2020年11月8日于沪上

熊盛元：字复初，号晦窗，网名梅云，1948年元宵生于南昌，江西丰城泉港槎市（解放后属樟树市）人，江西社科院文学所副所长、研究员，江西诗词学会副会长、江右诗社社长，师从毗陵吕小薇先生学诗古文辞，著有《海岳风华集》《晦窗吟稿》《晦窗诗话》《胡先骕诗文集》《二十世纪诗词文献汇编》（民国词卷）等。

《胡濬源诗集》序
——重道爱民　沉博淡竑

胡公濬源，字甫渊，号禹觧，清之富学者也，论撰甚丰，祖居江西分宁。公少则歧嶷而好诗文，秉赋不凡，为父皜亭所重。幼学乃熟诵诸经，十二以应童试。弱冠补弟子员，至而立而中举焉。史记有言“闭户下帷，沉浸经史。文宗蒋时菴器重之”，足见其昼乾夕惕、博学笃志之状也。乾隆五十二年，公擢为县令，知商水、考城、新郑各邑八岁有余，日理政务，夜即走笔千言，发心内之感慨，行旅多与绅僚钓游赠答。主政之年，公重道爱民，清正廉洁，且决狱果速，几至无讼，卸事攀辕歌送者百里云云。尝誓云“宁毁家，毋累民”，竟鬻私产过半以补公事及军务之用。

公之为官，尤能急定猝患也。史述“‘驿有京兵入民家，合邑汹汹，立安抚之’，庶感其恩，合锦额颂之‘仁明夫子’。”州府亦嘉其能，赞曰醇儒良吏也。余日复攻书画，常至于忘我之境，行草隶篆皆臻妙，又妙悟米芾东坡水墨，旁通青襄。公之角巾东路，时年五十。而后居乡善俗，理族纷，订家乘，葺祠墓，课后学，舍树春山房，门下造就者众，里旅获益匪浅，广为称誉。林下二十余载间，公多业于山长与立言。今将付梓者乃其遗著《树春山房全集》残册，分《豫小风》《秋田集》《尚友集》三部，诗歌凡一千又三十五首，皆其胄绪所辑焉。

通览公之所作，既具《诗经》《离骚》之雅质，述耳所闻、目所见、身所遭、心所感、口所号者，多为六载风尘仕途中激发乎豫际也；又著汉魏六朝诸家之闲素，所惬之趣，多得之渊明；所发之兴，多生之酒后，飘飘然一村鄙之散人。且融会以唐宋名流之风骨，自成一家之格范，斯可谓上也矣。清之诗人与诗作，远逾历代皇朝，是众所知焉。胡公之诗词，较瓯北、梅村、阮亭、查田、定庵、拙吾、楞伽山人等，虽有所逊，或短于音律，或欠于辞采，然亦可见其所长也。其赋诗作词，取之于时事，因寄所托，语畅晓而意深达，简淡而不浅近，富理而不迎俗，既尚词理又崇意兴，斯其一长也。弱者涵之，以至于刚；虚者养之，以至于充；不涉理路，不落言筌者，斯其二长也。其诗入门正，持情性，立志高，尚友存今，不乏气势，亦备气象，笃意真古，辞兴婉惬，厥旨渊放，归趣难求，斯其三长也。子曰：“古之学者为己，今之学者为人。”为诗者，首在悦于己，而非悦于人。悦于己者，必无功名之想，故能成其大，行之久；悦于人者，则与之相反。嗟乎，以兹观之，胡公之诗，颇得古仁人之心，清诗囿一丽葩者也。

“江山代有才人出，各领风骚数百年。”静观中华诗词之河，亘古长流而不止息，后浪之推乎前浪，乃今尤盛矣。诗界之英杰豪僑必应运以生，脱颖而出，世间亦当有倍贤者为此书谨献雅言或拾珠补遗也。斯编纂者之初衷，且为序者之幸焉。是以如约而属之文。

至若吟集、生平之概略，公之自序与熊老之论已丰，此不繁云。

黄　莽

庚子殷正于北京

黄莽：号清风居士，山水悟道，又号诗道，字泓子，曾用笔名龙儿，崇尚“佛心道为”，涉猎广泛，著书立说，诗词歌赋皆有所长。发表有《一天学会格律诗》《诗词音律由来对应表》《诗词与书画的合体之美》《诗词中的音律之美》《诗人是贵族》《佛心道为》《道德赋》等，迄今已主编策划了五百余种图书，作序题跋多篇；著有《山水悟道诗词选集》《诗韵乾坤》《佛心道为：山水悟道诗词鉴赏》等，创作歌曲《梦里长安》《书圣王羲之》《霍去病》《福地灵山》等多首诗词歌曲和专辑。原中国诗词协会会长，现任中诗协法人兼主席，“国学频道”电视台外联部副主任，中国管理科学研究院商学院客座教授、科技强国智库成员等。

胡濬源诗集·豫小风

卷　一

卷　二

卷 三

卷 四

卷　五

卷　六

胡濬源诗集·秋田集

卷　一

卷　二

卷　三

卷　四

卷 五

卷 六

卷　七

卷　八

卷　九

卷　十

卷十一

卷十二

卷十三

卷十四

卷十五

卷十六

卷十七

卷十八

胡濬源诗集·尚友集

卷　一

卷　二

卷　三

卷　四

卷　五

卷　六

胡濬源诗集·豫小风

《豫小风》自叙

豫小风者，乙灯子复宦于豫之所作也。复宦豫曷以风？其天乎，为翏翏、为调调、为刁刁，而小和大和，众窍虚乎；其人乎，为渊渊、为沨沨、为泱泱，抑其细已甚，自郐以下乎？夫既不必奉揚草偃，又不尽吟弄月明，虽莼鲈兴起，两袖空飘，亦自审难语于穆，如肆好足当輶轩采也。乃六载风尘仕途中，惟豫风气日下，而已在下风，耳所闻、目所见、身所遭、心所感、口所号者，大率激发此间居多，日积久，遂不啻虚管之噫气，值冬益鸣，则亦莫之觉耳。顾风何云小？《三百篇》，《雅》有小弁、小旻、小宛、小明之什，而后世小山、小酉，往往名书，岂谓是与？曰否。詹詹者其言也，一吷者其声也。彼稗官之有说，苟其信焉，固不必果能揚扢大雅之音也。盖秪尚信也，故曰《豫小风》。

时嘉庆三年十月朔日乙灯主人自题

胡濬源诗集 · 豫小风

分宁胡濬源乙灯著

男　云从 / 云会 / 云行 / 云龙 / 云程 / 云作
侄　友梅 / 友兰　　侄孙　铎　仝校

古今体

卷　一

赠张库使小方壶

髯张先生髯如戟，胸若海涵富储积。
文章手修五凤楼，金石声出半亩宅。
壮年挟策游京华，矢愿蓬瀛窥东壁。
几回氍毹气不衰，高门悬薄都绝迹。
幸逢分符走大梁，风尘与我同于役。
七番委土试牛刀，一？？索均马力。
天水纠纷谐谑解，蜃楼变幻顷刻闹。
？？到处荷帡幪，狱讼希时安袵席。
琴堂正好坐优游，县衙偏厌撄繁剧。
本来骥足不受羁，乃谓鸡肋无足惜。
番然改官懒趋尹，遂取出内守藏职。
今年五十不买田，祇效平泉蓄木石。
官廨之旁地有余，遽营别墅勤修饬。
中庭清幽极轩豁，明牕棐几供书奕。
前苑假山杂海榴，往往奇葩攒石隙。
后苑盆花亦可爱，数株磥砢梅与柏。
西偏小轩近竹篱，形同磬折兼曲尺。
座中生白开四照，座外罗置成三益。
最后东北少人到，室名退步重垣隔。
官闲事简醉豪吟，游目可当东山屐。
有人题曰小方壶，髯张自记拙且癖。

我谓髯张拙何心，此间暂假六月息。
大智若愚巧若拙，以退为进纡为直。
壶中天地信常宽，蜗角经营未为窄。
大才宁必出世高，湫隘嚣尘且不易。
我今乌鹊三匝飞，尚少鷦鹩一枝择。
作诗贺成等燕雀，愿得相依永朝夕。

注

至卷一末共有 30 个“？”，均为原稿缺失字。

张又邨邀饮客有未与者寄诗嘲让因即其以戏之

酌尽鸬鹚三百杯，主情豪宕客怀开。
座中正喜？？集，莫笑飞蚊一晌来。

号呶既醉杯盘残，绛树双歌侑尽欢。
解语未应？？胜，小南雄发且同看①。

注释

① 茉莉正开，歌童竟采。

查夜

未试烹鲜急在公，分巡先比贼曹充。
干干夕惕厉无咎，肃肃宵征命不同。
五百毋呵夜作者，梦魂都愧昼佣翁。
但求下下书能免，安枕谁云是尔功。

漏下三更复四更，驱车走遍汴京城。
风寒露冷衣裘怯，月落星微灯火明。
几个依依行马影，万家寂寂吠尨声。
为怜今日重阳夜，莫把茱萸醉梦惊。

纷纷奉令察探九，偃仰不遑夜欲阑。
炬影朦胧呵大尹，车声仓猝诘同官①。
将军固可无今故，执政何如酌猛宽。
多少此时居事外，黄紬被里睡偏安。

注释

① 时太守及同寅各出巡查，仆役猝遇不辨，往往误行吆叱。

月夜

月明如昼漏迟迟，宾雁初惊物候知。
万里乡心难觅梦，三秋夜色好寻诗。
寒光满地疑临水，暗影当车？碍绥。
赢得清幽偿尽瘁，浃旬长此可忘疲。

雨夜

街衢墨暗雨初零，冒雨周巡不蹔宁。
道有道乎风撼撼，秋为愁也夜冥冥。
自嗤臧氏圣人誉，欲吊夷门公子型①。
今夕同寮归去早，遥看灯火一星星。

注释

① 时委查宋门。

题东樵点易图小照

耄年好易手频披，得意忘言兀坐时。
万象俱融神亦寂，松风蕉雨与天随。

不数芭元谶纬余，游心常在易之初。
当年禹贡求无凿，早括河图与洛书①。

注释

① 东樵先生著有禹贡图解。

卦何以配图，畴曷由衍书。
苟非融理数，未免滞精麤。
行水行无事，可以疏禹敷。
观易彻太极，乃至文字无。
拈毫默不语，冥心契元枢。
典型遣道貌，望而知真儒。

乞花

题记：或以是题征诗，不知其所指。读昌黎《嘲少年》有“都将命乞花”句，又杨疑式三草书有乞花帖，因即所感赋之。

常嗤天女惜繁英，散向维摩枉用情。
盍念刘郎今又至，风流未减少年生。

我爱由来异世人，朝昏拜祷司花神。
枯荑倘许繁？著，不仅河阳一县春。

挝翻羯鼓响阗阗，未得东君一可怜。
恼发心中？？界，何时不是卖花天。

何时不是卖花天，又怕昌黎笑少年。
书尽杨君三草帖，腰缠终怯半囊钱。

题杜鲁亭鹅庄洗砚图次元韵

猛觉虚名泡影浮，顿怀汗漫逍遥游。
珠江桂水曾移棹，望狱迎风又倚楼①。
壮志未灰偏落落，职思羞感便休休。
故园漫兴临池后，胜咏敲针作钓钩。

绘出幽情寄晤歌，个中风景正如何。
桥侵浅水牵菱芡，树幂孤亭倚薜萝。
吟罢凭栏霜叶落，书残洗研墨龙过。
司勳才气齐工部，莫笑图成鶂鶂鹅。

注释

① 鲁亭向游两粤，今客潭怀。

张鹿园乞作墨龙扇强应之不佳又索诗因戏以答

黑云翻墨东坡云，我复翻墨作黑云。
云中飞龙露头角，巨口呀豁瓜拏攫。
蜿蜒变化有屈神，纸墨不如？穷神。
正如宦途偶淹滞，面止枯涩蒙风尘。

画虎画骨蛇画足，世上谁解画龙真。
鹿园先生何爱奇，再乞于此兼索诗。
诗成画恶诗更恶，且莫唱噱乙灯痴。
比？冱寒箑不用，好向袖里藏蛟螭。

次韵杜履桥太守落叶四首

千章林莽映麾幢，合助骚坛筑受降。
雅赋秋声来月夜，新诗枫叶落吴江。
疏帘过影羌疑蝶，曲径行踨乍警尨。
瑟瑟梧桐金井畔，飘扬撩乱读书窗。

唱酬风发未相降，拟领奚囊渡短杠。
山似鬓毛惊渐秃，树如丫角露成双。
偶经新雨填芳谷，瞥见斜阳透纸窗。
赋就悲秋推老杜，非关岁晚卧沧江。

老干经霜若屈降，朝看绛叶坠华幢。
迟迟著地风初定，片片浮空影几双。
孤鹜乍同飞夕照，扁舟还擬泛秋江。
此时极目将何似，二月花红散绿窗。

坐久黄昏意未降，数株乔荫隔芸窗。
耳边阵阵蕉翻雨，门外萧萧浪滚江。
杂向虫蛩声戚戚，惊飞鸟鹊绕双双。
就中正有参天树，独把寒冬一力扛。

次杜履桥太守祈雪原韵

大尹忧民念最深，隆冬未暇浪登临。
祇因麦穗？？稔，欲与梅花订踏寻。
白战且先严寸铁，清操宁？？销金。
料知杜母随车泽，顷刻如公白雪音。

题杜履桥太守小照

状公耽学如左癖，万卷牙籤手不释。
状公苦吟绍拾遗，日赋千篇意未疲。
状公利泽遍比户，覃怀今再讴召父。
状公曩年粤西东，宪府犹传侍御风。
状公异日勲名崇，断事仍应并房公。
画师添毫难尽作，乃状清献一琴鹤。
绿天满杈朝阳桐，又状茂叔半亩之芙蓉。
奚僮捧茗晋清水，石槛斜倚方塘中。
图成叩公图中义，浩如太虚无必意。
几番盘错蹶复兴，即是清闲即惕厉。
拈毫抚卷何所思，千古名贤皆此志。
豁然起舞解公旨，公深如海测以指。
敢谓窥公我最先，作诗聊等为公负弩矢。

评

捧读大作，清新俊逸，飘然不羣，驾宋人而过之，匹唐贤而不让。查夜诗尤为精诣，譬如宫怨一联遂作唐风压卷。癸丑月在孟冬望后二日　　静轩钱适　拜跋

题蛱蝶图

谁与滕王妙技优，艳阳芳草最风流。
须知栩栩南华叟，莫认翩翩笑魏收。

次钱大静轩雪用东坡聚星堂韵即效东坡体和之

几日朔风卷败叶，满城官吏殷祈雪。
昨夜围炉起栗寒，启门乍见景清绝。
寒光侵户夺灯光，坚冰在须刚欲折。
朝来走马贺瑞花，经过曲巷行踪灭。
此间可有高卧贤，谁为扫门如擿掣。
逡巡驴背指直僵，反裘蒙袂生醉缬。
归时烹茶当羊羔，停瓯立冻成琐屑。
呼童阶前塑素猊，凛凛逼人惊一瞥①。
乘兴欲往吹台游，我仆痡矣未应说。
赖君遗我白雪篇，顿觉阳春生砚铁。

注释

① 僮仆塑雪为狮。

次张大梅谷雪后游吹台韵

雪霁游吹台，吹台寒气逼。
东南决皆空，西北城阛域。
人如玉山行，光辉映颜色。
巍巍古王象，岣嵝字难识。
自非鹤鹭姿，山僧莫浪测。
梅谷清白哉，吾其宁守黑。

车中阅交代册

锱铢勺钥未分明，撩动无端代谢情。
堕落风尘？？吏，纠缠钱谷结愁城。
陈平且漫嗤周勃，灵鞠犹？？顾荣。
一卷驰驱手不释，道人疑是读书生。

大风道上

而今不哂枝头干，自顾如猴强沐冠。
官是雄鸡牺可惮，吏为公狗酒常酸。
痌瘝那解斯民瘼，奔走偏云尔位安。
莫怪阳和弗我与，恶风卷雾益春寒。

物色

丰城宝气斗牛高，不过张雷物色豪。
莫谓延津能变后，世间操割尽铅刀。

望京楼仙①

望京宁是古新台，贵嫔荧娸亦丽哉②。
独怪百年瓴甓在，仙娥借此作天台。

琼楼甲帐足栖迟，偏向尘寰争立锥。
官廨自非崔少府，飞琼不必使人知③。

野禅外道匪同条，应其风流百媚娇。
紫府侍香如解意，胡麻一晌饱文箫。

注释

① 实狐也以能归真悟道，故仙之闻女仙最多。

② 相传前明璐王妃建。

③ 闻仙复夺居府，内宅自称七八姑娘。

郡邸独坐

旅次孤羁若絷囚，衣冠桎梏不胜愁。
心神有九？？魅，官虱生三附髑髅。
病渴欲狂浇绿蚁，贪馋刚？？新牛①。
终朝寂坐无聊赖，起眺疏妆两？楼。

日日推寻生旺囚，总因烦恼益新愁。
吓人饥虎群投肉，附蚁膻羊只剩髅。
自笑择居同豕虱，何劳争地斗蜗牛。
狂飚掀户疑来客，谁与谈心一倚楼。

注释

① 时祭武庙颁胙牛。

作山水扇

近山鳞鳞低以稠，古木葱茏枝相樛。
结茅架广伊谁屋，陂陀蹻磝石径修。
断岸短杠有人渡，浮屠突兀孤崖头。

下临无地瞰窅窌，不见渔子见虚舟。
远山嵂崒千寻壁，山麓翠微岚气浮。
两峰庨豁露虚牝，冰帘天半落龙湫。
中间烟雾幂江水，块圠一气没汀洲。
更远五峰势缥缈，上插青冥云摎流。
写于素扇不盈尺，千岩万壑一握收。
世界洞天计多少，江湖清旷山林幽。
少小天机颇清妙，得间欲与摩诘游。
迩来三斗尘满面，此艺久弃如夏裘①。
忙中偶一涉闲趣，性之所惬手弗犹。
缘心生境境生心，何日买山赋三？。
？朝乍触苏门啸②，自嘲不解移文羞。

注释

①时五月盛夏。

② 适至卫郡望苏门。

次赵上舍为作芝兰扇

原因骚客宜为佩，偶到幽斋可论交。
菌蠢灵芝看？茁，秋风未老莫轻抛。

客馆次韵赵广文仙人掌花

我来事鞅掌，何心摛藻葩。
客馆正岑寂，秋芳任茁芽。
无端忽勾引，撩动逸情赊。
久雨侵苔砌，浓青透漫纱。

就中有斤卉，突兀形槎枒。
天工舒妙手，微笑却拈花。
不似金茎盘，承露费穷奢。
不似巨灵迹，荒诡徒吁嗟。
挺挺弗专握，万类息嚣哗。
朝醮以余酒，暮沥以余茶。
大道视诸斯，瞭若无欹斜。
郑虔应得解，相味匪豪华。

胡濬源诗集 · 豫小风

分宁胡濬源乙灯著

男　云从 / 云会 / 云行 / 云龙 / 云程 / 云作
侄　友梅 / 友兰　　侄孙　铎　仝校

古今体

卷　二

卫大水分恤获嘉柬主人朱大凝台寅丈

甲寅夏六月，庚辰卫大水。
谁占涂阖血，骤覩涉波豕。
连朝注翻盆，三版存危垒。
洪泉十邑民，七邑呼庚癸。
皇华持节过①，怵目惊濡轨。
疏上告天灾②，诏下拯赤子。
大寮职勤劳③，小吏急奔驶。
分驰行补助，爰有葵邱宰。
奉令不俟车，道在水中沚。
骎骎复揭厉，茫茫迷涯涘。
三日始抵郡，一望廛园洗。
陆地尽行舟，城垣半倾圮。
甓砾填闉阇，泥痕至女雉。
比闻怀大浸，田庐未尽毁。
又闻漳邺溢，西渠犹可恃④。
岂同此狂澜，汇若中流砥。
下地泛成潴，高阜曾有几。
梁黍荡无留，安问漆桐梓。
仓皇问方伯⑤，方伯曰无已。
新乐塈甯城，遄哉实尔使。
靡监不遑居，逡巡惟唯唯。
舍车乃问津，途穷舟可舣⑥。
开帆天上坐，恍惚江乡里。
沙汀僵柽柳，枝梢涴泥滓。
马牛间漂骼，历历足汗泚。

薄暮过新乡，太守时在彼[7]。
谓予专往甯，甯令洵才美。
社仓守家风，发粟困堪指。
况今官便民，散缗代粟米。
昏夜载迈征，舍舟又乘樏[8]。
马瘏仆夫痡，漏阑羑至止。
厥明晤主人，相接殷倒屣。
才知东道贤，夙颂南山杞。
驺虞应茁葭，鸾凤暂栖枳。
众母切慈祥，远猷根经史。
荒政十二书，从容计终始。
户口稽版图，井井有条理。
轻重别少长，不烦参议拟。
设场召困氓，后远先城市。
襁负扶杖人，黄发杂幼齿。
环来如堵墙，戢戢若附蚁。
得惠感均平，不忧翻成喜。
中有龙钟叟，呼前问颠委。
欲言还呜咽，言之恐官骇。
自称年七旬，未曾阅如此。
河决非吾忧，济沁囊泲泲。
云胡变非常，作祟冯夷鬼。
白昼雪山崩，万物尽披靡。
岸如鼋乱攻，窗如蛟竟徙。
迅如海潮催，暴如飓风起。
陡如倒吕梁，漫如塞彭蠡。
硠磕震天裂，波涛撼闾里。
霹雳卷地来，庭阶跃鳣鲔。

升屋号救人，哀声彻远迩。
存者方幸恩，没者知谁是。
回思余怖悸，追述难形似。
今年麦秋旱，蝗蝻费搜毁。
赖得尧天仁，借种及秬秠。
甘霖继优渥，有秋望亿秭。
不图福难贪，猝觏斯大否。
吾侪亦谁尤，偷惰习窳呰。
反辱官长劳，圣泽沦肌髓。
妇子蠢以愚，皞皞昧兹旨。
言讫再叩头，感激再泣涕。
平邱陈明庭，素歌民众只。
仇香有苗裔，作牧莅溱洧[9]。
同时与斯役，佥曰言非诡。
呜呼彼蚩蚩，尚知自引辠。
矧我肉食流，可不公慎矣。
民艰必俯矜，帝德宜仰体。
痌瘝苟有心，饥溺须犹已。
陈君东北偏，我巡西南鄙[10]。
遍行洿淖乡，敢择坦道履。
日日见穷檐，村村都败垝。
苇薄当帡幪，沮洳贴床笫[11]。
其留与播迁，昏垫弗胜纪[12]。
俨然中泽鸿，噫嘻亦甚矣。
纵或有宿粮，一日二日耳。
三日歠饘粥，四日舐糠粃。
五日六日来，看看将坐馁。
既胥匡以生，何堪饥而死。

西南四十村，相较颇倍蓰。
稷菽薄足收，饔飧略足倚。
陨获穷措大，攀辕乞噂尔。
群将涸燥区，谬引卑湿比。
官长嗔偈辱，洪沢非佳士。
虽则非佳士，原情良有以。
肉食厌肥甘，膳宰供刀上。
爽垲立轩楹，重茵铺席几。
且嫌居不安，且为恶食耻。
忍令阨黎元，任吾暇豫视。
葵邱宰乙灯，作诗告岂弟。
愿言竭心力，尚毋惜资贿。
求刍牧牛羊，出柙虞虎兕。
方今上下和，宁虑狼疐尾。
漏瓮沃焦釜，亟则岂容俟。
一夫不获所，天威临尺咫。
济本同舟切，治殊代庖儗。
诗成进主人，主人试揆揣。
莫嗤言冗长，买驴书三纸。

注释

①值松大司农奉使过卫。

②司农先以灾奏。

③抚军方伯皆至卫亲察灾黎。

④时漳怀皆水。

⑤方伯犹在卫。

⑥陆路皆水乃以船行。

⑦郡太守朱恤灾在新乡。

⑧水路又不能达。

⑨时封邱陈濬园郑州仇公皆在获邑。

⑩与濬园分恤各乡里。

⑪房屋都颓，民有张席以居者。

⑫县仅若干村不成灾，而诸生仍欲以灾告。

旧城

生花才尽雅风消①，阅世于今又几朝。
下邑惯栖枳棘鳳②，好音空集泮林鸮。
治同酒品宜称圣，习似军行各执刁。
安得悉如慈母意，不劳余念别淳浇。

注释

① 江淹考城人。

②仇香亦考城人。

次韵方大韵亭兄旅邸中秋

几日奔驰恤水乡①，还辕不觉易炎凉②。
倏惊月屈秋方半，犹忆风檐夜未央③。
俗务渐纷清兴少④，家书初到客愁长⑤。
此时旅况同萧索，那得豪生万丈光。

注释

①恤灾获邑。

②以七月上旬往至是始还。

③时甲科之三場。

④将议交代又委听讼。

⑤家书至儿辈小试未捷，为之败兴。

原咏·方凌翰

中秋半历在他乡，佳节无如此寂凉。
千里关山天尽处，万家城廓水中央。
云开镜匣窥帘静，酒入诗脾引绪长。
料得庾楼多逸兴，客怀仍不负清光。

甯民诵凝台德凝台不自以为功歌以赠之

凝台先生古循吏，廓然不受斯民媚。
有诅有祝总弗宜，无陂无偏以为治。
昨朝恤灾出西门，门上纷纷蚓迹字。
停驺驻马一览观，尽是讴歌乐只义。
曰仁曰明曰慎廉，曰能疏附宣德意。
凝台命吏尽去之，毋使谀词伤吾志。
邑中之黔子展扶，畏垒之祝庚桑避。
耕田凿井歌康衢，民之质矣其饮食。
大泽自天本难名，官惟奉职安足异。
我谓官能奉职益谦谦，乃见舆论非阿比。
何以得此岂偶然，均是役也殊美刺。
与君共事与荣施，譬如骖驽附骐骥。
君不见，从来治绩几何传，
都有风谣征铭志，凝台高义足心醉。

次韵 · 朱霞

君本醇儒作良吏，能化嚣凌为柔媚。
百里雷封甫下车，三月葵邱称大治。
爱人学道有本原，恻隐慈祥勤抚字。
善政不如善教深，曲喻旁通明厥义。
不施蒲鞭期格心，坦易和平便民意。
偶来甯邑拯苍黎，筹画精详辅我志。
我本迂疏寡效人，承乏三年甘退避。
何堪蚩蚩数万民，朝夕无资待饮食。
圣恩高厚切民瘼，宵旰勤劳念灾异。
不惜帑藏救斯民，俾安衽席无偏比。
是役奉职称为难，无愧此心忘褒刺。
高才百韵纪始末，何幸微名得附骥。
剪烛谈心无间然，臭味如兰堪佩志。
遄行赠我七字诗，公瑾醇醪意先醉。

加赈获嘉馆净云寺有感柬上人无相

寒月当窗冷娟娟，寒花插瓶照疏妍。
夜深萧寺万籁寂，百念环攻不得眠。
晓闻清梵破残梦，梦仍扰攘纷纠缠。
连朝召众推上泽，恍设盂兰普大千。
喜怒喧呶若分芧，妇子杂还如慕膻。
兀坐欠伸晨至暮，侍者颇倚立屡迁。
归时困惫触烦恼，太息愁端秪自煎。
此间上人好文翰，何如日与话枯禅。
炉头芋子烧应熟，莫问懒残未了缘。

次禹州牧崇尺遗韵赠净云寺上人无相

甯城城外古禅林，老析丛生翠影森。
睿藻辉煌标旧宠①，危楼崒嵂峙层阴。
虽余汗漫神为马，到此莊严佛是心。
陶令正应逢惠远，连朝不着俗尘侵。

注释

①寺有圣祖仁皇帝赐诗额。

赈罢乞书画者众至日不暇给

王事勤劳体欲臞，宁堪翰墨若追逋。
不怜毛颖头俱秃，自笑坡翁袖已乌。
村女可能充记室①，老僧难与倩诗奴②。
阴风撼撼天将雪，何似高阳觅酒徒。

注释

①适有鬻女者将买为妾。
②寺僧颇通诗而未唱酬。

雪夜发获嘉

终岁奔驰半夜行，今宵乍见雪飞英。
霏微幕路寒光射，人似芦花月下清。

沉沉漠漠四无边，非想非非想处天。
寒犬夜嗥声到远，知应前路有邨烟。

为避纠缠寂自驰，冲寒逃去没人知。
来朝父老如相问，只道鱿如打鼓时[①]。

注释

①时获民皆议留饯。

买妾

老兴豪生不惜贫，浪将倾橐买佳人。
黄金到手非吾分，红粉当前有夙因。
官事终朝烦恼后，乡心寒夜寂寥辰。
此时侑我如泥醉，省却牢骚亦可亲。

次韵和幕友咏雪

连朝载道散天花，影似恒河无量沙。
到处鸿飞留指爪[①]，谁人驴背问津涯。
不持寸铁诗难战，为饮销金酒欲赊。
逸兴颇闻高卧士，孤吟虚白射窗纱。

注释

① 归自获嘉，已有吟咏。

次韵酬方大韵亭兄贺买妾

自笑情缘未有涯，过蒙名辈辱褒嘉。
官贫那得金为屋，妾少羞呼玉靡瑕[①]。

尚恐回文来锦字，难将解语寄梅花[②]。
风流渴似东坡好，朝暮双云话浑家[③]。

注释

① 小妾恰名瑜。

② 此举实未谋之内人。

③ 方公有二妾能贤淑。

赠妾

老爱风流名士真，怜卿婀娜足怡神。
暖忘雪蕊初飞夜，暗觉梅花早度春。
摩腹解娱苏学士，和泥知愧管夫人[①]。
天花莫遣多粘着，须识维摩身后身。

注释

①恐内子闻之笑耳。

大雪查卡

四郊白昼悄无人，万顷蓝田清绝尘。
下渚乌鸦如点墨，当辕骊马渐成骃。
不逢东郭先生履，徒有洛阳令尹轮。
是处闾阎皆洁素，可容污垢溷吾民。

之郡至封邱返

郊原残雪浩无涯，漫漫连天晓露遮。
檐溜千门悬冰玉，霜枝万树发梨花。

道途不暇寻春信，趍谒畴容惜岁华。
幸得平邸偏返驾，稍占如愿便亨嘉。

上元前一日迎春

献岁迎春春又来，韶光荏苒密相催。
城闉士女如云集，郊外樽罍对雪开。
角抵今朝先弛禁，金吾明夜正无猜。
簪幡莫惜头将老，堪与熙熙共上台。

候差行

迎节度，来何暮，候人羽书驰盈路。
急如星火县令忙，太守相诫毋遗误。
候馆闬闳早粪除，牧圉舆隶群供具。
高旌大纛森戟门，牵缯裂帛缠枇柾。
华轩张幕彩缤纷，朱帘翠幌交遮护。
倚几罘罳水晶镶，幂地氍毹文绣互。
爇麝金猊室满熏，厕牏蒙锦浑不顾。
匆匆储备供亿资，刻刻秖竺襜帷驻。
一时前驱负弩临，蹄尘踏起如烟雾。
轰愿杂沓拥车骑，道左鞠跽瞻徒御。
须臾相公下高轩，轻裘俏俊簇奔骛。
珍馐异膳擎上堂，驼峰紫燕罗匕箸。
金卮绣簋食无余，杯盘狼藉难悉数。
十牛犒从犹未足，索钱叫号相吓怒。
食终相公登前程，一饭微情流水付。
吁嗟！
奔走岂为王事勤，逢迎自愧多世故。

归时会计费万缗，地瘠何由索敝赋。
君不见，
衣笥典尽甑将尘，可怜令尹非纨绔。

题摄令褚赞公小照

凤条碧霁天苴雨，水芝馥郁方亭午。
轩棂豁厂来清风，烂若平泉杂花坞。
中有漫肤于思人，书颉虞欧惟祖武。
科头几踞黄琉璃，坐趿稷鞋挥白羽。
隔窗欻惊万壑松，袅袅丝声谁与鼓。
珊瑚跳脱贯柔荑，翠鬟妖娇争媚妩。
岂皆赵女解知音。恍惚湘灵授以谱。
问君何不奏南熏，曰等无弦懒亲抚。
曲中非必著琴心，聊寄风流当歌舞。
噫嘻，
宦途畸弗尚能鸣，斯图欲到昭文古。

次韵幕友水仙花①

空城春寂少芬芳，独有江南淡淡妆。
姑射神人冰雪骨，潇湘仙子縠罗裳。
标宜客雅香盈座，冷肖官清水一觞。
最喜案头风格近，溯游不比到蒹苍。

注释

①友吴人。

为曹州齐别驾作山水扇

蜓如游虬蹲如虎，骞若鸾翔翩凤舞。
昌黎裔瑰南山篇，摩诘清幽辋川谱。
郁葱巨木绕茆檐，窈深盘谷未足数。
此间邱壑为谁传，中有伟人闲步武。
杖策逍遥独往来，匡卢面目恣延伫。
渔舟一叶钓烟波，一声欸乃潇湘雨。
他年早订邺侯踪，动静仁智天机鼓。
为公写照为公吟，仰止溯洄惭弄斧。

羁留

羁留轇轕竟难推，心似蜂房百孔开。
漫说点金曾有石①，秖惭避债更无台。
乡关迢递愁归羽②，天气阴晴感落梅③。
食尽猪肝谁是恤，犹怜父老送香醅④。

注释

①甲寅尝出钱代民运料。
②时三兄回家起程方数日。
③四月上旬也。
④县西父老日有送酒米者情甚殷然。

次韵幕友四十自寿①

无端涸辙困吞舟②，那克忘机狎海鸥。
弹铗歌鱼知我窭，启门罗雀喜君留。

朝来逐队频奔走，午后偷闲偶唱酬。
忽得知言遗雅什，羞令浩气却烦愁。

四十强龄正靡涯，乡心莫动路偏赊。
妙才敏擬疗疯檄，长夏香宜避暑花。
数月间虽尝局促，八年前亦厌嚣哗③。
与君且共邀欢伯，百岁风狂到处家。

注释

①时余解任，考城诸幕友皆辞去，惟若尚留书记。

②时因赔累乞贷维艰。

③余丁未于江南舟中度四十。

为龚三衣山寅丈作梅扇

貌得寒枝彻骨清，疎横不比众芳情。
熏风忽自花间度，恍忆江楼笛一声①。

注释

①时方五月，衣山楚产也。

题刘大萃园世兄纳凉消夏图

亭亭碧荫双髯叟，潇洒此君亦好友。
葳蕤翠藓如铺茵，缨络垂萝恍纡绶。
活水潋溶漾前洲，芙蕖菡萏大于斗。
嘤嘤鸟语午风初，欵欵蜻蜓新晴后。
尔时长夏昼梦醒，抱膝孤吟伊谁谋。

抛书踞箪兴未阑，呼童坐看龙蹄剖。
知君天禄有渊源，幕天任达犹应否。
人家纨绔战瓜筵，多少内热高门走。
惟君风韵特翩翩，松心竹筠殊俗垢。
座无蝇集箑不挥，妙手添毫正莫偶。

题刘六桂村世兄松下读易照

藜阁家风旧较书，执经野坐意何如。
松涛竹籁天机会，知是心游大易初。

为甚开篇文字无，不因干凿坤灵拘。
个中象数都融化，乃见濂溪太极图。

为幕客作骑驴坠笠戏题

新凉策蹇踏陂陀，点点寥空早雁过。
身在逍遥浑不觉，仰天长笑到无何。

颠翻台笠等飘蓬，恍惚龙山落帽风。
万事转头同堕甑，正堪露顶对王公。

题小山水

空山萧瑟逈无人，独坐孤亭近水滨。
古树秋声斜照外，置身应是太初身。

蛱蝶扇

名葩未发野花开，腻粉轻盈村里来。
团扇秋风香不歇，新词应唱祝英台①。

注释

①村里来蛱蝶名。

九日

长愁索债甚催租①，风雨不来兴也无。
相爱孰如蛩与蟨，独歌应叹菀为枯。
黄花可赏偏羞我，白发何情渐恋吾。
莫向吹台闲逐队②，放怀聊拚醉茱萸。

注释

①卫太守催缴赔欵甚急。
②是日有往吹台登高者。

交代考城民有来叩并馈鱼者因嘉其意柬乡寅长黄二立轩

重来无事使人知，偏有遗民笃去思。
春酒不跻堂上献，嘉鱼翻向客中遗。
拜罗床下情何切，迎舞车前意若痴。
今日喜同山谷醉，寄声为谢口头碑。

交代考城廪延明府陈三寅丈戏以牢骚气豪捞毛限题因即事口号以答

俗债拘人固似牢，何为谈笑及风骚。
片言九鼎凭真气，一掷千金怯假豪。
甑破道旁无用顾，珠遗海底不堪捞。
聊看叶子终朝局①，扫却烦愁感二毛②。

注释

①值同事斗牌戏。

②时方剃头晞发。

渡河

冲寒乱济水之涯，冻合河流望眼赊。
玉镜朦胧粘粉腻，琉璃破碎杂银沙。
雪邻粪坏清光溷，冰啮车轮激聒哗。
昏暮葵邱重戾止，人民犹是不胜嗟。

双韵杂言

调饴设饵伺遨者，介雉争如狡兔强。
纵身滑稽斟漏斝①，终无视肉补溃疮②。
兽惊虎视狐偏假，虫啮桃根李代僵。
但念塞翁常失马，莫嗤臧谷等亡羊。

注释

①滑稽酒器，转注不竭。

②《山海经》注视，肉似牛肝，割之寻复生。

寒夜吟即事

玉盘流水移垣脚，床头溧烈钻室凿。
轮困爇兽珊瑚红，嘘呵结露蟏蛛络。
蒲牢远吼黾鸣转，深巷寒尨间踈析。
膏消炬跋酡颜醒，长恨世缘多束缚。
摩挲手版愬不平，即墨凌飞管城恶。
乌焉成马眼昏花，刮磨补苴鱼网薄。
书成兰心话焚次，辗转人情难臆度。
漏阑奚童触屏风，仰天咄咄霜花落。

延津沙道中

沙痕细蹙浪沄沄，修轨如蚰破縠纹。
稍憩栖皇瞻候馆，经过零落见荒坟。
马蹄踏没车声静，树影连空草色曛。
数日频来天薄暮，津头翳翳结寒云。

晓行堤上

长堤蜿蝘似雄虹，一抹寒烟幂晓空。
斥卤霜凝铺地白，晴霞日上射天红。
濒河处处皆清晏，涉世栖栖独困穷。
行到渡头指可掬，饥肠起栗满帆风。

有以恶画乞题者戏答之

谁人作此图斑驳，艳饰东施殊不觉。
谁人宝此什袭藏，摩挲燕石珍鼠朴。
谁人题此鼓聚聋，道在莊生答东郭，
毛嫱丽人鱼鸟骇，嗜痂如鳆情难度。
闉跂瓮盎皆可欣，全人脰肩飆生愕。
世间妍媸果何凭，嬍恶随人毋嗢噱。

题三甲连登合菊图[①]

伊畴爱尔忌监州，水浅梁肥韦岸秋。
新菊酒天茅店语，却应佳客对风流。

休嘲公子竟无肠，也博成人诵有匡。
酿熟东篱堪一醉，不知笱发与筌忘。

升高果尔尚横行，岂合园林配晚英。
貌得寒香留劲节，黄中通理亦关情。

注释

①三蟹也皆缘篓而上，原名云云为幕友作。

为客作松下读易扇

夏午亭亭翠盖阴，涛声天半老龙吟。
微风睡起胸无物，一卷羲文太古心。

之省避雨村寺

崩云泼墨四天昏，冻雨泉倾百道奔。
平地波涛疑宦海①，一身干净愧空门。
解衣暂憩风尘洗，脱帽频惊栉沐烦。
雷电渐收往则释，为霖何甚曷须论。

注释

①时为同寅倾轧致讼。

读苏惠波①同年归途唱和集即次其韵

奇情郁勃陡相催，共识坡公是辨才。
手笔直应推独大，杼机真合织成回。
公车酬唱清风穆，乡校楷模霁月开。
虽信郢人能垩鼻，晦庵还欲友东莱。

注释

①惠波为茨山书院院长。

题王醉兰寅长听松图

半空腾彨翻浪恶，欻忽朱弦鼓万壑。
无丝无竹无宫商，调调刁刁天籁作。
须臾寂閴众窍闇，置身无何坐广漠。
此时新凉亭午秋，少憩天机气磅礴。
问君得意意奚如，悦耳悦心都不着。
个中人视风尘人，咲是槐柯与蜗角。

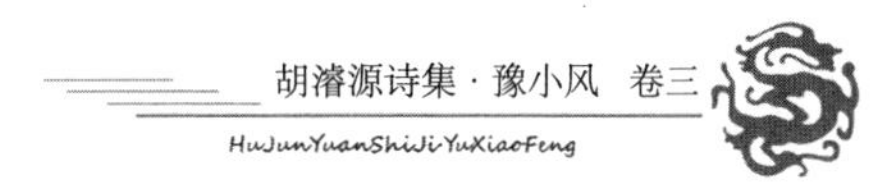

胡濬源诗集 · 豫小风

分宁胡濬源乙灯著

男　云从 / 云会 / 云行 / 云龙 / 云程 / 云作
侄　友梅 / 友兰　　侄孙　铎　仝校

古今体

卷　三

为李六仙根寅丈作山水扇即书其后

峨岷岧嵂天下高，毓为人文万古豪。
谪仙斗酒空回海，御前脱舄任酕醄。
坡仙继起当元佑，赤壁珠崖恣嬉敖。
两仙前后两峯峙，千年仰止徒心劳。
山灵不死仙根在，仙根夫子果其曹。
风尘作吏数十载，诗囊酒榼擅风骚。
老来更希邺侯迹，知心惟我话游濠。
一沟一壑写便面，赠君聊以当添毫。

寿广文郭静庵

昨日如泥为君醉，心醉却在饮醇先。
今日大斗觞君寿，觞寿应有饮中仙。
甘谷黄花新酿熟，冰桃雪藕堆华筵。
插花起舞作牛饮，为君一奏侑觞篇。
莫笑次公狂不醒，莫笑先生官独冷。
君不见，张毅四十生内热，高门走尽空屈折。
又不见，贤劳仆仆老风尘，炙手可热曾几人。
曷若师儒教泽长，英才济济拜鳣堂。
年年菊月开胜宴，同官老友共康强。
旬日往来迭宾主①，割鸡脱粟也甘香。
有客有客学渊明，安得与君订永盟。
百年长此即林下，不必更寻洛中社。

注释

①副斋万豫章先以望日寿。

寿少尹黄五乡寅长

风尘未老并华颠，半载为僚气谊联。
戊子同生嗤我小[1]，庚寅初度羡君贤。
涪翁桑梓推诗祖，梅尉风流洵吏仙。
春酒称觥还预约，期颐结社在他年。

注释

①黄与余同庚。

挽苏母孙孺人

参政家传孟母真，义方孝子古无伦。
熊丸更作含饴弄，荻字还将隔缦陈[1]。
九秩神明羌矍铄，一朝风烛遽埃尘。
从知鹤驭归仙岛，定有龙章降宠纶。

注释

①子惠波掌教茨山书院。

旅怀

水引西江路正赊，望穿双目在天涯。
家书莫问平安字，只要书中不女瑕。

蓍龟屡渎总游移，日日推求亦太痴。
事到无聊神也惑，万般前定即前知。

绎骚兵燹隔乡关，想是来人行路难。
安得长房鞭缩地，空函一接也开颜。

俗债纷纭苦自缠，衣裘典尽朔风天。
饥寒告贷空无应，只羡渊明乞食篇。

无钱买酒可消忧，鹤格摩挲莫稍休。
只为百端交集苦，此中堪与醉同流。

连朝风雪满城闉，旅馆萧然绝米薪。
三径本缘无与扫，岂关高卧不干人。

仁人赠炭到谁家，爇尽寒灰画字斜。
此际应夸陶学士，红炉犹得自烹茶。

蛛蝥结网劳何获，作茧桑蚕罔自缠。
那克无毛同鹖旦，冥然心付帝江天。

次韵李六仙根自写二绝

宦途亲旧晓星稀，谁识先生杜德机①。
说到安闲心浩荡，天边非想更非非。

烦恼交侵鬓发稀，都缘羞作桔槔机。
问途且喜知今是，不待明年始觉非②。

注释

①月前仙根病，人皆疑为不起。

②余时年四十九。

次韵李六仙根旅况

毋将轗轲语行路，毋将劳忉比晓户。
风雪为虐逼人来，啼饥号寒难内顾。
自疑作孽种前身，此生来偿了夙因。
穷途几等阮生哭，秦越肥瘠莫与亲。
欲求忘形到我女，官如过客谁是主？
古人挂冠即飘然，今人解组若安土。
迩来蹉跎又数旬，家书千里阻前程。
读君妙谛豁然悟，载钟从游真达人。

寿巫桂苑寅伯八韵

佳辰耗磨晓光妍，海角长春庆八千。
有子双为众之母①，知翁独是地行仙。
义方万里箴移孝②，教育一堂启象贤。
已向纪葦征世泽③，频从元季识心传。
蒲轮伫以申公贲，凤诰行因石奋宣。
亥首如身逾绛老④，庚星莫纪到商钱。
先生于我父兄也，令似犹吾骨肉然。
椒酒一卮遥致祝，庞公床下当翩跹。

注释

①巫大兄为襄城令，巫三兄宰新郑，时同宦豫。

②翁屡有书寄襄城新郑教诫。

③乃孙亦登贤书。

④翁年方七十有五。

丁已元夕观狮子戏

今宵角抵国皆狂，士女环观若堵墙。
旅次一时消寂寞，佳辰彻夜寄徜徉。
驺虞本以圣人出，菩萨原为狮子王。
行乐百年都是戏，三更灯散月如霜。

谢广文郭静庵赠水仙

肌肤姑射雪霜神，雅客由来清绝尘。
惠我两枝无俗韵，酕醄相对见天真。

交到忘形却有神，惟君与我薄风尘。
一盘擎出清如水，根蒂诚堪合写真。

挽新郑广文万豫章

恶风怒号良木折，豫章摧倒茨山裂。
满城桃李惨无春，两枝杜鹃泣红血。
君家旧吾桑梓区①，胜朝四隽推二愚。
何年徙室中州途，先生应时生独殊。
少壮璠瑰抱魁梧，胸长百尺青珊瑚。
中年鹗举骋皇衢，自期长栋架欂栌。
肯与樗栎侪朽株，几回屡踬嗟集枯。
羞栖枳棘堪揶揄，乃择泮林作师儒。
苑陵俊髦尽楷模，科条直欲配苏湖。
伏生虽老实有徒，忆自与君相见初。
康荘不用灵寿扶，去秋如昨值悬弧。

茱萸豪饮正欢呼，轩渠手劝青田壶。
百岁如斯即枌榆[2]，无何此日竟淹徂。
送君不觉泪与俱，人生聚散飘叶如。八千大椿只斯须。
呜呼，君含笑兮鵷有雏，我将归兮松菊娱，
及今有酒兮聊奠刍，无待他时兮宿草芜。

注释

①先生自言原籍江右南昌，故号豫章。

②去秋九月寿辰曾承招饮。

黄雾

几日风师肆怒喧，漫空雨土黄云黀。
当途刮地无遗力，人人面上三斗尘。
阳春踏砌霜痕白，白昼开棂月色昏。
野马游丝俱压堕，清流泙渫涴成浑。
最苦仆仆奔驰地，牛溲马渤呼吸吞。
玉皇洒跸隔万里，障医膏露谁叫阍。
吁嗟，安得借扫蚩尤军，既扫妖雾扫埃氛[1]。

注释

①时苗贼已平。

病臂

休愁贫病苦交侵，鸮炙将求尚爱吟。
最是诗为吾好友，每逢穷处便相寻。
春光浩荡三杯酒，世事浮沉一曲琴。
换得此身腰不折，比肩民与亦堪任。

第五儿一期初度

少子一周期，而翁亦试儿。
人皆矜颖慧，我独爱憨痴。
枣栗毋妨觅，图书且莫嬉。
文章千古讼，组绶百年羁。
世故诚多熟，天真恐渐漓。
叮咛鉴乃父，清宦半囊诗。

雨后玩盆花独海棠木槿不见生机

阳春降灵雨，烟光生庭宇。
几日积氛埃，一朝净如洗。
盆花购数株，聊以破愁苦。
种种含膏滋，亹亹新机鼓。
海棠本仙姿，舜英原媚妩。
如何是两般，怀芳独不吐。
杈枒若枯橛，喑噤废羯鼓。
将问郭橐驼，岂惑饮羊贾。
烂熳尽空花，荣瘁曾几坞。
我怀在松菊，一啸天风舞。

闻黄陂孝感小丑复炽信阳戒严

传说妖氛复炽楚，出没跳梁肆一炬。
申民密迩心胆沮，震动播迁不遑处。
春和三月得时雨，田卢荒失谁是主。
道途榛棘走豺虎，行路绝人最艰苦。

迩闻蛮溪雍秦俱，献虏两处穷櫓获。
安堵细柳壁垒森，部伍两载亦已足镇抚。
将军将军无徒固吾围，汉襄巴蜀皆王土。

上巳喜雨

连朝膏雨净风尘，喜极浑忘旅食贫。
四野来牟都饱泽，一庭时卉正怀新。
流觞雅合浮溱水，问俗欣非旧洧滨。
独有欃枪闻未扫，泥涂愁杀路行人。

白舍人园中口占

尽日看山兴有余，芳园小憩暮春初。
评花怳忆来禽贴①，俯沼犹怀尺鲤书。
茗碗清谈时事外，亭皋一啸旅愁舒。
最是主宾各萧散，怡然相对在濠鱼。

注释

①园中花卉甚多，而禽林尤甚。

苏惠波同年招视葬母处归途口占

昨日腊屐出城闉，经宿寻游踏露新。
到处赏心山我友，相招忘迹酒吾真。
中原磅礴钟灵气，满眼韶华斗杪春。
自古牛眠酬侃母，顿令惊倒杨救贫。

说向青乌恐未知，游龙蜿蜒翼参差。
当年造物曾珍秘，此日山灵与护持。

郁郁佳城新卜处，渠渠夏屋已封时。
坡公眼孔真仙谊，好把山经尽着诗。

贼烧保安驿士民有合家死者

日前闻贼侵疆场，犹喜官兵善坚壁。
如何一夜若飞来，蹂躏乡市焚传驿。
老弱惊逃猝不遑，哭声震野尸横积。
草茅死贼没全家，可怜谁与稽户籍。
贼来如电去如风，通衢白昼无人迹。
天阴焦土鬼磷青，官军方报追奔绩[1]。

注释

①时抚军景方统兵，御贼南阳。

酬王叟粲留饮

偶以寻山汗漫游，风光如载武陵舟。
老翁貌古仙为侣，爱客情深俗不留。
九十有三逾伏胜，八千堪再问莊周。
中山共饮神俱醉，相对无怀以上俦。

羁旅宛陵为袁甥题春山图

我生山水诸侯国，归去家山归未得。
世缘羁缚在中原，满地风尘清景塞。
日前踏翠眺大騩[1]，三春濯濯无颜色。
嵩高少室远如烟，我马虺隤不可即。

几回欲蜡谢公屐，何处逍遥足登陟。
师诸造化有范宽，缤纷一幅春光逼。
暖风彭蠡波滃拖，晴岚匡卢峰崭崱。
郁葱佳木斗繁华，茅檐下瞰渔舠侧。
眼前恍惚到乡关，北山移文不须忆。
袁生弥甥资清妙，悬之卧游殷拂拭。
使我千里买山心，汗漫一时生羽翼。

注释

①宛陵山名。

旅感赠高二兼预言别

题记：高善山水，有子三，亦能丹青。次子常以诗文从余就政。

世情蝉翼薄，羁感猬毛攒。
与我相朝夕，惟君独肺肝。
胸中丘壑别，眼底地天宽。
造化供师访，烟云欲刻剜。
兴来日未午，话到夜将阑。
况小将军李，都逾弟子韩。
亦能同臭味，偏解鄙寒酸。
问字交无态，挥豪醉可欢。
一家崇古处，末俗砥狂澜。
聚首愁难久，言兹复永叹。

三月晦日为周大朗谷寅丈写兰

春光已暮近清和，留得幽芳满涧河。
臭味不殊宜尔室，冰弦一鼓对猗那。

书罢为客写兰竹

一种孤芳绝涧幽，此君辞箨对风流，
旅人会得兰亭趣，宛向山阴赏茂修。

五日[①]

无限羇愁节序惊，天中节称天中名。
何当胜畧能歼贼，不必灵符与辟兵。
有酒樽前姑酩酊，闲身事外几聋盲。
溱流不觏飞凫戏，空感乡风吊屈情。

注释

①时楚贼未平。

诸生久不至

翟公门外富贫殊，何事侯巴亦染濡。
长夏好眠便腹暇，旅居辞疾浩歌孤。
窻当夕照樽常渴，燕落残泥席半污。
寂寞此邦频隐几，岂多助墨不为儒。

为高二写竹扇

半竿龙种老苍苍，着叶无多气倍长。
莫羡渭川千亩富，清风惟与此君商。

五月望月蚀偕高二父子及袁甥渔于郑南门外

偶作如棠观水嬉，临泉恍觅斗龙窥①。
逍遥赤壁宵游赋，诙诡卢仝月蚀诗。
老子小鲜烹不事，任公大饵钓奚为。
等闲莊惠濠间乐，都是天人人未知。

注释

①韩诗临泉窥斗龙。

泛舟复渔

并记：丁巳仲夏之望，乙灯既与客高叟父子，夜渔于郑南门外，以待月蚀之圆也。既系之以诗，兴未阑。翌日叟来请复游，于是袁甥具壶觞鼎铫以往。则长葛孝廉黄荩峰与叟子仲季先在。竿网数事外，琴亦携焉。乙灯登舟，相与泊乎澄潭。维时日暝晻嗞，暮烟薄蔼，城堞崔峨，望如山麓，不觉其近嚣尘也。渊澜渟碧，熏风飘爽，坐不挥箑，亦免披襟，不觉其为盛夏也。人散鸟归，蛙鼓合合。少焉，月出前洲，金波摇漾，锦鳞游泳，手堪掬取。乃命舣舟，溯洄而上。高生仲也鼓琴，季也举网，袁生持钓，黄孝廉亦揭而从之。余与叟盍坐而观焉。顷之得鱼，晋酒酢酬，尽醉。其乐陶陶，又不知此时此景，是何人间也？乐极感生，兴尽而止。惜此外味此趣者，惟苏惠波其人而不获与。黄荩峰属余记之，因更纪以诗，并以柬苏君云：

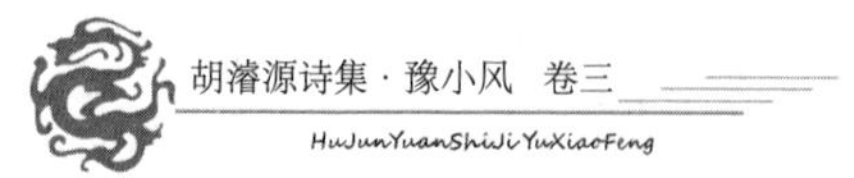

昨宵出城南，幽赏兴未已。
今夕重载酒，遨游水之涘。
高叟老而豪，风流桥与梓。
举网挟篧竿，相将觅鳣鲔。
翩跹今鲁直，闻风亦戾止。
汪汪千顷胸，旷達脱屣履。
袁生珠玉姿，为我备觞匕。
呼僮携鼎铫，烹莼挹清泚。
放舟瞰重渊，并坐瞻百雉。
日暮蔼翳生，浮屠南山峙。
同在画图中，苍茫抹烟水。
渔翁笱妇散，人静蛙鼓起。
水轮须臾浮，金波渐散绮。
舟行岸转移，咫尺殊形似。
一曲流水弹，恰称瓠巴技。
引网得细鳞，泼剌数鱻尾。
即时供杯盘，酒甘殽益美。
交酬至兴酣，喟感有生理。
何年龙斗渊，何年舆济洧。
古人既已古，陵谷亦屡徙。
万劫秖斯须，得欢真无死。
试看周道中，行李何终始。
游仙良岂遥，蓬壶实伊迩。
夏夜清风来，髣髴新秋里。
居然赤壁图，惜赋无苏子。

晨起

夕短曙光急，漏阑鸦噪先。
终岁卖饧声，聒耳不得眠。
搅破还家梦，朝暾已丽天。
起坐三餐计，一日永如年。
乳燕徒频语，榴花空欲然。
熏风南窻来，反觉助烧煎。
郁郁谁堪诉，自嗤后不鞭。
何如希夷子，大睡太华巅。

凉棚成集陶

坐止高荫下，中夏贮清阴。
淹留忘宵晨，清歌唱高音。
岂无一时好，乃不见吾心。
翩翩新燕来，羁鸟恋旧林。
万族各有托，卧起弄书琴。

袁甥思归集陶解之

误落尘网中，暂为人所羁。
负疴颓檐下，旋驾怅迟迟。
有客常同止，慷慨思南归。
念之中心焦，怆恻多所悲。
岂不以我故，如何淹在兹。
達人解其会，但使愿无违。
微雨洗高林，清朝起南飔。
行止千万端，一觞聊可挥。
家为逆旅舍，去去欲何之。

胡濬源诗集 · 豫小风

分宁胡濬源乙灯著

男　云从 / 云会 / 云行 / 云龙 / 云程 / 云作
侄　友梅 / 友兰　　侄孙　铎　仝校

古今体

卷　四

夏日写竹赠苏惠波同年

赠君两个好琅玕，飒飒风生夏午寒。
我匪前身文与可，坡公莫笑紫毫残。

写竹赠馆主人刘五冠珍①

千霄老节荫葱茏，长拂熏风晓露浓。
不俗已堪枝宿凤，无心终卜笋生龙。

注释

①冠珍年老艰于嗣息。

题刘生别业一斋

以指而测海，以锥而餐壶。
见闻稍不博，夏虫与蟪蛄。
子家莊可墨，子家藜照书。
搜罗富万卷，八荒贮室庐。
今子作斋名，取数何太孤。
审名详厥义，知子精所趋。
痀瘘承蜩叟，身臂若橛株。
天地万物多，蜩外都成无。
纪昌业学射，牵虱车轮如。
奕秋善教奕，缴鹄弗与俱。
董子不窥园，专经成大儒。
此意倘能执，此斋即相须。
上達一以贯，下学举一隅。
一义虽至广，其它尽廓肤。

露卧

斗室如焚睡不成，竹床露卧曙风清。
生憎鸟语惊朝梦，故作家园一样声。

残月疎星带晓霞，车辚城外已喧哗。
徘徊庭院枯无露，数种盆榴开尽花。

寿周寅伯母刘太孺人①

隆夏观莲节，萱堂设帨时。
子方为众母，民共仰重慈。
崔实多良政，伯仁禀令规。
昔为仙职偶，今可大家师。
福寿真能备，神明正不衰。
丹砂纷晋酒，彩服绕含饴。
天上来青鸟，阶前茁紫芝。
板舆亲导处，隔幔望坤仪。

注释

①时六月二十四。

摭异

负殼寄居难骤离，身非负贰亦遭縻。
忘忧朏朏从何蓄，相比鶺鶺可与谁。
世事牛哀成虦虎，文章司马秖蟛蜞。
蛇吞象骨三年出，闻道夏畊空立尸。

立秋日

去年秋始至，秋风教我归。
今年秋又来，讶我何淹迟。
天道无愆信，人情有乖时。
秋来月正闰，梧桐叶早知。
脱然留不住，宁待雪霜期。
群荣恋旦暮，转瞬同枯枝。
对此增长喟，徒为草木嗤。

旅思

素月迟迟上，徘徊照旅愁。
生明复生魄，几度到床头。

无风万籁寂，夜久识秋生。
天上流心火，应平下土情。

佛顶凤仙①

彩凤卑栖处，苞含佛顶珠。
莫嘲儿女泪，若个不非夫。

注释

①俗务感心即盆花四种咏之。

秋海棠

秋风初拂砌，小样试红妆。
世上多酸态，毋教枉断肠。

慈姑

水草花清白，根生实亦芳。
愿言贫弃妇，采取奉尊嫜。

美人蕉

翠卷心方小，曾承露几何。
红英行夺目，宁待雨声多。

未开莲

小沼芙渠好，亭亭尚未开。
个中观世界，那叶识如来。

其二

前身为李白，今世是濂溪。
道学风骚合，无从着品题。

酬高生赠重心莲

花里有心心有花，心花叠起更高华。
风标解与同心并，遮莫愁红思靡涯。

绛萼层层映水鲜，昂如瀛岛涌楼舡。
多情净客心无已，十丈休论藕似椽。

七夕三首并依韵一首酬周大朗谷寅丈送席

客感流光迅，羁栖此夕愁。
风声千里暮，汉影一天秋。
巧耻蛛丝乞，贫无犊鼻留。
盍当王远至，携手太清游。

其二

天上方欢会，应知下土愁。
自非经闰夏，已是近中秋。
杜老悲无已，王乔去不留。
云车祈指点，何路可遨游。

其三

天空星影动，云淡月容愁。
逆旅沉沉夜，孤灯瑟瑟秋。
自嗟非佁儗，何故尚淹留。
银汉迢迢路，乡心隔梦游。

其四

为解相如渴，刚消宋玉愁。
感君敦挚谊，怜我阨穷秋。
瓜果时分锡，鲭餚合拜留。
无言堪报谢，相与以天游。

秋昼

秋阴天意愁，丝雨昏如雾。
旅馆凄以清，昼眠屏尘务。
酣梦向乡关，恍惚到中路。
倏惊欹枕声，半醒迷朝暮。
今日问何日，茫然还四顾。
渺渺形与神，移时不自悟。

秋夜

夜雨滴客耳，秋声悲客心。
客心如敝庐，飘摇风雨淫。
转辗不成寐，旁皇觅单衾。
墨墨青灯闇，寂寂蛩螿喑。
春秋一旦暮，晷刻知古今。
此心千里外，仰卧且长吟。

秋旅

朝餐尚果暮加餐，镇日萧条强自宽。
搔首问天诗思苦，攒眉对月酒樽酸。

书因阴雨笺常湿，画出秋风竹亦干。
懊恼流光何迅速，百年刚半鬓毛残。

有鸟

有鸟名姑恶，姑恶妇难作。
有果名慈姑，姑慈妇亦都。
姑恶不恤妇，化为异类为谁咎？
慈姑体妇难，山殽野簌足承欢。
姑慈姑恶且莫怼，新妇当知作姑意。

苦雨行

苦雨多于三日霖，周道泥涂二尺深。
居者不出户，常畏沮洳侵。
行者方执鞭，日送车徒南。
衣裳清濡寒彻骨，没胫重茧饥透心。
路旁屡颠踣，细细听呻吟。
自言膺此役，去岁到于今。
往来无昼夜，安容择晴阴。
昨日京军过，时逢天雨霪。
马行若旋泞，车行曳轮骖。
官将欲速嗔，迟缓暴加鞭。
挞痛难禁长跪告，官将腰间实无金。
鞭人莫鞭马，乞哀怜愚忱。
鞭人人死人可易，鞭马马死谁为任。
竭力挽推人助马，明日天开尚骎骎。
呜呼，

御叔饮酒曾有罚，将军高帐士如林。
何日得奏东山归，归来零雨其蒙音。

写一甲连茹图

江南葭菼映红莲，不数华山藕似船。
翠羽舒凫秋水碧，都无雕饰到天然。

白鼻騧题胡美斯洗马图①

烈士矢裹革，报国不为身。
或从弟子师，猿鹤沙虫军。
骓兮苟不逝，旋泞无返轮。
先生白鼻騧，乃与的颅伦。
万死奔殿间，百尺深涧滨。
踣蹄冒矢石，灭顶势沉湮。
一跃重险出，踏波飞绝尘。
壮心感知遇，灵物通鬼神。
忠义无异类，酬庸理则均。
敝帷埋骏骨，耿耿情未申。
华阳溪水暖，边外草肥春。
控傒扶桑浴，庶见汗血真。
马应图铁獭，人可画麒麟。
圉隶死不朽，亦称王事臣。
展卷英风生，神驰渥水津。

注释

①原叙美斯从初征金川之役败绩，得是马以免。

七月十五五十初度

今日方称知命时，命缠坎坷信无疑。
人家处处敦追远①，乡国迢迢独感羁。
孔子频遭五酉侮，昌黎莫赋三星诗。
惟凭一斗颓然候，醉谓彭聃大小儿。

注释

①俗皆以是日荐祖先。

其二

去年歌舞本殊时①，世事何尝莫浪疑。
達者长生非但寿，家人远祝祇辞羁。
盘餐不给方逃客，傀儡难浇且赋诗。
切切予怀千里外，好音慰我望诸儿②。

注释

①丙午生辰曾声觞宴客。
②闻子侄时方赴小试。

偕客游观音寺

相偕出城游，薄言写我忧。
郊原渺浩浩，云意尚油油。
黍禾翠迎眼，莜华霜点畴。
风吹山雨急，烟雾倏蒸浮。
荟蔚林中寺，下车一探搜。

入门静悄悄，寂若无僧俦。
盆葩罗古趣，怪石累清幽。
山僧颇不俗，禅机话解投。
煮茗献新菓，沽酒竟相留。
吾侪非醉象，亦殊肉食谋。
香积恣一饱，均称慧业流。
食终挥手别，薄暮变深秋。
去披六铢服，归时欲觅裘。
顷刻异炎凉，此故安可求。
何如观自在，萧然世外修。

狂夫

任从名作马牛呼，休怪饮甘佣匄俱。
羊曼可人惟膌伯，阮生多哭是狂夫。
江南秋半蓴丝老，天际风高雁影孤。
生性炙眉浑不解，肯为乡里小儿愚。

写梅赠广文郭静庵①

曲而有直迥无伦，屈处能伸清绝尘。
不管在官与在野，一枝相质地天因。

注释

①直干梅。

中秋夜偕旧游侣暨广文王星源城南野饮

五月城南曾夜游，时光忽忽又中秋。
旅人惊节不胜愁，散愁重约出城陬。
空阴水暗未堪舟，城根高处胜登楼。
相偕诸客皆旧俦，就中添得王子猷。
雄才浩气干斗牛，歌声金石遏云流。
有如弦管吹开滓秽收。
一时天眼下瞰洞清幽。
藉茵席地杯盘羞，老拳白战纷交酬。
共到如泥意气凌沧洲。
直儗左拍洪崖右挹浮邱。
我欲觅浮槎，策骞虬，上叫广寒宫，
乞取长醉药，问天许我不?
此况无殊天柱头，此乐同堪枕髑髅[1]。
竟自忘淹留，那遑千岁忧。
俯视羽书奔道周，世上茫茫何时休。

注释

①此处多荒塚。

十六夜月

皓魄今宵上，秋光尚十分。
何缘成独坐，相对亦微醺。
粉壁描花影，疎帘度缕纹。
持盈应倍惜，一切去浮云。

题阎生纪梦歌

题记：歌叙云：梦途中张幕，幕中皆当路，人曰：此神居处。内有僧，见生，乞香钱。生无有，僧乃号失礼田爷云云。

自子问奇字，惟子情颇亲。
子才最清绝，子诗务去陈。
今子偶有感，遂成蕉鹿真。
纷纷当路中，何来戒定人。
岂惟慧业流，知是如来身。
见子乞香钱，毋乃苦太贫。
子钱既无有，僧号亦有因。
负郭莫克守，何以度劫尘。
将子无佞佛，当路正有神。

九日登城上魁星阁

城头危阁青霄逼，万里长空穷目力。
羁人登眺满天秋，决眦苍茫南雁翼。
嵩高远淡影如钟，騩山近屏净若拭。
俯瞰溱洧土城环，此地应无当路棘。
相逢知好醉茱萸，顿感东篱隔乡国。
万绪无情败人兴，佳辰偏惯多太息。
下城且觅白衣去，狂风掀我帽檐侧。

送别袁生归里

秋空长漫漫，秋叶飘浩浩。
宾雁尽南飞，溱流落寒潦。
送子出城阙，归向乡关道。
子归急如矢，予心忧如捣。
囊空寡赠遗，行李殊草草。
道路方艰虞，无贿实可宝。
游子慰倚闾，到家开怀抱。
亲朋走相问，安全贫亦好。
独我尚淹留，终始谁相保。
寄语我儿曹，亟觅菟裘造。
不日遂归来，相约明农老。

郭静庵寿辰

门前罗雀信音迟，好友称觥尚未知①。
偶忆重阳应展节，因惊去岁共倾卮②。
羡君官冷老犹壮，感我羁贫久益痴。
安得东篱花种种，年年同醉祝期颐③。

注释

①静庵生辰至期始闻。

②去年此日祝眉饮酒。

③时菊花多种盛开。

次韵和周朗谷自题小照

生家才近管夷吾，服政风追郑大夫。
欲向隙中窥豹蔚，画图能壮一斑无。

光霁前身今后身，畸堪遗貌使追神。
添毫纵匪长康笔，也少奔驰面上尘。

梧落新秋溽气消，竹声蕉雨乱萧萧。
科头踞石弹熏罢，尚遗音流惠济桥。

溱流绕郭水淙潺，忆我羁愁久此间。
盘错愿君前路远，盛年无早忆名山。

日前王星源招饮

忆昨牵离绪，如丝绕枯肠。
并刀割不断，默默言几忘。
美人秉渊尚，胸次独汪洋。
涉园生静趣，秋卉簇幽芳。
芙蓉明夕照，篱英喷寒香。
惬赏趁良景，招我共壶觞。
洗斝醉月亭，高擎琥珀光。
胾殽罗海陆，酩酊互酬将。

座客皆时彦，胥为王事丧。
我友苏饮仙，亦匪斋佛傍。
颜酡耳既热，不责次公狂。
豪谈纵八极，雅论涉篇章。
徙倚坐石榻，拍㪚音铿锵。
更深客且散，三人尚彷徨。
送我归旅馆，步月疑履霜。
到门迭宾主，我醉君未央。
谢君赴混沌，各往无功乡。
此况逾浃旬，至今馀味长。
回首吟兴生，取我旧奚囊。

写喜占春魁赠黄荩峯

君不见，且向百花头上开，此生早已识安排。
又不见，异时俱是百花魁，果然绍兴第一才。
如君中夏挺孤干，文林艺圃声如雷。
贲华艳夺花生管，摛藻丽发春光回。
家风诗祖传真派，纵使髯苏当服推①。
杏苑探花拟拾芥，桂林一枝久栽培。
我欲经营状君诣，罗浮清骨无尘埃。
赠君一幅为左券，横斜疎瘦乌尚哉。
点缀时禽聊复尔，谐声会意断章裁②。

注释

①时荩峯与苏惠波为世谊，日相过从。

②图有鹊一鸭一。

酬观音寺尚人远尘送菊并以志感

我本今陶令，君宁古远公。
黄花良有意，白社想流风。
坐际馀香寂，人间众色空。
还宜尊酒对，不与钵莲同。

其二

谁说维摩病，不粘天女花。
拈来刚欲笑，对此倏兴嗟。
客次羇栖久，东篱故国遐。
盍希雷处士，一切莫关家。

寒夜

寒夜孤吟万念并，循阶咄咄几三更。
月兼霜气穿窗白，风使冰痕幂砚清。
对酒纵横身世感，开编多少古今情。
灯残且觅邯郸枕，又听冥鸿唳数声。

公无渡河

渡河非所急，妇言且不听。
当前不见险，如何知屏营。
哀哉抱官囚，千古箜篌声。

拟陶征君乞食

得钱送酒家，乃至晨绝炊。
出门贷监河，见者趋避之。
戚戚比闾间，相恤寡相知。
五斗良堪舍，嗟来岂不悲。
宁受王孙哀，弗匄乡里儿。
眷言翳桑粥，一饭可忘饥。

胡濬源诗集·豫小风

分宁胡濬源乙灯著

男　云从 / 云会 / 云行 / 云龙 / 云程 / 云作

侄　友梅 / 友兰　　侄孙　铎　仝校

古今体

卷　五

摆蓝池[1]

抱朴飞冲今几时，至今留得仙人池。
池中滃盎灵泉涌，疑有千年蛰潜螭。
九渊嘘吸直腾上，万颗骊珠喷参差。
有如星宿错落火墩前，有如石铛蟹眼猛沸煎。
有如冻雨浮沤走荷葢，有如土鼓焚石投神渊。
凭栏俯瞰一何怪，寒冬暖气晨蒸烟。
金鳞出目皆龙种，骈头辑辑浮清涟。
烹茶酿酒生香冽，洗砚练丝想鲜妍。
左右溢流日不竭，引溉田园下灌川。
九幽测脉多述误，博望寻源恐无路。
此处岂从地根八十亿，万里水轮三千六百轴。
下通尾闾循环注，传言曩时挼蓝堪染素，
不知何年改此度。
我言仙踪原自不染尘，正如华池当吐故。
吾心止水长新机，大道活泼欣所遇。
古强曼都真足嗤，不见葛仙池可悟。

注释

①池在长葛后河镇葛仙庙中。

十月晦日 先子忌辰

几年不克扫松楸，游子伤心泪迸流。
俗吏已贻千古憾[1]，先几还益九京羞。

冻云惨惨关山黑，寒夜漫漫客梦愁。
白发同怀悲岵屺，此时曾念陟冈不。

塞极更逢阳塞晦②，穷通往复可期哉。
当年瞬息终天恨，今日支离异地哀。
骨肉衰残霜后木，身名瓠落烬馀灰。
茫茫往事浑如梦，逝水流光浪浪催。

注释

①先子常以翰苑期，余闻得挑即大不悦。

②月在辛。

写方朔抱桃衬以松鹤酬九十三王叟送酒

君投一核青田醪，我报千年阆苑桃。
莫笑斯桃如许大，将来还问滑稽豪。

文是释家长寿佛，饮推诗社谪仙人。
相逢松下休烦问，控鹤王乔识我真。

冬至日

剥极复来塞极通，天时人事正应同。
未遑晷影添宫线，早见葭灰起律筒。
此日琼花飘白雪，谁家兽炭爇炉红。
孤吟康节天根句，行且阴消众小空。

古风

寇相引丁谓，胡公推秦桧。
初节岂不臧，终焉成狡狯。
鉏麑触槐死，宜僚剑可承。
曷常事诗书，守义能服膺。
知人自古难，伪学焉可凭。
相值心如面，怊怅问苍冥。

其二

壶子示吾宗，季咸走且没。
虽云术已穷，亦由愧心发。
要离辱勇夫，暮夜俾之死。
屈折理固宜，苟生良足耻。
末俗士腼颜，谬称读书子。
暧昧无所逃，遁辞翻自喜。
吁嗟难与言，滔滔者皆是。

其三

愚公任其愚，塞翁率其通。
通愚各有至，所获亦同功。
李斯厕中鼠，陈仲井上李。
巧拙诚大悬，要终究不似。

其四

少陵苦流离，太白徙夜郎。
子厚滞柳州，昌黎困潮阳。
坡公儋耳辱，山谷宜州伤。
千古不世人，遇穷名乃彰。
同时得意者，未死多云亡。

其五

须弥亦可纳，蚊蜨亦可巢。
灵椿非为永，朝菌未足嘲。
锦绣不过衣，肥甘不过肴。
晨听管弦喧，暮听虞歌呶。
岧嶤华屋里，转瞬满蒿茅。

其六

太仓一稊米，太虚一醯鸡。
谓有数良小，谓无理亦非。
屠者将焚豕，祭者方莅牺。
食养信硕大，为生实已危。

其七

黄金迭为屋，白玉琢为堂。
珊瑚击如意，莲步肖沉香。

户外戈矛生，欢歌犹未央。
至哉雍门子，挥琴泣孟尝。

题高二为侄写米家山水幛并寄其兄广文

高叟好手真绝特，大笔淋漓希人识。
胸中区域贮九垓，兴来寻丈挥泼墨。
不劳十日五日功，元气弥纶布顷刻。
我闻画家品入神，唐王右丞李将军。
其它能事亦时有，点缀丹青总纷纷。
有宋宗派分南北，米颠父子独去陈。
疏钩密点化烟雨，一洗万古尘界新。
高君追踪竟相逼，一幅照人观眼惑。
崩云黝黯漫空昏，荟蔚山村清昼黑。
洪流暴冻疑龙䨻，恍惚电雷交日昃。
山人张盖渡板桥，犹觉泥泞神恻恻。
真宰直与造化通，杳冥变幻从何测。
此图丈馀为谁写，君家阿咸好事者。
他年取作为霖兆，不厌家鸡欣鹜野。
寄语中乡老郑虔，暂今时雨尊儒雅。

雪

照眼寒光曙色轻，帘开虚室白添明。
市廛顿觉嚣尘静，形影相看面目清。
鼎冷更无陶谷兴，诗穷真合孟郊名。
秪应聚作银山玩，诳得贫愁一见惊。

复雪

昨日凌晨扫径轻，今朝又观雪光明。
遥知江国梅花发，定比瑶台玉树清。
跐迹秖缘东郭苦，驴踪因少灞桥名。
闭门只合甘高卧，莫便干人见者惊。

周朗谷司门家人以麻姑图乞题

朗谷与吾骚雅徒，当关左右亦染濡。
颇知宝贵翰墨娱，什袭一幅素麻姑。
淡扫绰约世间无，匄我品题一别区。
展卷错愕生嗟吁，稚川传中良不辜。
鲁公书记曩临摹，松雪道人曾有图。
每欲学之费踟蹰，迩来俗工多狂愚。
随手抹等昭君诬，往往真仙遭亵污。
惟能宝者聊勿拘，见此技痒欲浪涂，
方平有鞭莫鞭吾。

周朗谷家人乞书

康成家中尽晓诗，颍士家有爱才厮。
朗谷先生擅骚雅，风流濡染及从者。
不宝金玉宝翰墨，心能超俗殊难得。
匄余作书意颇坚，且为挥毫莫计真。

胡炳堂北上进取，因携子绕道于晋解州，访其兄俾子就学焉，乞余写鸡，并题以赠别

闻君中夜常起舞，此去雄飞振健羽。
几年纪渻养德全，鹄卵能伏才推鲁。
清时翰音正好登，莫惮为牺断尾苦。
丈夫拔剑竟出门，早矢烹雌如五羖。
君不见，
五凰楼前夜呼旦，多少先鸣争进取。
今行指篷黄金台，纡道太行窥砥柱。
有子凰雏毛且豊，锋芒亦欲着金距。
携之同行访鹡鸰，恐使野鹜相鉏鋙。
残冬朔雪路途寒，鸡鸣登程力须努。
他时鹓班朝既盈，碌碌驱鸡未足数。
乞余写此意无穷，抑亦别后识风雨。

偿债

岁暮饔飧苦不支，那堪偿索计毫厘。
风尘俗吏曾遭贱，阛阓小人屡见欺。
鸣鼓吾徒攻不尽，执鞭司市禁奚为。
惟期即断纠缠去，耕凿修江独乐饥。

水仙

三度看君此地开，江南春色又相催。
多应雅客怜寒甚，故为羁人破寂来。

东海成连琴可谱，潇湘楚累佩忘裁。
讬根独称工诗骨，清到穷时没点埃。

立春日雪[①]

一岁春来两度新，刚逢三白趁新春。
柳条未蘖先飘絮，彩胜方簪尽剪银。
凸处微消知地暖，飞时缓整识风匀。
元安绝谷当穷腊，不克擎盘试五辛。

注释

①时腊之十八。

立春次日雪

昨夜东皇新令严，申明滕六与飞廉。
百官尽有银幡赐，五岳都成玉垒添。
坎窞填盈平世界，垢污含蓋好闾阎。
从知大泽多丰稔，草莽林泉普得沾。

立春第三日大雪承周朗谷馈薪米

才得新春瑞雪占，漫天风霰更重添。
填门乍骇平埋阈，压屋频惊重坠檐。
丛筱倒垂拖凰尾，孤松横折老虬髯。
此时闭户惟甘饿，何幸相周与属猒。

赴周朗谷招饮雪阻不前戏成一律报之

快饮相招趁暂闲，何缘咫尺似蓝关。
通衢没胫人踪少，曲巷埋轮马力孱。
白战知君无与敌，素餐如我岂须攀。
非因兴尽山阴夜，合是煎茶数本悭。

戏为周朗谷写月下泛舟小照

为君写照合追神，不必沾沾面目真。
试看图中天浩荡，风流千载近何人。

除夕

纷纷岁火满街头，太息流光若置邮。
诗积穷多因懒祭，年增老惯不知愁。
五旬旧否今宵扫，三载淹屯此地周。
会趁迎新方去故，春风相送我优游。

戊午元日

重离继照隆三祀，景运征休大一元。
万户春台都馈胜，两年羁次且开罇。
初暾丽陬天光暖，积雪融消地气温。
自此朱丸能辟恶，得来如愿脱笼樊。

不寐

深夜沉沉不省更，寤思辗转寐难成。
神浮幻色瞑中现，籁寂虚音耳际生。
千里关山方寸歴，百年欣戚一时并。
起来拨火温残茗，翘首当寅斗已横。

高生宏轩招饮适头病不能赴酬之一律

献岁闻邀酒思融，偏逢痟首上头童。
莫言原宪非真病，不是曹瞒却患风。
戏习五禽慵作虎，馋贪三爵怯疑弓。
君今且拚羣仙醉，剩一鸱夷待毕公。

上元观狮子旱船戏

不侈灯轮取乐胥，良宵观剧也轩渠。
如来五指原能幻，莊叟坳堂本自虚。
罔水风波刚济渡，无形方良尽驱除①。
兴随穴鼻飞千里，春意醺人醉似醵。

注释

①或云狮以逐疫。方良上声。

春雪即事

常为飞觞中圣贤，解酲权取雪搏煎。
蚁如牛斗心恒动①，鼎作蝇声句孰联。

门寂不须双眼白，春深行近百花妍。
孩童倚膝嬉尘饭，恍见吾生此日天。

注释

①病酒后，耳中常若有声。

戏次黄荩峰和鄢陵明府保九真冻豆腐韵

严冬那得秋黄蘸，独有黎祈风味殊。
为凛冰操千孔出，偏能雪淡一尘无。
寒同宦拙骨俱冷，涩似诗穷肠欲枯。
岂仅羊肥属小宰，热中见此笑迂疏。

肉食消金莫省寒，都嘲淡泊作中干。
宁知达者原甘腐，不是吴人只瀹酸。
雪夜冻令清骨老，霜晨烹解秀眉攒。
侯鲭龌龊何堪数，应与蓴羹一例餐。

忆家园

春光斗媚韶，故园景色饶。
带流漾环湜，屏岚列翠椒。
踯躅晴然灼，秾华风笑夭。
嘤鸟吟丝柳，泳鳞牵影条。
时卉盈除茁，盆芳照牖娇。
桀阁时登陟，豁覧兴逸飘。
乘适踏阡陇，田父馌见招。
醉歌笠伊纠，逢人话渔樵。

雨溪问庐隔，信步渡板桥。
遗世真汗漫，挟策读逍遥。
此况阔六祀，此心殷一朝。

送别周朗谷谢任苑陵

迟景煦岑阿，万卉正夭灼。
嘤鸟将巢乔，辞幽谢卑恶。
翘翘篷高林，榆枪让鸠鸴。
佳人今且行，翩骞绛霄鹗。
顾余樊笼久，行即脱牵缚。
此后海上鸥，求声恐不着。
相依历寒暑，离愁一朝作。
暖风促征轮，扬埃振空橐。
悲鸣比翼鹣，岐飞渐天各。
恻恻出东门，依依新柳弱。

交代既结同巫三纪亭之省途中口占

枯鱼那解泣，穷鸟曷须悲。
金石无愆信，罗罣有脱期。
春光晴媚眼，晓气冷侵肌。
行喜遂初服，姑勤一日驰。

或以蛱蝶图乞题不察其为谁氏

栩栩滕王脱出胎，芊绵春野草花开。
偶然赏惬莊周梦，不复深求所自来。

或以扇匄书亦不知其为谁遂答之

右军曾书六角扇，老妪持出通都羡。
练裙渠几奚足珍，兴至挥毫亦或偏。
古人白眼睨凡尘，胸中轩轾殊不存。
醉时将军手污足，饮可老兵即桓温。
和飔习习腕生爽，旭景迟迟纸映新。
苟吾勃勃意趣真，便觉跃跃技欲神。
不见西江老诗祖，后来作书不问人。

观王重观园牡丹酬之二律

万树楼前锦陆离，春光妆点正封诗。
君方捡册稽名数①，客且穿樊别等差。
洛下风流姚魏宅，长安富贵开元时。
如今兴似青莲醉，欲叱将军捧酒卮②。

瞥见名园簇牡丹，天姿果尔秀堪餐。
子猷不复孤寻竹，郑穆何须仅与兰③。
晓露尚含妃子泪，春风如倚禁中栏。
此间独惹陶潜恼，菊待东篱觉太寒。

注释

①重光适阅花册。

②时高二同在游。

③中有一株，每花开必征祥瑞。

胡濬源诗 · 豫小风

分宁胡濬源乙灯著

男　云从 / 云会 / 云行 / 云龙 / 云程 / 云作
侄　友梅 / 友兰　　侄孙　铎　仝校

古今体

卷　六

寿杨广文尊人①

南极星精中岳神，珊珊仙骨有谁伦。
着书吐凤钦贤嗣，望气犹龙儗上真。
桃李重开门下日，楷模直驻膝前春。
豫章羁客觞翁寿，九十韶阳满眼新。

注释

①杨嵩县人，时三月下旬。

杨广文尊人六裔先生寿辰，既寿之一律，广文复属作长句，因衍为伊洛村一章

我闻伊洛之水，二室之山，
仙人王子乔浮邱公，招延把袂相往还。
后来亦有胡居士，卢鸿李渤庐其间。
躬耕乐道与肥遯，高踪千古畴堪攀。
川岳降神犹未已，和会钟灵非等闲。
有宋天生两程子，独为吾道追孔颜。
大贤之区余泽远，清淑之气人文关。
六裔先生应时出，少小岐嶷早无匹。
几年孤苦著王祥，几年陈情笃李密。
重慈侍养越期颐，至諴感孚比闾述。
弱冠读书弄柔翰，偏志封侯遽投笔。
慷慨拔帜既冠军，不图骨相老竟屯。

一经课子复儒雅，二难竞爽昌后昆。
果然元季皆才望，艺苑喧传双子云。
长君皋比方坐拥，苑陵共仰师儒尊。
即今称觥舞膝下，斑衣辉映桃李门。
矍铄哉是翁诚有子，行看霄汉并飞骞。
但使渊源二程景，前轨不羡仙流数隐沦。
翁将黄发皤皤指日束帛叠褒纶。
叠褒纶，优游大老长乐伊洛村。
我已为翁晋寿言，言之不足再为令嗣咏叹云。

巫纪亭家人匄书

管分三品良已多，其如民有十等何，
胸中芥蒂严区别，质诸古人可不屑。
右军潇洒博白鹅，王褒崎岖困碑碣。
世间雅俗都未知，此艺将酬聊尔为。
兴来称物且平施，莫嘲体与羊欣宜。

巫纪亭家人乞题山水①

杖策空山独往来，板桥茅店隔尘埃。
囊成古锦无人背，恰喜萧家有爱才。

注释

①中有杖策携仆渡桥者。

为巫慕侨之侄写竹扇

猗猗斜倚笑天然，写尽潇湘万个烟。
最是风流能不俗，习家池馆阮家贤。

喜雨口闻西师捷音适举第六男

欃枪渐扫京星见，旱魃方禳甘雨徧。
刚得天和万户欢，恰逢旅寂一朝忭。
嘉麦芃芃云满郊，好莺睍睍珠流院，
敢谓征兰喜六龙，多男他日耕田便。

为幕客写兰扇

高介生幽谷，根非当户芳。
本然忘臭味，宁仅不闻香。

四月一日巫三慕侨馈酒米

布谷惊闻首独搔，旅人粮绝几号咷。
自怜李白腰间骨，谁拔杨朱体上毛。
满院楝花飘绛雪，一朝梅雨涨洪涛。
归期甫约方犹豫，推食何期义至高。

为人书扇

达者胸中无一物，兴来腕下挽千钧。
渊明饮醉尝辞客，山谷书成不问人。

戏为首饰银工作书

簪花折股体纷殊，总类雕虫不壮夫。
铁画书成钩尚弱，将从大冶假锤炉。

观王星源园中红白芍药适主人不在

本是风人此地花，何须宰相美名加。
世情后起纵居上①，真品瑜全肯匿瑕。
月姊缟裙回舞雪，天孙绛袖拂流霞。
昨朝窃得芳园赏，不见王筠空藻葩。

注释

①牡丹初名木芍药。

司门家人

左右素丝五緎，逢迎珠履三千。
不遇高阳酒客，八公且使龆年。

与杨广文登凤台山大王寺小饮

何年衰凤到尘寰，两寺清幽出世间。
僧亦有官偏爱酒①，我因离俗偶登山。
谈来不老非关寿②，悟得无生即是闲。
此地莫将岐路泣③，溱流终古水潺潺。

注释

①僧为僧官。

②僧言老健由于心中无累。

③寺下即通衢分处。

四月八日与杨广文及高生游卧寺憩于西子产祠而归听高生鼓琴

梦觉都空那有形，奚为高枕到冥冥。
今朝与佛同新浴，我辈何人可独醒。
梵宇浮屠生暮霭，丛祠古碣郁精灵。
归从博物城西庙，夜听鸣弦月透棂。

郭静轩月夜招饮听琴因忆周朗谷

主人气谊深，素月照素心。
招我共朋侣，酌月听瑶琴。
琴音凄以清，脉脉移我情。
小弦泉落涧，大弦钟铿鲸。
断续太古调，恍惚羲皇民。
问客此何奏，归去陶渊明①。
渊明去何速，我何迟迟行。
知音自古难，知己心所萦。
三年洵淹久，别离未忍轻。
曲终感所思，室远在方城②。

注释

①琴弹归去来辞。

②时朗谷新摄裕州。

公无渡河

公无渡河，河有蛟鼍。
曳胫嚼趾，吞人实多。
中流恐没，半济跌蹉。

公无渡河，河石蹉蹉。
齟齬齿啮，其得如戈。
履之穿足，流血滂沱。

公无渡河，射工水魔。
含沙射影，日伺人过。
近之不见，使人札瘥。

公答

公无渡河，不渡则那。
悬流千仞，忠信若何。
跬步择蹈，平地风波。

将进酒

将进酒，
万事无如杯在手，式歌此语莫虚负。

混沌之前谁复知，大荒之外又何有？
元会寅弦有极垠，含生负质能许久。
昧者百年只斯须，达人顷刻成不朽。
君不见，
王伯天人隆振古，园陵究归一抔土。
麒麟凌烟亦奴隶，惧满终如畏棰楚。
兔死狗烹淮阴灭，何似当年胯下侮。
石崇金谷金如山，霎焉籍没荒无主。
屈平词赋卒沉渊，马迁文章遭刑腐。
学仙佞佛求长生，不见秦皇与梁武。
神仙有谪约束严，佛法有戒修持苦。
将进酒，
人生五伦偶然缘，他生宁识此生怜。
百岁光阴驹过隙，一朝聚散风中烟。
及时欢会不尽饮，明日杖头恐无钱。
樽前且进中山酿，免使碌碌百忧煎。
君不见，
古今惟有陶彭泽，归去东篱下，醉来辞客我欲眠。

浊漉篇

独漉独漉，耽耽逐逐。
上有矰碆，毋集于木。
下有陷阱，毋临于谷。
瞻彼中林，载猃即鹿。
肃肃之罝，雉罹兔伏。

其二

独漉独漉，无往不复。
皦日之誓，有时反目。
断金之交，有时贼戮。
头烦勿沐，沐则心覆。
忠或见疑，薏苡兴讟。

其三

独漉独漉，明珠一斛。
巧者得之，假珠卖椟。
拙者得之，藏珠剖腹。
荐饥万镒，不如斗谷。
溽暑千狐，不如尺谷。

行路难

行路悠悠谁足恃，浪言四海皆兄弟。
参商戈矛且日寻，秦越肥瘠空相视。
膑足成雠孙与庞，刎颈凶终馀共耳。
朝走荆湘南，暮驰幽冀北。
挥金如土行结客，金尽客散无颜色。
古来多少疏间亲，古来多少怨报德。
人心何恩怨，变幻在顷刻。
君不见，伍员覆楚能霸吴，镯镂一赐有子无？
又不见，范蠡致书种大夫，何不当年早五湖。
猎狗就烹分自取，徒劳与兽结冤雠。

孔子重称管仲仁，未尝一语责天伦。
百里逃虞得五羖，子舆偏许为知秦。
交际义深难究诘，后人附会秖纷纷。
行路难，歌未阑，泪汍澜。
朱家郭解世希有，萍水遭逢半辛酸。
羊裘老子不出门，故人天子一钓竿。

调王星源钓虾无得

期年恼却任公子，君亦终日等俟喜。
清晨调饵出城闉，二三不羁临河涘。
垂纶欲引长须公，懒觅吞舟及鳣鲔。
细礫蜗蚓杂香饴，二尺纤竿剥葭苇。
耽耽蹲坐乱石头，几度岸阴移日晷。
风丝微动心惊忙，疑是牵钩屡空起。
自朝迄暮竟罔得，炎蒸炙背忍如毁。
本期水母都无目，谁料子公虚动指。
观者立倦频跛倚，君姑耐之吾去矣。
世间得失恒难恃，大才小试恐非技。
何不龙伯借巨缁，牵得鲸鳌翻海水。

为孙生作丈二章草书陶诗评

长夏南牕日似年，为君乘暇作张颠。
东坡信手奇无法，陶令遗篇淡自然。
尘劫磨人方寸墨，词章售价几文钱。
书成寻丈频搔首，掷笔一呼声动天。

耳鸣

中宵万籁寂无声，细细虚音入耳鸣。
恍惚新蜩千树碧，依稀寒蠨九秋清。
知音不许旁人解，雅韵疑从反听生。
坎虎自驯心未病，何劳大块益聪明。

听琴引

羣声悄悄座停斟，蟾娥恋恋愁夜深。
花影不动光凝阴，静听佳人弄素琴。
铁管吹裂哀鳳噾，铜盂戛碎古龙吟。
炎风幽涧霜意侵，海水杳冥悲栖禽。
窖牛木雉未知音，陶潜贺若同灰心①。

注释

①东坡云：琴里若能知贺若，诗中定合爱陶潜。

铜雀妓

台上风瑟瑟，台下草离离。
歌樽枯泪汁，舞袖拂尘帷。
鎖宫无日出，幸辇秖幽期。
可怜阴叔妹，犹鼓雉朝飞。

长歌续短歌

长歌叩牛角，短歌叩舟舷。
哀音泣行路，清霜夏陨天。
声闻一馀韵，响寂归茫然。
白云祈招宫，飞扬台上风。
事过同寂寞，浮云散太空。
太空高漠漠，谁人到碧落。
环堵金石铿，余生几时乐。

古悠悠行

磨蚁左右转，迟疾各有真。
蟠桃六千年，曷若人间春。
籛铿洵长久，妻孥成路人。
悠悠复悠悠，无旷当前辰。

艾如张

鹰怒腾，狗狺逐，罗施林，缴及宿。
尔有文章人不怜。尔怀耿介成孤独。
趯兔潜窟深且长，弋夫窥之空彷徨。
燕雀饱啄太仓粟，肉不可食不相戕。
风骨少乏难高翔，惟其戒之艾如张。

书示家僮

陶公一力犹人子，料尔当无力作时。
自信才惭萧颖士，何缘憔悴尚相随。

僮答

卫青不将还麤武，多少荣华草木同。
古锦奚囊成韵事。至今犹识是巴童。

题王桂岩从军纪畧

大将方歼贼，微臣敢告劳。
三年歌破斧，万里赋同袍。
马绩蛮烟瘴，杜诗山鸟号①。
艰辛纪阅历，传作吕虔刀。

注释

①纪中有经子美“终日子规啼”处。

郑孝子救亲被焚歌

嘻嘻出出荧惑奔，梓慎述惘禅竈惛。
飞廉赫号祝融尊，昌黎持正状陆浑。
魏雠一爇僖负门，有如玉石遭炎昆。
鬼焦神烂天地冤，哀哉孝子救椿萱。
椿萱无恙孝子燔，不可向迩谁拯援。
三光惨戚白日昏，精诚血面叫帝阍。

紫皇陨涕泣幽魂，谓此不与凡诣论。
猝时知急罔极恩，成仁旁念宁暇存。
世间甘鑊节烈敦，未免名义计较烦。
岂少热中类犬豚，炙手熏心性天谖。
孝哉纯至又何怨，将使争光青史言。
人子闻者泪潺湲，寒食应添介推原。

又二首

赫若燎原肯抱薪，仓皇蹈火为双亲。
救亲心急焦于火，眼底先无火与身。

縻竺曾传反烈焚，奚缘神感异前闻。
性真不熄终难烬，烧劫残灰化彩云。

别苏同年兼酬具贶

归与向何滞，默默有使之。
交契泣鬼神，天地惜别离。
百年几莫逆，千里几深知。
匪惟天地惜，君我同凄悲。
行止分晷刻，须鬓逐居诸。
临歧忍如割，把袂涕交颐。
洧流语呜咽，炎日心焦炊。
君贫赠我金，宁仅故人绨。
受餐仍得璧，再拜不敢辞。
愿君日日醉，勿念会无期。
行当游五岳，或重过大隗。

留别郭六静庵

面朋满天地，缁衣风已亡。
袖金走权要，箪豆悭寻常。
渊明屡乞食，谁为念绝粮。
夫子诣超迥，与俗殊炎凉。
于我独青眼，冷官具热肠。
三年如一日，推解备周详。
砼砼金石坚，郁郁兰蕙香。
臭味风尘外，莫逆到言忘。
千古共素心，此别天一方。
骊歌催马蹄，执手泪滴汪。
未饮先中酒，愿君无感伤。
他日忆故人，明月照屋梁。

留别阎生焜兼柬其伯桂苑

及门二三子，吾子真不违。
人皆骇河汉，子独信精微。
侯芭尝载酒，张籍屡联诗。
阵法曾亲受，鳌弧果一挥①。
伫看烧尾去，行且夺标归。
三载殷期望，一朝催别离。
相对神恻恻，何时复依依。
天涯如几席，愿言无凄欷。
寄语贤父兄，千载重心知。

注释

①日前科试经时艺皆第一。

次韵答别黄荔峰送别之什

去矣玉皇吏，三年苦滞留。
人皆知叔段，谁复忆言游。
与块不胜懊，盍簪时写忧。
惟君怜此别，载石满扁舟。

其二

骊歌姑缓唱，脉脉载言归。
我作鹤清远，君其鹏健飞。
行藏须各是，凝滞亦同非。
溽夏南窻下，高风未易几。

其三

好友二三子，交欢亦有时。
故人今且别，后会可能期。
惨闷濒行酒，熇熇苦热诗①。
城南忆夜月②，他日两凄悲。

注释

①日前黄有苦热行。

②去年五月曾共城南夜游。

次韵答别巫三慕侨

嶤嶤高义上穹霄，下荫穷居原宪病。
三载相怜成莫逆，四方其训观无竞。
羡君为邑有新猷，感我毁家徒旧令。
临别惠言何以答，是地从来宽猛政。
纵然供忆东道主，风尘莫废缁衣咏。
我去祈君早乔迁，好留谁嗣歌听郑。

附原诗　巫维咸

下吏奔逐事送迎，君厌风尘已称病。
我今承乏宁惮劳，杯酒饯君寸心竞。
大海淼弥精卫填，飞檄森严迅雷令。
逍遥西江君泛舟，疲敝东里我为政。
噫嘻吁：
追随驿馆争喧哗，何如相从泽畔寄吟咏。
自古文章报国非偶然，讨论润色还当过新郑。

归舟发朱仙镇

蕴隆久旱万艘留，京汴涓涓欲断流。
天爱陶潜归去好，一朝雨涨送轻舟。

雨霁风蝉得意鸣，涨生泽黾竞欢声。
飘然挂席离尘俗，已是烟波江上清。

西华桥

虹卧波间三尺高，直如铁炼锁江涛。
扁舟一叶穿难过，愁杀相如题柱豪。

至周家口

十载前蒙三月讴①，重过此地一维舟。
晨光今日催陶令，天曙当年送邓侯②。
潦涨满来都浊浪，风尘洗去是清流。
从兹鼓枻修江上，不复迷途忆旧游。

注释

①乾隆五十三年，摄商水三月。

②卸任商水时民皆遮留。

正阳关承郭别驾启关

刚从尘俗脱罣罗，又值关津恣索詑。
官岂豺狼当道吓，吏真魑魅喜人过。
蔽辜都合臧孙斩，搏揜宁徒醉尉诃。
酷暑维舟如坐甑，欣逢尹喜释烦苛。

关下阻风

我舟欲南相风北，几日出关行不得。
平湖漭沆漫无涯，缆牵莫挽难争力。
停颿系泊丛祠前，中夜熺熇热不息。

若耶朝暮滕阁风，心祷灵神佑默默。
梦神诏我祝融尊，掷火万里八冲奔。
炎曹赫赫纷炙手，势将海尘川竭源。
元冥与战不度德，谬试稽天斗澜翻。
三战三北无助援，遂使万物遭汤燔。
飞廉本是趋时子，炎凉久熟惟意旨。
讬名解愠借口实，安得师旷歌声死。
劝君忍耐休怨咨，君之归去原如此。

舟至六安州

橹楫纷交底事忙，石尤常惯妬轻扬。
舟如六鹢行程涩，心惬羣鸥日月忘。
霍岳连空云缥缈，淠流带郭树苍茫。
皋陶不祀墟堪吊，也有今宵抵盛唐。

抱子石

岩石宁曾解惠慈，居然抱子立江湄。
天成保赤留真像，敢告新来父母知①。

人境休嘲儿女情，须知此地毓神明。
自为众母归来候，庶媿廉泉让水名②。

注释

①时州牧伯刘初下车值教匪倡乱。

②余自新郑谢病旋里。

代同寅赠门生李童子冠军

吾子颇清妙，文章轶等伦。
为言能邈众，下笔肯追神。
旧学征常密，新知可更醇。
后生崔悛子，前世谪仙身。
汗血驹骝健，豊毛雏凤新。
从兹云路去，勉慰卷帘人。

胡濬源诗集·秫田集

《秫田集》自叙

渊明二十五亩种秫，公田是也，是在官日者。仆既赋归，所守先人私田，为官累鬻，去过半矣。其剩负郭，租佃而食。种秫与否，且无容心，顾以颜集，何邪？盍退居田园，侪耦农圃，时有咏吟。所惬之趣，多得之渊明；所发之兴，多生之酒后。则不必公田，如于种秫，如于而心之所触；若无非秫田，目之所覩；若无非秫田，虽不必尽言田家事，而若无非歌咢于秫田者。故题曰《秫田集》。

嘉庆十六年嘉平月二十有八日

胡濬源诗集·秋田集

分宁胡濬源乙灯著

男　云从/云会/云行/云龙/云程/云作
侄　友梅/友兰　　侄孙　铎　仝校

古今体

卷　一

封侯图①

猿臂将军数屡屯，虎头万里亦艰辛。
五楼宅第簇轩盖，东陵种瓜独苦贫。
古来万户如锜曲，笑杀千诗出世人。
君不见，
沐而冠者方伐巧，朝三暮四何曾饱。
参军供奉祇人縻，绯袍不裂终不了。
楚王矫矢徒乞哀，蜀如啼向巴峡老。
危崖兀石啸云深，怀袖不虞蜂虿侵。
双眸炯炯高秋岑，棘端有削画者心。
城北徐公古之美②，胡为状物称长技。
王孙麤丑黠无韵，见者揶揄都不喜。
我闻画兽有专家，子敬乌驳曹玉花。
选才任重能致远，乃使丹青竞相夸。
其余猫虎及兔犬，游戏常戒添足蛇。
苟徒学步易元吉，涉笔未免增惊呀。
又闻此君亦善马，颇云韩干后作者。
不图神骏图惺奴，疑君肠断巴山下。
当前着个吟香峰，孤向秋崖舞秋风。
或言画师阿俗好，取义谐声会意同。
我思形容旨深远，世上何人非狙公。
一幅败素如百纳，人弃我取曰良工。

注释

①图一蜂一猴。

②画者姓徐，亦一时名手。

为内侄写鸡鸣教子

雄鸣已倦谢卑栖，日午花阴且自啼。
愿得将雏成凤哕，莫教子弟厌家鸡。

题汪吾山州侯小照

题记：吾山，皖人也。余初旋里，向未曾晤，亦未见其图。刘君芳以画并图说来，属题句，因赋之。

昨我归来日，经过古皖间。
朱邑文翁里，欲访愁阴艰。
炎途寄神往，仰止见灊山。
乔松蔽空阴，飞瀑落云湾。
毓灵吊千古，今此畴堪攀。
抵家艾城下，乃惊舆颂环。
道前州牧伯，先后文朱班。
殷勤求上理，恺悌恤痌瘝。
化行跻卧治，公暇庭颂闲。
迩求芾棠在，去思泪空潸。
闻兹方喟叹，何时新晤颜。
刘子示图说，颇足觏一班。
千丈高落落，廉泉挂潺潺。
调熏憇芳草，灵气中往还。
风尘无俗韵，胸次邈人寰。
卓哉谢安石，苍生望所关。
我将老林下，赠句君其删。

次韵答桐门三兄劝驾之什

陶令不阿乡里儿，归来松径着新诗。
十年胜读同君话，万念都灰只自怡。
袒背负暄冬亦暖，脱巾漉酒醉奚疑。
且甘华发能鞭后，岂便闻鸡似壮时。

一从清畏禀前徽，自信于今颇不违。
老去多君诗益富，贫来笑我貌空肥。
轩辕城下虚遗爱，艾子江边独赋归。
赢得毁家长啸咏，白头康乐与相依。

为李洛蹊表弟昆季写牡下鸡群图

归来相见感当年，风雨嘐嘐似日前。
试向鸡坛搜雅韵，玉溪花萼正封篇。

写喜占春魁图赠慕泉宗长北上

灵禽喜噪自天来，春色江南早暗催。
不是陇头逢驿使，一枝为报百花魁。

写英雄到老答蒋功宗长

雄姿不老皂雕孤，谁爱丈人屋上乌。
一见知君心益壮，肯教长此集于枯。

戊午十月晦日 先子忌辰

还家重感蓼莪篇，倏忽今朝又十年。
继志渐孤先子折，倾资赧对后人贤。
悲风栗烈飘霜木，寒日凄清下陇泉。
垂老鱼皋游宦后，不堪回首白云边。

寿张礼堂六十

昔我去家年尚强，今我归来须鬓苍。
鸡坛耆宿感零落，磊磊残星散晓芒。
日前造访先生宅，先生老似壮时当。
长鬣一捻诗千首，微醺两颊生红光。
篮舆井里三餐返①，庞公高坐鹿门床。
迩来相违又弥月，葭灰吹起律筒长。
先生介眉当此日，彩衣珠履罗华堂。
我欲称觥晋一语，愁逢俊髦敲球琅。
但作东坡插花舞，莫言百岁如风狂。

注释

①日前造访，适礼堂之交山，暮归。

为陈桂圃题泛湖夜饮美人弄笙图

谁驾夷光一叶舟，烟波弥淼洞庭秋。
湘灵幽咽瑟希歇，水仙夜泣龙女愁。
洛妃皓腕调玉管，哀簧袅袅云不流。
岸帻停杯一静听，江树漠漠天悠悠。

疑是青衫湿湓口，却非铁拨怨箜篌。
疑是洞箫泛风月，亦非主客滞黄州。
疑是中流笛声愤，不见逶迤舞未休。
襄王梦断宋玉死，白苹青蒯沟荒洲。
朱门红粉醉歌舞，达观嗢噱同蜉蝣。
此中浩荡好谁似，我欲儗之费寻求。
昔余三载溱洧留，载月携琴清夜游[①]。
尔时但解文字饮，未免羁穷半离忧。
曷如棹歌五湖上，美人桂楫轻夷犹。
迄今家居又兴尽，吾乡有水空名修。
披图顿感游仙趣，桂圃先生尚其俦。

又

白壁江前宫锦袍，天人游世恣嬉敖。
风流更挟东山妓，一叠飞声起暮涛。

诗老萧然丈八沟，天空日落暮烟秋。
调水不屑诸公子，独载云和镜里浮。

注释

①余向留郑，曾偕客城南夜饮。

为张礼堂写梅

好处不夸竹外枝，枝高寒似子山诗。
作花更不分南北，无量春生半树知。

为张礼堂写竹

胸中烟雨满潇汀，奚事空庭月影长。
写得主人无俗韵，子猷终日对苍筤。

写鹰[①]

横空健翮等鹏鹍，神俊宁能止棘樊。
莫讶翰林今集鸷，生来风骨定高骞。

注释

①为陈仰夫亲家题。

写竹

风流萧散属徽之，到处寻游俗不知。
阅尽渭川千万个，可人终是此君宜。

罗浮疎影暗缤纷，月上梢枝夜未分。
欲貌寒香清透骨，惜无妙笔扫烟云[①]。

注释

①写月下梅烘云未佳遗题。

题冻梅宿鸟

数点春光缀朽株，黄昏暗里最清臞。
珍禽并作罗浮梦，一缕香魂窅欲无。

亦无野气亦无尘，雪后寒惊姑射神。
半树不须疑耳鉴，应怜和靖是前身①。

注释

①画出陈越三逅时好手，或以为非真迹。

题吴照兰竹

薄寒残露晓风清，空谷无人石牛倾。
一种猗猗相互借，同为君子有同情。

枝枝叶叶杂参差，潇洒风流眼媚姿。
借问写生吴道子，可曾观剑少蹁跹。

次韵酬畹莲侄藻川

吾子天怀信越时，行藏知我了无疑。
阮家竹径堪狂醉，陶令庭柯足眄怡。
材用终身栎社梦，衣冠万古蜉蝣诗。
眼中不解分官样，王霸何渐历齿儿①。

我已吟同落下咏，君频歌动郢中皃。
偶怜程子中谟卷，谁赏青莲蜀道诗②。
趁雪同舟刚兴尽，开缄浣手又神怡③。
文章终卜逢知己，好作褒衣隽不疑。

注释

①原诗有“官样没齿皃”之句。

② 秋闱藻川以房荐未售。

③ 前日州治回里，至山口，拟过访，然不果。归来即得接诗函。

附原诗

闻说公庭吏退时，皋比麈尾晰羣疑。
乘舆不借寒波济，乡校偏深惠泽怡。
溱洧兰为芳洁佩，田畴歌是去思诗。
几回怅望修江水，众母犹怜垫隘儿。

可喜居斋如旧日，回来官样没些儿。
铜章曾作万家县，囊箧惟赢百卷诗。
绿发光阴忙里过，黄粱富贵梦中怡。
虞卿著述能传世，好住名山不自疑。

附桐门诗

轩然六尺杰男儿，召杜敷施李杜诗。
新邑棠阴凭缱绻，故园花萼正和怡。
为因鹢退风其兆，或也狐听冰是疑。
勲业平津五十后，升阶从始服官时。

东里谁希众母徽，保民如赤视从违。
人矜报最书争上，我爱居家官不肥。
三县神明舆颂去，浑身仙骨故园归。
带溪水遶鸣珂韵，应念东山物望依。

小游仙二十首次朱秋漪太史韵

自谪尘凡数十春，骑虬几度策湘筠。
如今凫舄知飞倦，且向鸿蒙话宿因①。

昨朝买药出通都，瞥见长房过我趋。
却怪寰中天地窄，杖头惟挂一壶芦②。

竭来舒啸一长歌，黄竹白云休揣摩。
羌在钧天听法曲，天风吹送步虚多③。

胡床七宝烂光明，美玉招邀坐听笙。
童女三千都屏退，独留依奏董双成④。

云子为餐石髓粮，姮娥夜夜捣元霜。
金浆醉倒琼楼卧，不顾寥阳刻漏长⑤。

天台偶宿绛罗帷，受得琅函日久披。
解尽五千河上注，流霞一饮已倾卮⑥。

扪箕摘斗蹑中台，身自层城十二来。
俯瞰神州撮土外，苍烟一发是蓬莱⑦。

御风汗漫赤龙飞，长笑丁令空缟衣。
鞭驾大鹏希有鸟，八荒游遍想非非⑧。

下入九幽上入云，洞天六六有真君。
相逢尽道真符诰，不是嘉平灵宝文⑨。

漫道阿难十种仙，蟠桃花实再三千。
世人问我年何许，生自天皇未出年⑩。

人间才藻枉争妍，谁信诗仙即上仙。
赋压玉楼天帝赏，酬缣计直索盈千⑪。

弥明道士未深论，遑盾飞琼品骘存。
盘诘仙人哦六字，口前截断语惊魂⑫。

昏昏默默妙无形，不是荒唐语不经。
著就淮南山大小，合将圭旨探黄庭⑬。

钱铿多寿究须臾，古塚茫茫卒草芜。
控鹤可随王远去，扬尘东海问麻姑⑭。

闻风高倚昆仑邱，莫使徐卢海上求。
打得邯郸酣梦破，月明吹笛岳阳楼⑮。

东望沧溟若木丹，木公宫阙拥千官。
珠林璚草春光暖，共识琼楼不怕寒。

寥空三鸟日西飞，金母鸣銮在翠微。
方朔岁星娇已惯，长生安用叩头祈。

洞口天桃照晓霞，洞中鸡犬及桑麻。
知今更徙天南去，只恐渔郎再泛槎。

朝从极北采松脂，暮遣烛龙烹紫芝。
天上居诸应更疾，休同柯烂滞看棋⑯。

抱朴深憎不信风，神仙有传亦虚空。
曹唐岂果乘鸾鹤，脉望原来是蠹虫⑰。

注释

①厌尘想。

②触出世。

③兴仙诗。

④位仙列契知音。

⑤服仙丹领至味。

⑥传仙道得元解。

⑦极高游道无上。

⑧极广游道无外。

⑨极遍游游非粗迹。

⑩无终无始。

⑪诗即仙。

⑫诗邀仙。

⑬仙即心。

⑭期不朽者是。

⑮须识破仙不在远。

⑯四达无亦仙。

⑰北梦琐言：唐进士曹唐游仙诗才情缥缈，人谓可乘鸾鹤。按：游仙诗自何敬祖、郭景淳以来作者甚多，而诗便是游仙，游仙便是仙，此旨未经人指破，故和二十首以发明之。

胡濬源诗集 · 秋田集

分宁胡濬源乙灯著

男　云从 / 云会 / 云行 / 云龙 / 云程 / 云作
侄　友梅 / 友兰　　侄孙　铎　仝校

古今体

卷　二

献岁九日野人作剧

熙熙春景遍閭阎，乐事田翁牧竖兼。
狂舞戏同百莱爨，土音歌近一台盐。
休言夜少笙簧沸，却喜时无鼓角严①。
预借元宵宁太早，也应豪兴共人添。

注释

①去秋崇乡小警俱已平灭。

龙灯戏示子侄

嘲余泙漫技空名，游戏雕龙狗俗情。
柱下著书惭老子，庭前竞爽喜慈明。
珠光月夜腾牛斗，金奏烟村簇火城。
愿趁良辰烧尾去，僧繇聊为点双睛。

写梅

槎枒瘘干老虬蟠，挺挺高枝铁骨寒。
频向此间闲索笑，一天晴雪洒毫端。

写风竹

满座和飔拂面来，高阳池畔扫轻埃。
琅玕戛荡闻天籁，知是伶伦嶰谷材[①]。

注释

①为张秀才题。

写寒梅冻鸦

东风遥自海天回，吹得罗浮腕下来。
一个灵禽偏耐冻，高堂栖讬玉堂梅。

降仙字不可识戏成一律

盘沙飒飒降仙初，鸟迹推详卒鲁鱼。
岣嵝古文良有字，轩辕道士不知书。
炉烟夜雨消轻篆，烛跋檐风动暗嘘。
载酒漫寻杨子阁，画灰宁访希夷庐。

殉财[①]

象齿焚其身，蚌蛛剞其胎。
虽云以贿故，乃是生成灾。
如何饕餮流，冒死殉多财。
胡椒八百斛，珊瑚四尺摧。
一朝贪祸作，光焰变寒灰。
食客成仇寇，儿孙降舆台。

邓通石季伦，千古下愚哀。
人生温饱外，金玉祇尘埃。
就令无他害，逐逐何劳哉。
被裘负薪叟，行歌一笑咍。

注释

①时中堂和坐赃事下狱。

赠李洛溪弟摘阮

雍门鼓瑟田文泣，桓伊抚筝悲鸣唈。
琵琶泪落司马衫，由来丝音感忧悒。
今君萧散好襟怀，奚为摘阮夸专习。
一声两声月云移，三声四声风雨急。
空庭夜静山鬼愁，小沼春幽游鳞集。
世人以此和吴歈，巴里嘈嘈耳不入。
或付朱门红粉弹，或傍梨园长袖立。
淫声靡漫错杂喧，竟与俗乐相沿袭。
岂知当日阿咸贤，制斯独鼓恣豪逸。
截去清商变征哀，取象三才中雅律。
吁嗟雅俗古无常，羯鼓解秽谁争执。
君兮君兮莫技痒，不过竹林且收拾。

嘉庆己未上皇大行恭读上谕五章章四句

何处攀龙髯，乌号遍薄海。
服教与畏袖，宁惟三百载。

康衢罢作息，华封泣考妣。
大孝仰重华，庶稍节哀毁。

恭闻洮颒时，不忘笃周祜。
愿言方召班，竭力体神武。

于穆帝左右，陟降监于庭。
元凶去饕餮，上答在天灵。

忆尝觐天颜，疎贱自皞皞。
今日草莽间，已异颜郎老。

读香山集效香山

富人贪积金，富以亿万传。
才人贪积诗，富止数千篇。
所积多寡殊，俱弃平生年。
金如石季伦，诗似白乐天。
若以鸡林价，两两交懋迁。
恐百香山集，不尽金谷钱。
如何苦吟思，兀兀手自编。
洛纸亦徒贵，国门慢空悬。
兴来且酣饮，一醉付颓然。

交贫

交贫常依依，结富常落落。
明知依依情，门前任罗雀。

明见落落态，蚤起之东郭。
愚謟羡多金，争乞残杯杓。
亲戚窭可哀，相视偏漠漠。
岂图转瞬间，冰山会消涸。
张毅生内热，启期歌带索。
君子且固穷，小人难处约。
匍匐往救丧，是诗久不作。

杨柳枝词移插柳

柔丝万里袅轻烟，剪取移栽意绪牵。
永丰西角春风醉，无限心情白乐天。

莫向离亭管别愁，相期张绪斗风流。
春园桃李开如许，合得依依青恨留。

春暮感牡丹踯躅

春邑行将去，羲鞭驶莫攀。
枝残望帝血，花老太真颜。
何处堪携酒，终朝秖面山。
苍华不我听，种种促头斑。

暮春写梅

长留天地心，写出未经意。
春莫送春归，春风吹不坠。

王广文达淦以所著艾学杂谣见示因次其示生徒文学韵赠之

君家富异书，著述无沿袭。
不知帐中卷，相传尚几十。
倏惊得论衡，读之未遑乙。
一瓠贮汉纪，百氏供罗集。
载乘搜阙遗，订正待征及。
胸藏了棋布，有如通国奕。
岂惟侈繁称，足以开荒涩。
每怅十年读，未接四海习。
嗟我昔风尘，经笥缄未辟。
到处讨旧闻，破碎难收拾。
归来复故业，一瓻两瓻益。
仰卧看屋梁，獭祭徒盈席。
空期屈宋堂，无志班范室。
大意方粗解，疑义谁暇质。
朝来闭户吟，日似投阁寂。
早忘身后名，宁代古人悒。
去冬访鳣堂，不得其门入。
尔时虽耿耿，知君心无物①。
果然匆鄙夷，贲示琼瑶什。
愿言比诸生，逝将一经执。

注释

①旧冬过访副齐未晤。

附和诗·达淦王朝渠

鸿文囊获窥，清俊绝蹈袭。
驽钝仰雄才，倍予奚翅十。
五色迷日华，九足张大乙。
宰官庆现身，仙凫中州集。
应宿企辉煌，高风竞莫及。
舟行返急流，弗暇逢游奕。
夙好务自敦，宦途安其涩。
陶园富琴书，归来更躭习。
谈诗修水上，豫章派重辟。
青馥之剩残，应丐末流拾。
投闻托胜区，学浅须取益。
拟谒郑公乡，乐布函丈席。
州城相过从，奈俱值虚室。
杂谣敬缮呈，邮筒殷就质。
复荷琼玖酬，璀璨破枯寂。
嫫姆遇夷光，形秽愈增悒。
且悉过情誉，门庭未由入。
何时亲芝宇，梁间有余物。
启君酉山藏，赓我芊野什。
噬肯惠周行，忻慕鞭能执。

久雨

日长因雨静，久涝及黄梅。
砌湿愁艰步，花残喜易栽。

短垣生紫菌，髹几上黄苔。
洗尽尘埃虑，山云对户来。

写竹赠岐黄家

首夏熏风拂竹枝，竹枝为别倡新词。
枝枝是酒枝枝药，报道平安俗可医。

东坡画竹根书法，山谷偏宜竹叶书。
成竹在胸无笔意，更无成竹更何如。

风入松歌题李樱伯倚松课读照

松籁萧萧拂午凉，鹤鸣子和声悠长。
横栏泛蕙风扬扬，九皋浮黛天苍苍。
天苍苍，出芸窗。
倚石床，嗒然坐到无何乡。
家传牙籤三万轴，有子咿唔森如竹。
森如竹，且课读。
莫教衮师勿学爷，试唱高轩儗昌谷。
膝前三凤正鹓鶵，英物宁须破车犊。
儒家世泽非儒服，骨相封侯亦麤俗。
义书一经好习熟，他时稽古荣式谷。
荣式谷，千丈乔阴梁栋木，
栽培在尺幅。

喜子侄文佳

泆句寡兴吟，索莫如有失。
摸捉影与风，疑痴亦疑疾。
好文忽开颜，张军喜子侄。
得意欲忘言，真同自己出。
佳何豫人事，偏爱玉树质。
风气足散怀，其它都不恤。
南窗午睡酣，新雨润础磌。
醒来羲皇人，无烦责纸笔。
人多爱能达，我独爱能痴。
千古非常业，能痴乃得之。
精诚裂金石，勇气腾虹霓。
凝神专守一，仅求蜩翼微。
夸父渴虽死，愚公山可移。
成败利钝间，要无尝试思。
苟其贵观化，四问四不知。
将使尚谈空，无为无无为。
八垠归浑沌，百务治者谁。
达为痴之至，痴达各有时。

桐门三兄以近作见示且属书箑诗以答之

吟囊久空闷长晷，散怀偶触王平子。
渊明羌拟反责宣①，倏来谢客忆惠连。

清飚拂拂散炎暑，兰茗苾苾蕤蛮笺。
连章累纸力孱排，就中最喜玉树阶②。
君家子侄吾家共，莫言人事何与佳。
千秋世泽谒先垄③，理学文章谁接踵。
君今老矣我发斑，啸傲林泉遗禄宠。
为君书箧志同情，播扬家风看迈种。

注释

①家居课子侄见其文艺大佳有诗志喜。

②来稿中有喜子承欢侄食饩二诗。

③来稿中有在新吴谒始祖妣墓诗。

七夕放太平灯

接楮笼灯四幕烟，凭空飞到鹊桥边。
直将气焰冲河鼓，不数机关系纸鸢。
影逐昏星流大火，光摇秋月滞初弦。
家家乞巧楼头望，谁似今宵巧夺天。

送诸子侄童试为壮行色

欧冶鼓炉气横斗，华阴夜淬苍龙吼。
房宿荧荧高秋河，大宛驹蹴风云走。
试锋展足今及时，文辈才华众所推。
灵光剑阁古之秀，出门题柱谁不知。
扶摇万里自兹始，连珠星聚吾家美。
白头花萼有渊源，勗哉竞爽天衢迩。

对月

小坐纳凉寂，秋怀挹素轮。
曾怜羁旅伴，复照故园人。
花影移幽思，虫声触远神。
夜来初折屐，难慰第五伦①。

注释

①喜侄小捷，怅儿见遗不寐。

示儿辈见黜

赤水求遗亦半污，莫凭智叟莫离朱。
修容偶遇毛延寿，学道仍嗤项曼都。
自向达亡比塞马，比来廉鍜重渊珠。
老韩与使羞同传，历夜生儿宁似吾。

秋望

惨淡阴空四望垂，山容云意共凝思。
疎疎社雨蛩蛩急，戚戚秋声草木衰。
万事消愁频对酒，一生得意秪敲诗。
惟闻再报家驹捷，稍快年来叔不疑①。

注释

①前得兰侄捷音，兹又闻佶侄武隽。

九日饮水心侄斋

三秋天所尚炎蒸，九日生衣若不胜。
陶令萧条花未放，阮家酩酊酒初烝。
世情与节翻寒暑，今古登高变谷陵。
岂为摧租才败兴，近来王湛益无称。

仲儿蔚初婚祝语

大婚自古礼成嘉，为尔绵绵祝瓞瓜。
六子坎离初正位，二南周召首宜家。
鸡鸣警旦应无已，豹变循名可有加①。
祇念向长婚嫁愿，渐当毕却鬓先华②。

注释

①蔚字炳卿。

②此后尚有一女四子婚嫁事。

得同年万太史和圃见招书时和圃督学粤东

云泥久隔更暇陬，尺素相招自远投。
羌在紫桑闻祖谢，曷曾竹径有羊求。
潮阳海壮昌黎庙，清水岩寒山谷楼。
报谢故人劳缱绻，会从禽庆或来游。

岁暮

础润烟浓断雪霜，残冬和煦似春阳。
年华腊鼓声声急，土俗阑猪处处忙。
岁会秪应诗可计，客来多为债需偿。
镜中白发添人发，姑借辛盘日预尝。

二十四日

蹉跎急景漫相催，自笑邱公亦退才。
梦里彩毫疑索去，镜中白发渐添来。
炉围榾柮如烧芋，裘敝襹褷半染煤。
一斗且同司命醉，春光早已满江梅。

胡濬源诗集 · 秋田集

分宁胡濬源乙灯著

男　云从 / 云会 / 云行 / 云龙 / 云程 / 云作
侄　友梅 / 友兰　　侄孙　铎　仝校

古今体

卷　三

春怀

自懊春来藻未摛，才锋碌碌钝如锤。
羞因独坐情无绪，屡望诸儿颖脱锥[1]。
煦景池头开露甲，晴光空际袅烟丝。
盈前桃李芝兰好，且酢芬芳尽一瓻。

注释

①子侄方应州试。

责蘂

沈家腰鼓马家眉，尔曷童心日惰嬉。
最是渊明殷责子，非关王霸衹惭儿。
中才有养宁甘弃，诗礼相传岂未知。
痛下针砭当大学，莫终无用效支离[1]。

注释

①蘂年十五。

子侄试初场蒙杨父母嘉奖戏成

散怀风气一时齐，儿辈闻俱辱品题。
童子未堪当玉尺，宗工或已刮金篦。
山城风软偏桃李，绮陌尘香骤駃騠。
莫笑于菟生自兔，行夸野鹜不如鸡[1]。

注释

①子侄皆受业于余。

春社

田家社散即春分，晓气浓于宿酒醺。
稻种连村新水浴，菜花接亩暖香闻。
谁人斗草知怜景，是处摛花好缀文。
遥拟今朝台上望，应传太史奏卿云。

雪灯次州父母杨太史韵

天工琢雪巧虚中，灿烂寒芒蜡焰笼。
印取水壶模范合，雕成冰玉迹痕空。
全身清白心无热，满腹光华照眼红。
最是自他能有耀，琉璃真欲列屏风。

结彩烧膏斗藻葩，沉沉春夜月初斜。
九光合映销金帐，六出齐开报喜花。
漏向阑时清似水，融当暖处薄如纱。
华堂正唱阳春曲，刻烛应惊手八叉。

雪美人次杨太史韵

盈盈天女下瑶宫，冰雪肌肤孰与同。
生有清才吟起絮，几经弱质舞流风。
临邛垆畔头先白，下蔡墙东意未通。
合向水晶帘内望，依稀甲帐雾绡笼。

衣缨真恐拂成痕，窈窕临风独倚轩。
素女鼓弦依月魄，班姬裁扇映冰魂。
日高渐渍啼巾湿，霜重轻粘粉袖翻。
惟诚铅华销歇易，肯将清白涴尘昏。

和州侯杨太史丈地陈坊有感次韵

召父贤劳政已平，行春偏适理纷更。
风流不负山川意，鞅掌仍吟雅颂声。
是处寒泉清可饮，当舆白鹿扰无惊。
谁能载酒问奇字，应访任棠亦有情。

龙翔寺牡丹一株移来酬之一律

为爱人间第一芳，风流不惜等偷香。
移将国色依各士，免使花宫亵丽粧。
天女散时都病佛，如来拈处本空王。
期君灭去诸般相，妙法莲华自有光。

枯疥

自非刘书驼，疡疥亦奚狃。
既以尻为轮，岂必肘生柳。
渐离筑时闻，麻姑爪希有。
广胖难润身，踟蹰不搔首。
凉爱石榻清，温憎布衾厚。
四肢莫少安，三浴频涤垢。
往往中夜兴，每欲悔湎酒。

体殊卧呻吟，足异见榖欧。
燥湿稍偏毗，弗靖如小丑。
长夏正悠悠，付与支离叟。

送桐门三兄游楚粤兼寄永兴明府袁念圃百越文衡万太史和圃

恢台夏气莽南天，诗老新怀汗漫缘。
灵寿携从五岭月，锦囊收尽洞庭烟。
杯飜大海涵朝旭，袖拂浮邱拍古仙。
两地车停霄汉客，便烦问讯道林泉①。

注释

①郴州永兴出灵寿杖。浮邱山在广州。由郴至广黄箱山楚粤之关为五岭之第二岭。

村碣

慢讶相遗怪蹲鸱，聚聋而鼓亦奚为。
平淮纪莫争韩段，合是还他没字碑。

诸子侄赴大小试诗以壮之

斐亶奇峰灿晓霞，聊珠奎壁聚光华。
榴花朵朵朱衣点，鹭序翩翩振羽夸①。
宋代弟兄先烈在②，熙时茂异特恩加③。
扬飚勉趂三千浪，五月龙舟八月楂。

注释

①时盆榴盛发，适有遗白鹭者。

②宋仁宗朝先世莊理时兄弟同榜。

③今岁恩科又恩广博士弟子员。

吉梦

题记：有梦前溪洪涨，金鼓竞渡，水车夹岸，龙舟双驰中高涌龙头，以为吉兆。赋以壮行。

时雨生炎涨，溪流鼓怒涛。
雷鞭山石走，虬起岫云高。
辘轳杂金鼓，龙舟斗海鳌。
有人占吉梦，知报夺标豪。

子侄赴试嘱语

揣摩成候各精纯，针石相投谅有神。
取譬观音自念自，便符君子人治人。
龙头预属卢肇信，桂蕊齐占窦氏新。
局外衹能夸后效，谁知操券本来真。

感秋

火流徂酷暑，秋气动萧森。
系影一经愿，飞光两鬓心。
雨馀干鹊噤，风定暮蝉喑。
惆怅方无奈，青灯对独吟。

七夕

云汉迢迢一水湄，天孙刚喜及佳期。
多缘乌鹊能方便，慢诩蛛蝥具巧思。
月趁斜阳夜色早，林馀溽暑秋声迟。
伊畴得乞支机石，不问君平恐未知。

中秋步月

广寒宁必在天宫，月下相偕醉步中。
心是太清秋色净，境无尘气暮烟空。
当年棘院情何限，此夕林泉趣不同。
终岁几时能好景，且将雀跃问鸿蒙。

次韵四兄中秋即事

先生意气邈千秋，兴至笔端回万牛。
诞日恰当清景况，良宵多助老风流。
诗轻魏武吟乌鹊，教比陈思习紫骝①。
座间佳客皆沉醉，可有公荣预饮不。

注释

①诗中有励兄句。

次四兄白崕中秋韵送佶侄武科

万里骞云惊一鹗，九重列卫重千牛。
男儿自许旗常烈，壮志应怀管乐流。

龙气夜霄腾宝匣，霜蹄秋晓蹀驹骝。
谢家子弟今群起，太傅留情屐齿不。

病日臀生瘍右臂亦时痛戏成

不为青眼不为白，神马尻轮困驱策。
世间多少目睆睆，往往日赋迷五色。
世间多少臀无肤，偏作趦趄曳裾客。
而我目空旷九垓，冷眼旁观心久灰。
曩亦蒲鞭恤刑朴，今且坐忘了不猜。
奚缘如炬若观火，炬火翻为收视祸。
困之初六于株木，痈疽复憎人安坐。
旧时右臂将化弹，间亦窃发笑袒左。
三年之艾稍灸瘥，百草之露迟痊可。
节近重阳不敢饮，孤负东篱花朵朵。
疾痛相侵有谁因，子舆弗恶尚非妥。
噫吁嗟，但得举世安席瞭其眸，维摩无病才是我。

九日

何故人间诗酒节，偏从病后寂寥过。
篱英有鱻惟充药，斝酌无缘秖为魔①。
不耐登高情兴败，其如揭晓信音讹。
眼前风气孤吾望②，搔首当空一浩歌。

注释

①以目疾常饵菊禁酒。

②时乡榜发，诸侄被放，宁亦漏科，传问不定。

为成与题渔翁扇兼以勖之

我慕烟波叟，归觅季鹰鲈。
鳜肥美蓑笠，缘竿鲇九枯[①]。
三年修水上，此志终踟蹰。
吾子方狂简，进取知异吾。
渔猎富坟索，网罗尽膏腴。
抱业矢抉科，鲸鲲奋天衢。
譬彼垂纶者，饵非邱蚓须。
任公五十犗，龙伯负鳌趋。
离腊作大烹，小鲜安足沽。
雇畴赠子箑，独为绘若图。
二老挟竿网，一少持大鱼。
追随共满志，终日兴不孤。
岂谓昌黎钓，今与侯喜殊。
愿子尚勉旃，勿等玩好娱。
明年半渭水，王璜当早符[②]。

注释

①扇有鳜鲇各二。

②成与年方三十九。

为医士题万竹江亭扇

何处长桥竹绕亭，潇湘江上晚峰青。
千竿戛玉风敲牖，万个饰金月透棂。
帆影淡烟归极浦，水光空目际孤汀。
楼头卖药壶中叟，几坐呼童讲内经。

尘来宁识障元规，满箑簪筤足拂披。
境地谓川千亩富，风光淇澳一篇诗。
杏林君本成丹客，松下谁逢采药师。
惟是平安日有报，恰当医俗此间宜。

寿从姊刘母八十

古稀称介旧成篇①，荏苒居诸又十年。
我已风尘归既晚②，姊仍福寿健于前。
星残群从皆垂老③，河润重姻有世贤④。
腊粥早擎冬爱日⑤，斑衣纷照曙光天。
西池王母遗灵药，南岳夫人献宝钿。
趁是蓬壶春酒熟，期颐长此醉真仙。

注释

①姊七旬余曾撰文介祝。

②余自官豫归来已三载。

③余兄弟三十余人，迄今存者九人，女兄四人。

④侄辈又与甥孙世缔姻好。

⑤寿辰正腊之七日。

嘲麻姑图

颓云堕马鬓蝉光，嫽俏麻姑捧玉觞。
为妬城中好高髻，神仙今亦学时妆。

冬日写雪竹兰

剡藤一幅铺如雪，照眼寒光当栗烈。
呵冻挥毫寄以神，幽芳劲节交清绝。

为刘锦堂写兰

满谷幽香鼻观通，扬扬芽茁笑春风。
此间众善方同室，我亦心同臭味同。

桐门之外姑熊母钟卒征挽诗应之一律

吾家桐门学诗祖①，津梁亦自谢公取。
列岳争雄噪鸡坛②，独有人怜碧鹳羽。
尔时方钦泰水源，胄衍礼法夫人绪。
母仪有熊数十年，藉藉清芬耋有五。
一朝霜萎北堂萱，寂寞此间息春杵。
烈风骤搅杜鹃枝，寒日孤照灵椿树。
向来墨客已星残③，彤管畴为传列女。
桐门南游正未归④，我姑代舞班门斧。

注释

①桐门为钟子婿。

②熊雪研先生兄弟皆能诗。

③旧称能诗者皆物故。

④桐门方客百越。

写梅竹石寿意

竹外一枝好，坡仙句入神。
加石作三友，长驻地天春。

稼女祝语

今朝母命尔于归，老父何言亦叹欷。
膝下娇啼悲骤别，闺中谆诫重无违。
布裙竹笥儒家法，内则周南古媛徽。
去后祗怜三夜烛，门楣期尔大光辉。

声名

声名闻已播循良，樽俎盘盂沕宦囊。
正是明庭饬簠簋，早将官物寄归装。

恒情

恒情秖解艳多金，足纩遑求乃父心。
孰与君高无共隐，莫知我勚有孤吟。
伯龙老去鬼常笑，蘓季归来嫂亦钦。
世事大都惊爆竹，同喧岁尽一时音。

胡濬源诗集·秋田集

分宁胡濬源乙灯著

男　云从/云会/云行/云龙/云程/云作
侄　友梅/友兰　　侄孙　铎　仝校

古今体

卷　四

辛酉元日

频惊终古飞乌兔，又见新年值白鸡。
椒酒有班嗤后饮，彩毫虽秃好先题。
火明澈夜曙光早，花报经旬春意齐①。
喜顾家庭占福寿，酢酬交祝醉如泥。

注释

①去腊二十一已立春。

献岁子侄宴集戒之一首

天伦饮集最怡怡，戒勉余为马援规。
无故自应兄弟乐，更新当与岁华期。
水仙馥郁清生座，春草纤微绿动池。
桃李园中如罚酒，愿严大义莫徒诗。

人日

年年人日号斯辰，令属诗人与酒人。
羹菜乃惟传座亟，草堂无或寄题频。
情醺雨节花先醉①，思漾烟光眼满春。
可奈孤吟成独坐，终惭冠冕誉清新。

注释

①是日雨水。

上元

上元佳节古来恒，偏感韶光今几曾。
万事巧能群角抵，百年荣贵一华灯。
杯盘坐久都狼藉，金鼓宵分尚沸腾。
林下未猒修阁望，月低山影渐崚嶒。

示儿

居闲两辈过庭趋，回命聊为举一隅。
果克谆谆无邈邈，宁同暖暖①复姝姝。
阶前莫作羊公鹤，江上堪浮惠子瓠。
异得人推名父子，春风满座醉醍醐。

注释

①暖，集韵音喧，火远切，喧上声。

淫雨

春光倐忽变寒暄，数日淫霖雪霰繁。
檐溜滂沲溅户牖，山云黪黮迷朝昏。
蛰苏怯动嘤雏噤，勾达悭抽冻箨翻。
可待晴开桃李发，相随蜂蝶趂芳园。

赠星家

题记：余命缠轸在翌角之间，星家皆以命泊宫为断，多不验。

东坡生辰类韩子，牛斗无灵箕舌哆。
二公旷世皆天人，一生毁誉多相似。
而我造化不介怀，覽揆岂必关星纪。
譬诸万卉当春华，随意荣枯无定理。
术者群云泊轸收，往往推测乖亨否。
我思天文轸主车，任重致远道如砥。
何缘驰驱风尘馀，落落半生常濡轨。
左抚垂翼不奋飞，右援崩角莫能起。
至今悬车学渊明，日暮巾柴在尺咫。
君来挟术殊俗师，片言倾动夸神技。
立命安命无疑滞，知为庸人塞妄尔。

赠种痘医师

医家一百七十九，书藏有司古传受。
素问难经及瘍医，穷推百病垂世久。
后出杂着日更多，科分内外如渊薮。
秦汉以前无痘名，不知此症何时有。
或云始自东汉初，至今人如赋丁口①。
我昔曾见大江北，岁遇灾行及襁负。
十家婴稚存二三②，孤寡相号互执咎。
谓是先天畜五毒，何人保赤能援手。
有宋仙师来峨嵋，传教南方作慈母③。
法同播种导其宣，若出肠胃涤厥垢。

痂如结实体脱然，孩童半月群嬉走。
夺移气运极元功，参赞化育道高厚。
君以儒家爱仁术，业此专名足不朽。
尚其精心广好生，坐见丹成满玉臼。

注释

①今此症，人人一生必经一次乃免。
②江以北每听疫行恒多杀人。
③痘家书云：宋时峨嵋山道人始传种痘之法于丞相王旦家。

观奇技杂剧

巴俞都卢生趫捷，缘高作戏如猿接。
其技中国能者希，间即有之疑剑侠。
今朝何处来畸人，一壮一少技皆神。
累几为台高屋极，距踊腾上齐绝伦。
壮者仰卧竖双足，胫如橛株膝铁束。
少者年约八九龄，跃身足跟孤立鹄。
攲斜跳舞歌且倾，翻然倒竖变前局。
头同鼎颠趾蹑空，腰反折兮背反曲。
反曲首趾结环丸，壮者蹬掷为蹴踘。
下观仰视方骇汗，须臾又作云梯玩。
云梯轻小七尺高，足举云梯无倚岸。
少者更跻及梯颠，摇摇势欲插天半。
四顾悬虚绝攀援，下上盘旋若羽翰。
戏罢下台行无事，自言家在湖湘里。
相与习此亦有年，教可神传不可指。
目中无险亦无夷，心中无生亦无死。
毫厘呼吸两相通，不差累黍乃能是。

我闻是语益三叹，言虽小道孚元理。
从来异人楚有材，专精往往成奇诡。
承蜩累九志不分，运斤斲鼻质可恃。
神明变化在眼前，愿将持赠读书子。

族有业医者为其友匄书答之

差池分臭味，类聚各有方。
观人于所友，可以知其良。
譬彼笼中药，辨性备桂姜。
询诸卢扁前，宁必尽亲尝。
之子吾宗英，束履素惇庞。
道君崇古处，谅不等诪张。
匄余为作书，染翰已飞扬。

所见

长安大宅古来悲，孰意乡闾亦有之。
颜氏子孙真笑拙，平恩富贵早成痴。
百年歌哭郇屢感，一世绸缪乌鹊嗤。
惟爱先生五柳畔，黄鹂紫燕绕烟丝。

睡起

夏午悠然一枕清，梦酣初觉见渊明。
从来未解羲皇句，到此方知混沌情。
形影都忘吾丧我，髑髅羞话死羸生。
微醺似酒神迷醉，倚阁榴花照晚晴。

解所见仍前韵

莫又悲夫悲人悲，人失其弓人得之。
相视但右后今昔，放怀且解贪嗔痴。
衔泥来往燕徒苦，讼地肥硗虱也嗤。
长夏濠梁清樾荫，垂竿试共弄空丝。

戒赌戏者

迩闻吾子好摴蒱，为戒群居绝此途。
投马纵多彦道艺，褫裘宁少昌宗徒。
光阴分寸惜千古，事业雄雌争万夫。
向使陶桓生晋末，寄奴当只牧猪奴。

辛酉端午蕙乞书扇诗以励之

紫囊书扇趁端阳，童子偏欣翰墨香。
乞我作书铭座右，无心采蜡逐班行。
此儿不患才名盛，臣叔非痴酒兴狂。
莫厌家鸡才一纸，锦标江上正轻飏。

五日仍戒赌韵劝以业医

劝子芳醪九节蒲，从今指子一夷途。
苟存良相范公志，便是醇儒周处徒。
学者未能或先也，南人有言真善夫。
尚须精业肱三折，井上应生千桔奴。

为南畹侄题浴鹅图扇

谓是书博右军鹅，恐被人呼野鹜多。
谓是能鸣莊生雁，肯任长才惟避患。
碧梧翠筱在朝阳，有羽和声藻耀翔。
抑或清唳云霄邁，不问驾鹖争肥瘦。
君今方振羽仪才，指顾鹗举声如雷。
鸷集雉鼠都莫儗，尚恶用是鵕鷁哉。
童子何知抱盆盎，汲水相嬉浴红掌。
白羽一麾谓笼去，坐盼高旻云莽莽。

学诗僧乞书答之

闻道道人新学诗，学诗争似汤与支。
语言文字原皆妄，工吟总落贪嗔痴。
徒结骚坛作陪从，广长有舌亦奚为。
释典能文无量寿，千偈何如一指师。
愿君安心且自噤，瘦岛恐未逢昌黎。

道人爱吟复爱书，欲将钗股一叩余。
少年怀素今安在，铁阈久销笔冢虚。
韩子曾送高闲序，心无所起外胶除。
颓堕委靡忘收拾，于书象之毋乃疏。
我持此语塞君请，舍却白鹅为墨猪。

为吴生序之书扇

昔在昌黎伯，宏奖一时彦。
斧斤及纆徽，大匠无后倦。
示难观勇敢，盈气诱猛战。
善鸣李与张，循循皆北面。
下迨区与杨，蒸蒸亦丕变。
更有侯叔起，狎爱持笔砚。
观摩洵可仰，声气实可羡。
今子馆于斯，与余朝夕见。
儿童得蒙养①，吾党添狂狷。
子才曩锋铦，前茅屡修缮。
竞为良治子②，干镆须百炼。
火云爇青冥，时雨方震电。
及兹鼓精锐，明年当如愿。
师说吾愧韩，聊作诗书扇。

注释

①生为余家童子师。

②生为杳斋子。

僧倩人乞书答之

文畅于韩公，四门馆晨谒。
彼惟爱吾道，用克展诚切。
今僧来乞书，此意胡乃忽。
岂缘禅入定，脱俗弃礼节。

抑宁门墙峻，未敢相仓猝。
尝见浮屠流，浪走屡颠蹶。
或为口腹谋，托钵沿门阀。
或为云游资，广来荐绅说。
诗奴千无一，何况三乘诀。
扰扰大众中，僧独安孤洁。
智永徒辨才[1]，能宝兰亭帖。
上人号怀仁，亦守右军辙。
苟其发文翰，即是锱流杰。
嘉僧颇静寂，顾余奚不曰。
勉勤柿叶临，他日阈穿铁。

注释

①僧之师俗姓王。

戏为鸣九书画扇

都嘲画品何乃恶，谓是莊周答东郭。
吾子工诗淹雅人，岂宜耳鉴同鼠朴。
乙灯先生笑且云，退之画记吾难作。
为子解嘲好障尘，且效右军书六角。
为子齐物一开颜，善戏谑兮不为虐。
天下正色果孰知，他山之石或为错。
况令安石执蒲葵，冬将爨火谁久握。
万事巧拙无不然，何必解衣能盘礴。

初喜得孙

老去宁嫌得喜迟，仲男初属育孙枝。
漫云陈实卿惭长，可似苍梧子有儿。
昧爽霞光开碧落，炎熏荷气溢清池。
今朝把酒聊相庆，不问他年燕翼贻。

为黄颖聪侄孙壻书扇误墨遂戏作荷花一枝

溽暑烦熇久废诗，偏缘书箑兴淋漓。
卿真挥枕同江夏，我几涂牛等献之。
风际莲馨生翰墨，雨馀霞影照门楣。
书成坡老调山谷，莫以暇蟇石压嗤。

用旧韵饯仞佶菁兰侄乡试

吴钩铸就并称纯，出匣挥围骇鬼神。
名下素惊摸索手，场中宁乏卷帘人。
而曹挟抱方争锐，胜饯杯盘及献新①。
不必昌诗昌志气，须知常日揣摩真。

注释

①时正尝新。

镇兴斋饯水心侄就赋即席口占

此去先登似积薪①，相如病后气弥真②。
诸生共庆衔鳣兆，吾子应孚授钵人。
万里培风秋漭沆，四山泽雾晓嶙峋③。
一舦推毂占泚水，早蜡重阳屐齿匀④。

注释

①吾家观场诸人独水心后往。

②水心以气病新愈。

③泽雾培风斋额。

④预订九日至斋登高听榜。

诸侄就赋夜梦有赠

小山时雨一朝催，佳句偏从好梦来。
桂树淮南招偃蹇，庭阶谢氏乐栽培。
蟾弦夜净天香迸，雁字秋高汉影回①。
知胜蓍龟占习吉，引杯不觉醉颜开。

注释

①适省中寄家书至。

代吴琴轩题三星图寿袁念圃明府

方瞳鲐背发萧然，不仅人间行地仙。
想是投簪知足后，画图新自洛中传。

瑶草琪花呦鹿肥，太初蝙蝠傍人飞[①]。
丹砂不复求勾漏[②]，灵寿山头扶杖归[③]。

注释

①图有仙花，一鹿一蝙蝠。

②念圃新从永兴谢病归里。

③郴州有灵寿山，出灵寿杖。

次韵和袁松亭五十自寿征诗

骨节珊珊学引年，丹砂内外火初然。
据鞍早识蛮中嘈，辟谷仍应圯上传[①]。
永夏清吟篁籁午，严冬醉睡雪花天。
不须临汝矜幽寄，隔舫闻诗有好贤。

注释

①松亭以武举孝廉攻医。

佶侄赴科启行诗以壮之[①]

丛桂飏灏气，秋巘割层雯。
风高毛羽疾，九皋声天闻。
鹛鹰趁鸿序，翘绝鸠鹦群。

摩空角健举，一一盘青云。
回思曾铩羽，乃得此翻翕。
今汝命中鹄，逝将挥千军。
扶桑弯长弩，月窟运风斤。
勉哉力前程，竞爽予汝欣。

注释

①时仞菁兰文场方毕候榜。

为蔡茂才题雨山烟竹扇

空山烟雨画冥蒙，万个琅玕一握中。
嵇阮不生安石古，惟君萧散子猷风。

秋风秋雨冷潇潇，与可元章并寂寥。
山色自昏竹自翠，无心区别雪中蕉[①]。

我本疎狂近米颠，也曾写竹学坡仙。
天机清妙堪谁与，欲觅裴生到辋川。

注释

①画作烟雨蒙蒙，竹特清翠。

答族侄乞诗

题记：时九日得榜信吾家侄十一人俱未售。

恼人风气骤难开，家有多英被放回。
败意秖吟邠老句，济师将属谢元才。

黄花萬落秋霜傲，玉树根荄晓露催。
期子白眉为后起，莫笑先生欺予哉。

次韵戏答袁念圃嘲以书画易酒

渊明今喜见延年，话到居贫更豁然。
虽卖秋田犹贵纸，胜酾巾葛也当筵。
三杯酩酊黄花后，一样牢骚白眼前。
莫笑生涯惟笔砚，待君还助酒家钱。

寒日

寒日淡于月，寒岚黝似烟。
远峰半空雪，山骨瘦雕镌。
浅溪石凿凿，凝咽腹为坚。
岁晏百工息，凭轩亦悄然。
文史老无用，抛书忆少年。

寒夜

机声聒寒夜，乙乙思为抽。
鬅发灯火微，频添短檠油。
隔窗客话罢，童蒙讽诵休。
兀坐不闻鸡，不知更漏修。
开编喟身世，独酌感酢酬。
此心耿卒岁，何以寄优游。

夜纺吟

缫车千万转，牵成一两丝。
两丝织尺布，寻丈知几时。
夜深寒气扇，指直手亦龟。
耐得今年寒，冀得明岁衣。
恤纬不遑忧，犹应胜彼嫠。

次韵和周涧东明经过双井怀涪翁即以寄赠

钟嵘中品列陶令，昔人未许为知诗。
吕生图派既搜括，后村总序何疑之。
杜韩欧李互轩轾，入主出奴无足拘。
颉颃聮句论韩孟，山谷亦与东坡殊。
从来诗人分好尚，鸡坛标榜各有徒。
君今怀古发快议，胆大如斗畴能踰。
专崇诗祖蔑馀子，巨眼光烛恣褒讥。
读君诗文服君猛，破的疾于强弩机。
涪翁渊源已千载，余愧桑梓嗣响谁。
企君英风未君晤，特以属君君莫辞。

夜检旧集怀熊东井

宿舂终日程，旷隔杳秦越。
岂缘室远而，农圃声气阙。
少壮交欢多，升沉各华发。

相知逐云龙，山林寡蛩蟨。
独检旧时文，吾与吾咄咄。
嚅囊孰丹铅，声价增剞劂。
子弟虽有徒，不遗非起发。
欣赏忆同心，夜坐霜如月。

除日写梅

万户书门迓岁新，惟吾先写地天春。
莫将清骨分宫野，谁解巡檐索笑人。

除日写竹

不与椒花入酒卮，偏从淇澳着风诗。
迎新送腊都多事，柯叶真将贯四时。

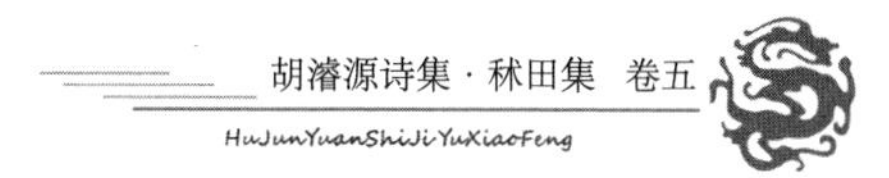

胡濬源诗集 · 秋田集

分宁胡濬源乙灯著

男　云从 / 云会 / 云行 / 云龙 / 云程 / 云作
侄　友梅 / 友兰　　侄孙　铎　仝校

古今体

卷　五

壬戌元日

岁惟玄黓辰阉茂，旦在三朝月孟陬。
乍感土牛今日进[①]，追怀金马壮时谋。
酡颜忽为酒生頳，颁鬐疑兼雪点头[②]。
却喜儿曹新卜吉，年华刚与六壬侔[③]。

注释

①以次日立春。往在仕途，以先一日打春。

②旦下微雪。

③儿辈以六壬卜岁，小试得吉兆。

人日

老与年华分更亲，三元初度又灵辰。
不堪颁鬐簪人胜，聊寄清吟见我真。
雨意如膏春欲壮，风光似酒物怀新。
预储灯树欢元夜，且兆儿童饰巨鳞[①]。

注释

①方修饰龙灯，以备元夕。

献岁雨雪肩背时痛戏成

连朝雨雪卖灯时，肩背偏缘小楚疲。
不是今人养一指，将从祖纳情神锤[①]。
彩山衰老慵夸竞，泥泞儿童苦戏嬉。
风俗岁华原有纪，且将孤咏补篇遗。

注释

①肩背痛，时须人捶之。

次蔡西注灯宵连环叠蔚男和乩仙龙灯韵

比来头脑近烘冬，坐忽年光春意浓。
闻得乩坛联石鼎，敢持莛藁撞华钟。
蛟腾角抵元宵乐，藜照文章大雅逢。
我羡神虬出袖里，偏欣儿子擅雕龙。

想有云间陆士龙，况当佳节八荀逢。
君非蜥蜴兴雷雨，我岂爰居听鼓钟。
好句自仙随景凑，豪情得酒共春浓。
独怜秉烛欢游隔，胜会多乖感去冬①。

注释

①去冬闻双石过家，拟往把送，并藉聚首一晤，西注以岁暮未果献岁，双石既行，乃止。

为徐三兰溪世讲书扇

故人徐太守，今久属陈人。
风流知未坠，闻笛尚酸辛。
之子读父书，一见乃逼真。
临风皎玉树，窥豹得全身。
濯濯垂新柳，翩翩媚韶春。
挥麈露骨采，怒彪足精神。
刷弃年少豪，密依长者亲。

鹓羽当退篷，骏蹄伫绝尘。
乞我诗书箑，拗抑何循循。
我适已中圣，且希渴笔伦。
愿子世家学，应刘尚有邻。

为余仞山写松竹梅兰屏

松心竹节拥毫端，清骨如梅臭似兰。
此是故人为写照，愿君毋作画图看。

不是东吴曹不兴，肯将翰墨侈微能。
迩来游戏老无奈，文米苏黄足有朋。

寿州别驾杨竹坪五十双寿[①]

濂溪去此七百年，至今光霁谁其然。
关西夫子有苗衣，生同乡国宦同贤[②]。
宋时主簿今别驾，两两分宁辉后先。
明经夙誉龟山后，献赋曾鸣卢骆前。
云梦气吞西江吸，衡岳手掷匡庐巅。
而何作吏久江右，廿载风尘骥足邅。
几经王事职行役，几从宣力靖烽烟[③]。
曩岁摄符驭百里[④]，徒使穷檐若附膻。
比仍修江佐坐啸，心劳抚字恰交怜[⑤]。
我忝同年剧饥渴，屡迫谒晤屡无缘[⑥]。
鹏骞伫看云泥隔，林泉长使羡飞仙。
际兹大衍介眉寿，况乃齐眉双开筵。
此间人士欢喧祝，里讴巷诵都成编。

我欲跻堂晋觥酒，其奈渊明芜秋田。
聊歌一篇寄君侑，爱莲池水荷如钱。

注释

①竹坪湖南城步人。
②局元公湖南道州人，宋康定元年为分宁主簿。
③戊午，宁小丑乱，竹坪协力歼平。
④去年檄摄鹤城令。
⑤时州牧阳公与竹坪和衷。
⑥竹坪丁酉选技，与余同年。余戊午至城，未得晤。越四年，今春至城，又适竹坪之省。

写荷花一幅寿杨竹坪

亭亭香远见天然，一沼光风霁月天。
为报此间黄鲁直，即今池上藕如船。

种是蓬瀛雪藕葩，根从太极迸生芽。
结成的皪供眉案，柄柄濂溪本色花。

自写小照

倩人貌我，貌貌不亲，我自貌我，我有我真。
噫嘻乙灯子，书画可易酒，诗文可乐贫。
也嗤阎立本，自取辱生嗔。
奚为乎窥镜而视，游戏貌此出世因。
八尺含风，郑群之簟，漫肤多汗，昌黎之身。
荫松盘礴，握管孤吟似，仍效东坡和渊明之形影神[1]。

注释

①旧和陶诗有此三章。

影语

日中影语镜中影，子尚容颜争丽靓。
面目妍媸太分明，鬓须黑白长耿耿。
如我肖物大概同，万般色相都不省。
镜中影曰子言迂，子自知子不知吾。
吾在人间正目中，青眼有吾白眼无。
吾在世间止水中，清流见吾浊模糊。
吾在人家明鉴中，凸凹肥瘦平则符。
岂子昏昏随人转，行止不择洁与污。
日中影瞿然曰吁，吾与若异趣同趋。
日月照临灯烛朗，暗中踪迹非吾徒。

写兰扇答吴生

去年诗谶即龟著，吾子无须再乞诗。
譬彼兰香满幽谷，自然鼻观与知之。

子侄赴省童试壮语祝之

今年赴试龙舟前①，龙舟轰赝送行船。
鸣金伐鼓声动天，预报而曹夺标全。
日前州家爱悦偏，全人都视胆肩肩。
刘邕之嗜肯垂涎，叶公所好宁蜿蜒。

龙气早感张茂先，龙媒定属乐皋怜。
勗哉尔辈当齐骞，泮池好作在田跃于渊。

注释

①端午前一日。

自写自吟自和照

闻道元珠象罔得，以象求我毋乃惑。
我本游神象外人，刻雕万类无形色。
又何忘象复象象，自作狡狯频吮墨。
裸裎跣足倚树吟，天风荡胸空八极。
是一是二野圹埌，我唱我和人谁或。
悠然相与侔于天，万化无极乐其适。

钓竿

雷泽滨，磻溪浒，洙泗津，富春浦。
翟翟淇泉何曾数。
无心龙伯六鳌连，懒耐任公期年苦。
柳阴长夏午风清，乱石溪边钓烟雨。

得雨

暑旱烈炊甑，万物困烧煎。
蒸云霎时合，冻雨注倾泉。
夏畦憩汲灌，神功浩无边。
裸跣席地卧，渺虑寂万缘。
回首昔风尘，羡此亦天仙。

代书答粤西归顺刺史蔡双石

一星周许久，停云日日思。
昨冬君过家，谓暂相见时。
不图献岁初，征车即遄驰。
咫尺杳秦越，况复万里违。
思君觅尺鲤，江山重逶迤。
昔在韩与孟，云龙矢追随。
亦在白与元，往还千里诗。
云何我与君，老大更乖暌。
达人无凝滞，进退各有宜。
君为闻鸡舞，益壮奋天陲。
我企柴桑人，弋钓狎鸥鹭。
他年林泉会，迢迢未可期。
新秋得君书，潇爽开人眉。
遥知鹅泉清，万顷碧涟漪。

嘲阁上步履

谁把登楼兴，牵将投阁心。
屐非太傅折，履似尚书临。
燕去残泥堕，风狂落叶侵。
何如空谷里，得此跫然音。

代解嘲

敢以高扬趾，轻同不固心。
坐殊百尺下，上更一层临①。

书策诚知在，尘埃偶有侵。
愿宽由也瑟，无责升堂音。

注释

①阁两层此当中。

芝藜

都云商岭采芝仙，胜遗紫芝二千年。
秘根异境无人觅，老成灵寿得天全。
又云刘向在天禄，太乙老人吹藜然。
神光照字夜谈罢，临去留赠至今传。
双秀煌煌若龙矫，小菌簇干嵌雕镌。
拄搘坚强步履稳，倚壁磥砢几席妍。
少陵莫歌桃竹引，韩子漫赋赤籐篇。
洵是造物钟奇怪，买自壶公不论钱。
乙灯虽老未六十，再日多眠等孝先。
肯遂优游尊杖履，姑将荷蓧向秋田。

中秋酬德辉侄赠刻竹柱联

何处琅玕节，风标小阮俱。
商镌真削简，片合似分符。
质古鞠通蛀，书遒虿尾摹。
无心名竹帛，悬与七贤娱。
吾子多情思，深怜阿叔痴。
携来竹书句，配我芝杖诗。
秋色平分夕，天机朒合时。
何当对题柱，樽酒与君期。

答李生扇乞诗

之子诗家裔，能诗砚况遗[①]。
少亦高轩赋，阿翁怜衮师。
屡就童子科，阅壮犹数奇。
揣摩陈书夜发箧，阴符元命巨旁猎。
功曹太常探元机，九幽石窟窥秘牒[②]。
有时为人卜休咎，黄童白叟方俯首。
番然故业敛容披，金薤银钩不停手[③]。
悲歌怪无常，剑椟时龙吼。
竭来乞我作诗拔抑塞，青莲昌谷果无贺监昌黎否。
培风九万扇秋空，咄君勉旃又何有。

注释

①生之大父能诗。

②生颇精数学六壬。

③生颇好书法。

闻小照被毁[①]

笑矣乎，笑矣乎。
我身是一为二二为一，万事自无而有有而无。
生火焚和任尘世，湿灰心见是天枢。
多少赫炎都尽灭，何曾不朽认真吾。
象外一言先道破，天公还我黄帝珠。

注释

①时寄省肆中装潢能火。

和吴沓斋馈桂花一盘

以我同兰臭，叨君惠桂花。
小山羞觅句，双井正烹茶①。
金粟盈盘烂，香风满座夸。
根株且护惜，结子喷天葩。
岭有青云住，高宜桂树生②。
插株羞要路，泣露恋衡闳。
七里秋风送，层霄晓月荣。
采花堪拜赐，不仅木桃情。

注释

①俗采桂花以点茶。

②青云，岭名。沓斋新筑室其上，有桂树。

竹卷瓶铭诗

讬根在孤竹，栽筒自嶰谷。
匪孙调管竿，匪渒盛醽醁。
德若卷而怀，生成书与牍。
是周秦前简，又晋唐后轴。
孔壁吃未传，邺架手未触。
混沌有灵文，太古遗秘箓。
于忆万斯年，吁谁堪展读。

次韵和德辉侄游灵石山

神游五岳鬓星星，咫尺翻忘旧所经①。
忽得阿咸吟蜡屐，顿令山色眼中青。

万峰围拥一峰团，谁与磨崖墨藓干。
绝顶不闻韩子哭②，溪声咽咽下寒滩。

注释

①少时曾游历。

②闻诸人未有敢登绝顶者。

九日游龙翔寺访水心侄斋

假此登高节，来寻阮仲容。
寺荒栽菊寡，门寂吠龙慵。
时术循阶蛾，朝衔穴壁蜂①。
山中清静绝，堪兴励三冬。

少壮常游地，悠然感我思。
春秋经岁月，兴废几迁移②。
古刹僧徒散，名山吾党资。
万端归鬓发，扶醉踏斜曦。

注释

①时诸生穿壁养蜜蜂一窠。

②三十年前肄业庆云寺，常游龙翔寺，时住时大盛，今禓废败无人矣。

始闻小照焚去今复得之未毁也仍叠前韵

笑矣乎，笑矣乎。
宾宾虚虚原泡影，看来无有却无无。
旅焚其次火烈烈，刼烧不着谁握枢。
正如生乎心不热，十年俗吏今故吾。
得成意外且狂噱，好作人间御火珠。

小照辱经名流品题再叠前韵戏成三笑

笑矣乎，笑矣乎。
个中风景殊不殊，我以问我我知无。
只应形影神相语，何期千里应机枢。
鱼乐漫云子非我，子綦自是今者吾。
浪博瑶华长声价，饰玟卖椟楚人珠。

题春夜宴桃李园图

题记：太白春夜宴从弟桃园序，千年来脍炙人口矣，顾未尝见其图。世传青莲画像固伙，如竹溪六逸，饮中八仙，七贤出关，及问月观瀑之类，约三十余种，不可枚举，独于此缺焉，意搜讨或有轶与。但序云群季俊秀，考太白自游长安年甫四十馀，有诗序赠从弟如延陵，昭凝，沈襄，绾錞济，紉成，令问诸人。序中群季，当不外是。皓首扶杖者，无有也。乃兹图老幼杂坐，且十馀人，不知何本，岂为司马承祯等十友乎？而坐花醉月，又居然序中夜景。大抵图原不足深论，七贤之有潘逍遥，八仙之或列裴周南，昔已然耳。爰缀二绝。

八仙六逸古图铙，岂是天伦隽秀僚。
怪底画家没粉本，七贤已绘潘逍遥。

谁貌桃园序一篇，谪仙豪逸自千年。
春光似海月如水，从弟生教尽列仙。

刘君灌南辱题小照辄甚达而言太高次韵和之

两间偶然我为我，谁与𡘙𡗨谁与可。
计我负形大化中，三百六十虫一裸。
游仙梦里颜不欢，选佛场前足仍裹。
况援西土艾儒畧，夸诞德棱道益左。
我今游戏亦偶为，不过要扑焚槐火。
刘生刘生岂其然，高谈毕竟缚枯禅。
吾党寓言原不一，莫载莫破涵大千。

原诗 · 刘子春

造化生人偏有我，以我造化无不可。
先生直追造化原，空彼色相齐袒裸。
耶苏当日凿世界，托生上古无包裹。
何须强解作温凉，眼见红尘充道左。
自矜不染清净根，未信人间吃烟火。
我来作法死灰然，世人谓我近于禅。
而能以一分为两，便可化身亿万千。

注：𡘙𡗨 lie jie　头斜歪貌，勇斗。《中华大字典》 442 页

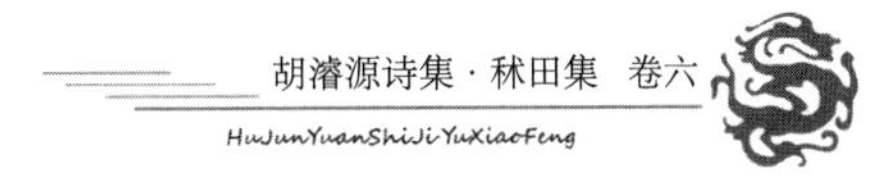

胡濬源诗集 · 秋田集

分宁胡濬源乙灯著

男　云从 / 云会 / 云行 / 云龙 / 云程 / 云作

侄　友梅 / 友兰　侄孙　铎　仝校

古今体

卷　六

人日忆新郑六子

孤吟感俦侣，人日独草堂。
往事千里外，停云在柴桑。
开编检旧集，耿耿中心藏。

髯苏诗老将，不肯轻用锋。
日共公荣饮，未数斗石雄。
善战善无败，宁须赫赫功①。

刘叟皇古风，不雕真太璞。
似闻大耋嗟，问讯未由确。
惆怅旧馆情，仰天思邈邈②。

七旬老冷官，知今能健否。
清斋苜蓿盘，时醉我大斗。
豪哉郭忠恕，谁其及此叟③。

海楼黠鹞子，伏翮图奋击。
不飞则亦已，飞鸣亦莫敌。
临别赠我篇，郁勃犹在壁④。

峥嵘清庙器，拔萃数人兼。
飞觞推大户，问字屡劳谦。
昨年黄太史，当日黄孝廉⑤。

阎生秀天成，姣媚如处子。

张籍事昌黎，自引陇泷比。
和声当鸣盛，好音何时耳⑥。

注释

①苏孝廉惠波。
②刘太学冠五。
③郭广文静轩。
④王广文星源。
⑤黄太史盖峯。
⑥阎文学烺。

写兰

抚琴弹孔操，结佩诵离骚。
香沁幽人骨，春风在洒毫。

早春雪卧口占示阁中子弟

元安闭户媲袁安，雪际于人不肯干。
佳话并缘高卧着，清光原合好眠看。
开牕似月床头白，仰屋搜书帐里观。
今日先生亦晏起，春风早煦莫言寒。

为张金门表弟五十寿歌

君昔陆门张童子，少时豪气今老矣。
回首飞光似昨晨，束发朝昏相砺砥。
十三诵经百万言，当事倾倒天下士①。

廿九始补弟子员，蹭蹬一衿已佁儗。
不图毷氉又廿年，兀兀韶华如逝水。
狱中龙泉吼不平，石里荆璞孤完美。
读书人嗤嵇叔夜[2]，谁怜好煅臻神技。
朅来慷慨对我谈，曰艾羞与乡人齿。
齐眉舞彩事等闲，欲将祝嘏诗自拟。
我斞大斗为君歌，君且莫歌听我比。
春光烂熳正无涯，丹桂何曾斗桃李。
君不见，平津五十后甫荣，甲子秋元一弹指。

注释

①金门年十三，以奇童应试，学使金雨堂师奖以诗集纸笔。

②时人有目为懒者。

③明岁正大比。

菜花

桃红李白自纷华，农圃春光是菜花。
照眼黄娇金埒满，扑人香暖麝囊赊。
迟迟日动条桑陌，淡淡风醺饮社家。
散步偶逢田父话，相羊川上夕烟斜。

次韵代和州别驾杨竹坪月月红三首

满城桃李谢繁业，独有妖娇月月红。
丽质合栽蓂荚有，靓妆宜缀榭筠中[1]。
夏姬不老香魂在，塞塚长青艶骨同。
知也天然雕饰去，莲池还迟咏光风[2]。

注释

①竹有月月竹。

②别驾署中有宋周元公爱莲池。

春色长酣恋绿丛，年年月月此娇红。
嫣然颜驻还丹候，鄙彼花催羯鼓中。
柯叶欲争松竹胜，荣华羞与舜英同。
不须造化资般七，披拂曾全廿四风。

绰约仙姿别一丛，四时郁郁斗千红。
花事荼蘼残了外，春魁梅萼后先中。
羞将顷刻夸神异，懒逐炎凉与俗同。
小摘莫徒怜臭味，论交应有久要风。

又一首

烂熳花开锦万丛，惟怜月月最殷红。
二十四番信长在，三百六旬春满中。
晦朔摠嗤朝菌劣，闰年应与棕梧同①。
多缘池上饶清赏，嘘煦先分菡萏风。

注释

①时值闰年。

观儿童初学破题

韩子万金产，祇怜了瑟僩。
七龄学经义，亦足开笑莞。
我日课诸儿，博文积编简。

甲乙勤品騭，如沙费披拣。
利器琢成材，计功急鸠僝。
遑问此童蒙，他时铭剑栈。
顷闻洛诵声，隔塾莺睍睆。
乃叩以大意，解对实不赧。
数字撮题要，颇能袪杜撰。
虽非幼慧资，头角高蹇嵼。
亦非癖誉儿，定期组绶绾。
但喜后催前，眼前欢老眼。
熏风醺南牕，散怀尽醴醆。

琴轩大世兄训课儿童诗以赠之

琴轩我师子，风骨真酷似。
万卷便腹笥，百家贮函匭。
闻识博沈骀，图书富娵訾。
编注虫与鱼，订正亥讹豕。
谈经义澜翻，悬河口张哆。
频解蒙求颐，点头指掌视。
但见相悦时，夏楚威不以。
吾家诸后进，弱壮弁有頍。
曩多门墙游，今皆誉髦士。
宁意兹稚童，又将习騄駬。
两世相蹉磨，感怀桥追梓。

午睡

黑甜非醴亦非饴，踵思撄宁袭虑羲。
不梦髑髅兼栎社，浑无蝴蝶与残狸。
午餐恰似黄粱熟，清莽偏赢缘酹酾。
面拂熏风云照眼，欠伸初起舞僛僛。

日者偶作涩韵诗

承蜩掇妙丝胶饴，步景先于日驭羲。
天马不须皮幭虎，木鸡焉用首膏狸。
二三子往芹同采，六七年来酒已酾。
齐卜竹林花萼簇，喜狂如醉舞傞僛。

周原膴膴堇如饴，溽暑登程正赫羲。
去好乘风舟号雀，晴宁问雨穴居狸。
田家新谷方升荐，都市陈醪不待酾。
到即揣摩仍互勉，休先聚饮醉傞僛。

嗜好无殊糁与饴，烹调肉味祖庖羲。
佳文果喜甘如炙，执饱畴云德似狸。
平淡奇浓各有至，醍醐酥酪一齐酾。
漫嗤芹献蜇于口，早贮盐梅鼎不僛。

而曹咀古甘如饴，文字高探一画羲。
今此齐腾作龙马，视他卑伏尽狌狸。
诗歌思乐从于迈，酒饯嘤求薁有酾。
莫讶先生开涩体，兆同端筴不倾僛。

又效白香山连珠体一首

今日亨多往日亨，数年分捷一年并。
原殊后进追先进，却使先生畏后生。
清水莲依清咏绽，奇峰云想奇文峥。
连珠星应连珠句，叔侄亲朋及弟兄。

列三侄为孙则忠经义初成邀饮即席口占一律勖之仍迭前涩韵

过趋庭上有含饴[①]，世爱家鸡献绍羲。
兹又习驹成騕褭，肯令捕鼠较狌狸。
文机饱趚尝新日[②]，学养醇如酿熟醨。
天禄迟人须勉进，先生所祝不人欺。

注释

①抡嫂年近九旬，犹矍铄课孙曾。

②是日试新。

有李生者见余自作小照好之屡乞余为写行乐

道逢路人亦写真，乙灯不是曹将军。
翰墨馀闲偶嬉谩，畜肭造化雕群伦。
日前我以我为戏，诳动一时好事人。
李生见之触所嗜，苦死乞我为传神。
举举风标足高致，珊珊骨节无俗尘。

药炉茶鼎消永夏，松风石榻脱纶巾。
我正南牕卧初起，姑兴君现自在身。
君家龙眠世有技，添毫莫以虎头论。
且将一瓻润枯笔，此间秃却东郭毚。

孩子赴学夜起太蚤即景戏呈琴轩

蒙求学岂解邀名，蚤起踉蹡漏四更。
孺子真师圯上老，月光果似东方明。
天空汉影秋容早，露湿花阴夜气清。
拾得流萤为照读，还堪摸索问先生。

暮蝉

蝉噪斜阳柳岸阴，秋风为鼓渊明琴。
抚时凄切弹夷则，随处清高操土音。
暝景柴车催牧唱，遥村枷板答行吟。
幽人悦耳都无聒，不解貂冠緌与簪。

癸亥七月望日

林泉始觉岁舒长，一岁闲赢百岁忙。
五十六年痴过半①，三万千日计仍强。
炎凉竹里秋风意，盈阙杯中望月光。
终古人皆新故鬼②，达人频见海尘扬。

注释

①余是日诞辰年五十有六。

②是日人家荐鬼。

牙签

齿牙摇动未成豁，昌黎饼肉犹能啮。
其奈龃腭日渐疏，投闲抵隙藏琐屑。
塞闷不快食不甘，如刺在肤急挑抉。
径寸竹签细无厚，针除滞碍口生悦。
借贮管城佩若镌，佐我老饕到耄耋。
染指久忘大烹想，藜藿津津生齿颊。
咀嚼蔬菜无穷味，誓当齿落与君别。

寿荣鲁桥表兄明府六十

与君同是维摩病，君独铮铮隐骨劲。
十载风尘赋归来，六旬林泉饱讽咏。
枌榆结社成大老，播叙留碑志循令。
视我毁家一原宪，韈线相形何庭径。
溯君自幼举奇童，群髦一时冀马空。
数年才名益雷动，豫章高翻白日风。
明经孝廉次第捷，我几蹻蹶难追踪。
子科计偕滞京华，君我毷氉同吁嗟。
连床夜雨朋侪散，弟昆磋切孤交加。
明年南京君战胜，我仍三北空还家。
自后分铨就俗吏，马牛南北其风异。
宦途多故各投簪，汲绠虽修皆引避。

乡间聚首故园欢，咫尺谈心初服遂。
悬弧今梦醒槐柯，浩歌声出满天地。
人生无妄疾是寿，何须句漏丹砂饵。
况邀龙光晋祖考，儿孙峥嵘了万事。
我来陪君话东篱，且采黄花共君醉。

秋闲

秋意静于春，秋斋兴寂人。
深檐窥细雨，隙日见浮尘。
息定炉烟直，吟孤砌蚓亲。
摩挱五柳傅，淡淡会天真。

科名

科名非富人共知，就谓科名贵亦痴。
取舍总由人爱憎，荣枯还听仕崇卑。
峨冠岌岌徒尸设，谀口津津究面欺。
忍作功名尤可笑，何功于世何名垂。

赠游士

王孙落魄俨儒冠，访此空斋足楚酸。
我自渊明曾乞食，君谁漂母肯投餐。
秋风撼撼思归引，暮雨萧萧行路难。
分赠酒家钱少许，翳桑一饭莫三欢。

题刘翁受亭刘母古合像

齐眉曰眉案，割引字武断。
冀馌敬如宾，习用亦成喭。
倘更曰馌宾，岂不失笑粲。
乃凡逢叟媪，如弁可同冠。
纷纷九牛毛，麟角谁其算。
惟翁有高风，华胄分自汉。
惟母具柔慈，系出古皇贯。
白头相唱随，仍是关雎乱。
儿孙尽老莱，王霸无愧汗。
有善熏井闾，无毁在月旦。
遗貌昭来兹，见者咸感叹。
作诗付稗官，扫却陈言赞。

连日承州司马张述亭别驾杨竹坪少公家怡亭招饮

莹然金鉴有遗风，骞骥足云始治中。
量与刘伶豪钦竞，胸同叔度浩波空[①]。
黄花绕座寒香淡，缘酹浮樽至味融。
烛跋同人歌既醉，待酿春酒介于公。

官闲别驾原堪草，客到莲池辖便投。
鲁直能诗应独座，公荣与饮亦谁俦。

持螯欲学成人诵[2]，醮甲愁遗大户羞。
醉后酕醄告我友，将同载酒一酬不？

吾宗仙尉最多情，射鸭堂前晏笑清。
万事不理问伯始，一言而善识然明[3]。
到门狂饮高阳旧，连日豪侪河朔英。
秋尽菊花香未谢，若要陶令与寻盟。

注释

①黄刘皆善饮。

②殽品中有新蟹。

③自向未曾唔面。

酬陈五采滨代书诗草即约假藏书

吾家阿买懒张军[1]，假手挥豪一倩君。
诗似疥驼无妩媚，书偏渴骥蹀烟云。
孟公笔迹争藏弆，子政编雠富部分[2]。
更拟一瓻相借取，帐中应复有奇文。

注释

①佶侄能书，适不及代。

②采滨积书数万卷。

贺陈汝立世讲新婚却扇并写兰赠之四首

仙璈沸拥绛云车，银蜡披离紫凰花。
良月洞房春似海，香风轻透锦襦遮。

牵丝吉卜果名媛，冠玉才郎正大婚。
却扇诗成初合卺，三星焜照德星门。

孟母高堂免断机，乐羊新妇到书帏。
从兹视夜鸡鸣旦，卿长家声子庶几。

翩翩英妙动中丞①，已信芬芳服媚曾。
写作闻香为人室，同心人更胜良朋。

注释

①汝立夏间谒秦抚军，甚得嘉奖。

酬荣丈廷拔桥梓分惠木秀梅株

罗浮古仙骨不朽，精魂伏地千年久。
常愁英华易摽谢，懒同南北争先后。
巧化坚多节满柯，散出不烦天女手。
横斜踈瘦无人知，迥异枫人与梗偶。
空山想阅几春秋，魑虎呵护蛟蛇守。
先生高风老嗜奇，巡檐不仅希杜叟。
令子好事广搜采，得此宝之过琼玖。
两株磥砢相交加，数枝蓓蕾纷结纠。
和靖倘作何逊生，见应再拜还稽首。

我来瞻晤鹿门床，时似风雪灞桥走。
瞥靓惊嗟心奇绝，骤乞惠分颜沮忸。
先生慨然遽许诺，赠我一株忍割剖。
傍以木山等九华，缀以灵禽疑吐绶。
木居士及满中断，世间玩好何足有。
拜君之赐喜且狂，百朋未克方斯厚。
谢君桥梓发长歌，此梅正合莊椿寿。

题荣明府退思小照

君今真退与吾同，回首当时尚画中。
最是林泉亲切况，退思思到俗缘空。

心香一缕袅游丝，竹籁松涛蕉雨时。
琴罢南华消息在，个中未许外人知。

缘醽清茗对芳兰，绕槛童嬉采菊看。
敢傲羲皇羞五斗，熙时闲趁地天宽。

艰险黔荆阅有年，夜间犹自梦惊缠。
昨来语我同心话，面目卢山此喟然。

答熊艺圃五旬征诗

君为名父子，世有老诗人①。
鸡坛旧手群倾倒②，延誉不藉曹邱因。
我生诗祖桑梓里，今者谁是徐与陈。
别派千年长落落，慨然恒想吕居仁。

闻君作诗步先哲，吾家康乐赏最真[③]。
咫尺伊人阻宛在，寤寐饥渴徒殷殷。
何时假缘相握晤，樽酒细论玉屑亲。
兹当一阳君大衍，瑶篇谅早唱阳春。

注释

①艺圃乃父乃伯俱有诗声。

②家桐门荣鲁峤俱相推重。

③家桐门为余言之。

为荣鲁峤写梅

昨我因君得异木，天公戏状梅花簇[①]。
模来散作毫端春，又与天心相见复。

注释

①得木秀梅株也。

又为写兰

日前连夜话同心，垂老弥怜臭味深。
正似猗猗幽谷里，晓风相对谱瑶琴。

次吴生言别韵语学以赠张升德世讲

我以非指喻非指，斯义了然异奇诡。
识得叟儿淄渑味，多于禅家冷暖水[①]。
五色成文顺成章，跛亦能履眇能视。

功深换骨九还丹，候到伐毛三洗髓。
正似春蚕吐茧丝，长笑寒蜂钻牕纸。
吾子观摩及妙年，好惜分阴珍寸晷。
茫茫渊海无涯垠，穷博反约探微旨。
御风行能冷然善，未出吾宗问壶子。
方当揽辔范驰驱，云路荡荡足方轨。
行且黼黻佐明堂，争长不屑诸任齿。
六茎咸池张洞庭，岂比折扬黄华俚。
勉旃从此更研精，无用之言等枝指。

注释

①序之以天龙一指相况。

癸亥除日

十年诗合积千篇，似此功须二十年。
五十余篇终岁计，算来不值卖痴钱。

疏广归家不买田，深期远大子孙贤。
子孙贤肖应何事，仅解谋生亦可怜。

胡濬源诗集 · 秋田集

分宁胡濬源乙灯著

男　云从 / 云会 / 云行 / 云龙 / 云程 / 云作
侄　友梅 / 友兰　　侄孙　铎　仝校

古今体

卷　七

甲子元日得春贴甲乙丙科一联足成律以示子侄

今年元旦一元更，励尔见曹力远程。
甲乙丙科为世业，子寅午夜有书声。
称觥传座当先饮，夺席谈经趁后生。
此是年华提警日，流光容易不胜情。

人日兰侄以始补廪膳饮集群从

人日从来兆得人，阿咸食饩燕宾亲。
名花正合群仙会①，旨酒宜兼传座新。
酥酪醍醐家有贮，盐梅麴蘖国之珍。
儒生天禄方伊始，好咏嘤鸣及早春。

注释

①座有水仙九颗盛开。

三月三日同张旭苍侄壻访仞莘侄读书山斋遂游海藏寺

未是兰亭胜，能忘禊事修。
山斋寻小阮，古刹接汤休。
学与风雩志，僧谈云水游①。
酒同张彻醉，归兴发春讴。

注释

①僧圣谟自言游历八省。

为人写直梅条

借得东坡竹外枝，放为直笔自成奇。
臞仙疎影无人识，索笑应同处士知。

为人写兰石

写石写兰如作字，真行草隶一齐来。
春风习习香生腕，付兴幽人满座开。

为张旭苍题画屏六幅

秋鹰独集

风高木脱海天秋，万里盘空暂憩休。
学习已矜毛羽满，呈能应耻狯骄游。
世间腐鼠污霜眼，何处王孙系锦鞲。
卷息雄心谁得似，鲈鱼蓴菜思悠悠。

秃鹙衔鱼

高人友鸥鹭，相狎忘机天。
秃鹙立汀梁，衔鳞吞小鲜。
鱼鸟等一机，云何独不然。
有漪者碧水，有灼者红莲。
海翁今见惯，知悟个中禅。

秋扈窥花

紫薇枝上窃蓝来，野菊花丛菊婢开。
造物钟情怜晚节，秋风秋雨莫相摧。

鸜鸽双栖

不栖牛背不笼樊，谢尚风流着舞裈。
却好画工题句似，舌尖未剪不能言①。
一鸣一止三千秋，谁向东坡句里求。
李杜天人秖两鸟，也应秦吉八哥俦。

注释

①幅为画者题成瑕故戏之。

芙阴睡鸭

曩常书笑庾安西，野鹜目为王会稽。
自懊子弟轻家鸡，岂知毕竟不同栖。
今者芙蓉花下着品题，
沙上孤眠见天倪，恰好大书纸尾鹥。

彩凤高昂

君家有人兮越自唐。中万选兮诩文章。
异鸷集兮与雉鼠。绚藻耀兮能高翔。
旌名兮鸑鷟，着阀兮曰张。
占吉梦兮世其泽，尚哕哕兮鸣归昌。
及时和声兮在朝阳。

著读书章门用简练揣摩取卿相尊八字韵作诗谕之

中行不可得，古圣爱狂简。
成章既斐然，极宜善裁刬。
退之示符诗，骨骼有年限①。
其言劝且惩，足欣足悚戁。
诗书古人粕，错乱后人羼。
凤凰鸣哕哕，鹰隼飞翍翍。
学习弗大成，蠹鱼及蟦蝂。

素丝抱好质，耐灰七日练。
跃冶非祥金，纯钧须百链。
泽豹蔚文章，岂羡隙中见。
潜虬际风云，曾当头角见。
朝夕相切偲，课功自最殿。
丹桂培灵根，秋风香月殿。
古来巍峨人，一一文苑传。
日知月无忘，心莫如驿传。

方舟与泳游，浅深先自揣。
岁月莫我留，古人常拊髀。
都会富图书，东壁在娵訾。
良朋实有徒，忠告交砺砥。
欣赏既不孤，纠绳可替否。
丽泽洽同人，泰来时去否。
况素陶铸工，成器不窳呰。

乐群证所得，相观善谓摩。
文章弋科名，正似鸟之罔。
声气默相感，不复事缕覼。
欲织天孙锦，须抛龙角梭。
铁网采珊珠，能舍东海倭。
一日致千里，非骥即明驼。

束发授尔书，决胜励进取。
屡鏖童子兵，列阵当旗皷。
猛战忽有年，三北气犹鼓。
小敌固宜怯，瓦注黄金赌。
蓬蓬大胜风，折木蜚大宇。
譬如西施颦，岂屑工齿龋。
今将扫万军，擐甲尚首虏。

作赋凌云气，孰如马长卿。
当其未题柱，涤器抱瓶罂。
及其得志时，卖赋金满籯。
时至不可却，蟲虩雷霆轰。
前修果能步，外彪中且弸。
功名若符券，孩儿岂倒绷。

毛遂脱颖士，平原不敢相。
今日处囊中，自荐肯扮让。
士逢知己伸，登坛拜大将。
鸟隼映龙旗，象弭耀虎韔。
中军一改辕，指麾左右广。
杀敌期致果，三军如挟纩。

饮至归策勋，黄流荐秬鬯。

卞和虽再刖，无趾全足尊。
倘能阶升吉，焉愁株困臀。
龙成禹门鲤，鹏化比溟鲲。
回顾污池侣，向徒鸱吓鹓。
拔茅卜连茹，惟往恃其源。
此祝非浪奢，宁笑淳于髡。
勉旃当阏逢，天运正三元。

注释

①著年三十一。

掘小池种莲

小开方坎作盆池，休笑儿嬉效退之。
不信青蛙能得圣，夜来清听试韩诗。

谁道花开藕似船，瘦根如线系荷钱。
新栽且喜池中称，让有余波影碧天。

折得蔷薇插岸边，草花随意傍清涟。
栽莲岂靳增深广，正为盈科若易然。

昨夜和泥下水中，今朝便带芰荷风。
曾看翠盖翻珠日，敲句临池饮碧筒。

三月二十七蘂初冠

文赋当如陆士衡，庶几无愧丈夫生。
博闻强识性之近[①]，致远钩深业乃精。
烂熳韶华春饱得，恢台大气夏新迎[②]。
三加为尔频加祝，惟恐有闻未及行。

注释

①蘂颇能记。

②是日立夏。

暑雨

霖涝自开春，连绵竟迄暑。
六月肃三秋，五行汩四序。
处处若漏天，时时占润础。
蜗涎篆壁经，漏痕书牕楮。
寝几鲔然同，居无鞠穷御。
阴阳燥湿宜，偶一偏其所。
慎疾虽由人，何以实禾黍。

次四兄白崖六旬自寿十四韵

竞慕先生垫雨巾，谁知就里御风旬。
绛翁甲子周而始，苏轼中秋夜达晨。
身外浮云过碧汉，胸偕皓月满水轮。
伏波早识少游语，庚楚难逃畏垒亲。
十样蛮笺吟兴热，千篇花萼集编新。

而今伯玉行年化，的是香山列座宾。
子弟欢承非野鹜，龙鸾罗拜等家人。
敬收宗族劳无伐，领袖乡闾教倍匀。
绕膝斑斓都世泽，盈庭诗酒实天伦。
悠怀令节风光好，逴计恒情福禄申。
丹桂灵根原不老，素娥寿药自来频。
忆从俗吏羁如昨，相倚中州迹已陈。
急难肯辞分力苦，归田仍恤毁家贫[①]。
于兹更唱埙篪调，四叟同怀健累茵[②]。

田园懒咏柴车巾，迩又悠悠嵘浃旬。
偃蹇自甘忘晏晚，咢歌随意任昏晨。
我惭后进良弓冶，家有骚坛老斵轮。
黄绢外孙篇什富，白头兄弟唱酬亲。
每逢胜节秋光美，共赏良宵月色新。
畅饮杯盘更作主，老来钟郝各如宾。
与时矍铄真同气，何处牢骚不可人[③]。
况值阏逢元运始，恰当耆寿太和匀。
豪吟益壮偏无敌，好句成仙最罕伦。
此夕悬弧星犯客，群贤称兕岳生申。
一堂鸠杖康莊并，百岁琼筵献酢频。
在曲弥高难属和，凡言不切即为陈。
欲依雅韵将徐从，敢惜枯肠索俭贫。
赋就夜阑还再侑，先生竟醉卧花茵。

注释

①丙辰兄同在郑署，协辨兵差。及余谢病归来。又解囊并捐众产。助补赔累。

②三兄六弟皆健。

③原诗中有牢骚句。

戏为洛蹊题十八学士扇

是何年少人十八，衣裳褒博头幞帓。
或云瀛洲学士流，如何群遨忘笔扎。
旧闻房杜辈多贤，中有敬宗独奸黠。
此间贤愚偏不辨，坐者立者孰英拔。
石榻磥砢柳鬖髿，笋竹风轻对敲戛。
图之便面时阖开，恍若一一交倾轧。
洛蹊先生好奇者，底事手此不加察。
要今名士举如斯，姑障庾尘听蜩蚻。

伤风戏成

纳凉佳况正初秋，却恼伤风祟鼻头。
无所情怀偏涕泗，浑忘臭味别熏莸。
到处但能严屏息，何烦欬唾屑玑璆。

七月望日作寿藏

愚痴石椁桓司马，载插疎狂刘伯伦。
究竟同为死后虑，何如警及生前身。
百年论定须由已，一青湔除岂在神[①]。
要到此中无愧色，不拘何日是全人。
我生今日正生辰，奚事绸缪死后身。
天下玉棺疑是幻，墨遵桐木薄于亲。

华非狸首材初具，成拟龙泉匣并新②。
且喜儿曹能岁制，旷怀浩远仰秋旻。

注释

①是日俗云地官赦罪。

②作夫妇双具。

寄赠西昌涂朗山世讲朗山与著男同牕章门

神物感茂先，望气冲牛斗。
豫章飊白日，风声动地吼。
之子树英名，卓荦颇自负。
灵毓矗西山，志将雄江右。
稍稍有传闻，未见倾倒久。
儿辈邂逅欢，簪盍嘤鸣友。
缄书屡称述，相契不啻口。
隙窥全豹斑，业见孤罴爪。
秋鹗鶱青冥，老骥息驰走。
寄言志饥渴，聊以当握手。

子侄被放

诸儿业行怨精成，归燕难为解此情。
打脊羞称裴学士，救人肯让温飞卿。
未灰泪蜡心犹热，堪破愁城酒尚酲。
书答立之读韩子，一牕寒月照灯檠。

次四兄白崖自寿韵寿水心侄五十

老汝依然一敝巾，云程尚隔几由旬。
自从瑁璪归来后，又是壇炉燕集晨。
翁子今年无印绶，申生何日有蒲轮。
吾家诸谢中才盛，痴叔阿咸授受亲①。
岂为龙光埋狱久，多缘花样逐时新。
眼前万事知天命，此后三年充国宾。
梁灏若夸科第日，平津仍觉壮强人。
劝君满饮开情素，听我高歌拍节匀。
蜀道诗奇孤贺监②，桃潭酒美爱汪伦。
达怀且放大观上，荣宠终当重巽申。
名士目中清景好，小阳春里霁晴频。
丹枫绛叶方辉映，孟案莱衣趁列陈。
释典能文无量寿，启期真乐不因贫。
祝君借次白崖韵，愿与酕醄醉吐茵。

注释

①子侄从吾受业者，曩半出水心门。

②水心今岁试卷为房考马公力荐，反致不售。

州司马张述亭晋衔通守喜宴见招不赴奉酬一章

去年饮我酒，菊花方未残。
今年重见招，东篱花已阑。
非公不至久契阔，自笑灭明太儒酸。

闻君阶迁大邦佐，行恐邓侯留挽难。
鹏云垂天风力急，骥尘动地电光翻。
戴公德威震容管，燕公大笔凤池翰。
君家昆季皆龙虎[①]，知君伫亦作韦丹。
于兹暂假北海饮，开樽召客相盘桓。
前荣后序罗髦俊，驼峯瑶柱羞杯盘。
霓裳歌舞阳春小，银蜡觥筹夜月寒。
谁道监州不若蟹，都人士已醉言欢。
我愧陶潜长负疴，未能走庆为弹冠。
且待他时絖如鼓，携一大钱送河干。

注释

①述亭兄百公为西粤抚军弟某中书舍人。

贺王达洤司铎长子游伴

君家阿士出君门，晁董一时名两喧[①]。
自是河汾能授受，多应羲献有渊源。
艾城黉舍瞻趋鲤[②]，石洞芹池卜化鲲。
今后先生官不冷[③]，怅余未接阿戎言[④]。

注释

①达洤甥邹理堂，外弟汪巽泉，皆受业达洤门，登鼎甲。
②今岁达洤子来省于宁。
③达洤已膺荐剡。
④余未晤其子。

赠张升德世讲新婚

京兆家风爱画眉，何如初对远山时。
斗杓指子三星烂，梅蕊含春六律吹。
嘉耦谐琴无俗调，才郎却扇有新诗。
退之独进张童子，趁警鸡鸣好下帷①。

注释

①升德来岁当初应童试，故勖之。

为李洛蹊写行乐

假君郢人鼻，运我匠石斤。
以君能垩我能斲，莊惠之质惟其人。
日君遗我古藤杖，何以报之杖者身。
厐眉于思写君貌，为君畧貌稍追神。
坐手一卷莊秋水，眼空无刼亦无尘。
繁阴冉冉护三径，远风泠泠生八垠。
此时浩荡知何许，鱼乐濠间话性真。

戏次韵题木假山四首

朽株成象亦璁珑，俨使须弥纳芥中。
移匪夸娥施法力，巧应槐国诩神工。
当年飞走都留影，此际远蹊在下风。
合配木蒙居士誉，肯令智叟笑愚翁。

虽异崔巍和氏珑，犹堪胜断落沟中。
为山不更因卷石，朽木偏疑极匠工。
行蚁所穿成蜀道，负蚊之蜕若防风。
品题好事非桃梗，知有胸藏邱壑翁。

未须朱草比蒙珑，才散相兼恍执中。
栎社樗宜无异梦，仇池石却与同工。
壶中世界群仙岛，眼底天年太古风。
规拌百金求所好，九华愁不属坡翁。

怪山飞到嵌玲珑，化在盘根异木中。
力拔可曾劳项籍，不周未始触共工。
卢岚峙几朝浮雾，海蜃疑腮远送风。
巧自天然雕饰去，雕虫何事倩诗翁。

赠定魁宗侄即以柬其尊人省斋同年

昔我访君家，吾子总角丱。
若翁呼子出，随兄如聊雁。
双双秀玉立，拜侍礼习惯。
张籍贺韩子，万金产不羡。
我时字子名①，预卜无欺谩。
契阔廿余载，今果艺林彦。
驹汗骏追风，豹蔚文变戲。
虽暂蹶霜蹄②，伫知昂鹗荐。
一接风气上，乃为若翁忭。
寄语老郑虔，毋毁当岁晏③。
有子万事足，灵椿况天眷④。

注释

①其字为余所取。

②定魁今岁乡试不售。

③省斋方守内艰。

④省斋之父八旬有七，尚矍铄。

次韵和王达淦广文膺荐谢任赴都即以赠别四首

王尊叱驭好胸怀，假道风尘亦自佳。
儒雅肯因为吏俗，道隆端合与时偕。
先生升矣才堪展，学者仰之愿不乖。
独有归来林下客，谈心怅未罄欢谐。

君方上计觐彤廷，此去征车正不宁。
太史罗凫惊履舄，梁公笼药见参苓。
帝心简在俞循吏，臣拜扬言奉濯灵。
制锦吕虔刀可恃，他时报最治名馨。

秉铎分宁阅几秋，刚余返辔自中州。
数年才晤疎良会[①]，一旦相离隔远陬。
邦乘共知劳考正[②]，异书谁与再𢽽搜。
听君骊唱情何极，江上征帆水自修。

吾家子弟别名师，日共诸生怅惜之。
儿匪白眉粗受益[③]，君曾青眼谬相推。
寒樽急景心先醉，朔雪长亭柳与知。
最是门前桃李旧，愁含春色对分歧。

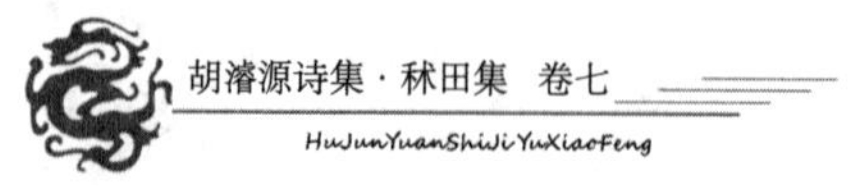

注释

①余戊午自豫归里，访之不遇。至辛酉乃得握把。

②达淦着有义宁备征订讹。

③着男春间肄业章城，常以文课就政达淦。

次白崖韵偶集白香山句遣兴

儿孙为我拂衣巾，秖欠三年未六旬。
共脱青衫典浊酒，闲看明镜坐清晨。
此日尽知前境妄，登高山兮车倒轮。
自抛官后春多醉，日兴时疎共道亲。
和风细动帘帷暖，久雨初晴天气新。
遇客多言爱山水，引杯闲酌伴亲宾。
能销忙事为闲事，不薄今人爱古人。
归乡年亦非全老，头比萧翁白未匀。
歌吟终日如狂叟，长醉而今斅伯伦。
黄昏饮散归来卧，日高睡足方频伸。
酒军诗敌如相遇，亲故欢游莫厌频。
往事渺茫都似梦，新方要妙得于陈。
非道非僧非俗吏，不富不贵不贱贫。
园林傲逸真成贵，草岸斜铺翡翠茵。

瘍疥

不着医疮补肉心，休嫌瘍疥岁寒侵。
爬搔昼可销闲坐，烦热冬堪耐薄衾。
兴至渐离闻筑痒，诗成莊舄卧床吟。
老来安逸无多取，泰否盈虚细悟寻。

疥虫戏占

能虫谁信虿能天，语小应知莫破缘。
蚊睫可巢犹觉渺，秋毫足察未窥全。
游行毛孔非官虱，寝食皮肤异慕膻。
识得人身天地一，天地生人已固然。

岁暮

岁暮奔营若市曹，纷纷偿贷总泉刀。
寻梅何处逢清友，饮酒谁遑邀二豪。
呵冻案头残蠹简，负喧墙下敝绨袍。
惟吾会计无多事，诗债锱铢首自搔。

胡濬源诗集 · 秋田集

分宁胡濬源乙灯著

男　云从 / 云会 / 云行 / 云龙 / 云程 / 云作
侄　友梅 / 友兰　　侄孙　铎　仝校

古今体

卷　八

乙丑五日立春

乡陬未觏礼东郊，春自无言到柳梢。
微雪立消知气暖，薄烟初上与云淆。
漫疑小正蛰先启，早见羲经泰首爻。
恰是牛年牛日巧，斜川不事土牛敲。

犬日

新年犬日狺瘈狗，家庙鸮音集泮林。
岂果参辰当异域，何缘葛藟不成阴。
肃雍秉礼衣冠散，哮叫如狂梃棒森。
嫉妒凶奸箴弗畏，恐令若敖鬼寒心。

负荆

负荆悔罪亦其宜，鸣鼓而攻末减之。
王法尚将三赦宥，吾徒何必再穷追。
道当泰卦阳亨长，时正春风冰泮澌。
独愧彦方能化俗，弥缝事后已为迟。

送别族侄卓人之山东依外舅万和圃宫端学署八韵

小阮四方志，远游觅所依。
挈雏探外舅，洒涕别严闱。
夜雨涨修水，春风想浴沂，

关河千里逈，定省一时违。
南海当年返[①]，东山何日归。
求声邹鲁切，角辩爽髭非。
鲁直趋孙老，谢公企合肥。
岱宗堪吊古，封禅石崔巍。

注释

①卓人囊游南粤。

初至镇兴斋

斋傍崇真牓镇兴[①]，新端趋向饰中庭[②]。
及门峰倬天章笔[③]，侍坐山围古画屏。
春色称心花竞艳，化工着眼柳垂青。
竹林师席联风雨，商与多英砺发硎[④]。

注释

①崇真观名。
②新改门向并修前庭。
③门对鲤峰远秀如笔。
④水心侄亦馆是斋。

山斋晓起

春郊雨足正深耕，晓起山斋兀坐清。
蛙鼓侵晨知涝涨，钟声隔暮报新晴。
拂窗埃墨粘陶砚，开卷蟫鱼走烛檠；
自笑门前偏五柳，而今翻作老书生。

修名

庯庯故訾名，试一平心揆。
谀我我颜欢，詈我我切齿。
谀詈声在人，喜怒情生耳。
问喜与怒缘，曰某名是指。
假某非我名，痛痒何关己。
舜跖迹已陈，善恶实往矣。
今兹闻其名，好恶若同轨。
岂果亲舜跖，亦闻名若是。
名为实之宾，究为实之始。
名义根名分，名教阐名理。
立德立功言，始终归名美。
圣贤惜顾名，所以励人纪。
佛老尚空无，曷能去名氏。
浮名允足羞，舍名将无耻。

山斋阙薪戏成

久过清明火巳新，淫淋春雨又愁人。
非缘介子重寒食，却似苏秦爨桂薪。
芃域可檦①方葼蔚，焦桐全尾尚轮囷②。
山前柳下疑无陇，欲问行歌笑买臣。

注释

①平。

②斋有二桐材。

塾师以扁石罚诸童嬉惰者令跪其上戏成

未须夏楚可收威，惩劝童蒙在不违。
扑作教刑虞苟免，耻诸嘉石护几希。
春阴础润寒沾膝，雨霁苔生绿透衣。
有扁之卑非为履，应知此是螭头巍。

无题

大冶垆锤类不齐，畴知万物尽肵畜。
机中出入程生马，世外形骸臂化鸡。
山茗雨前方熟焙，水田春满正新犁。
萧斋即日无穷思，欲问鸿蒙一品题。

日不在斋适游客投诗即次韵以谢游者

自非奇字问杨雄，底事泥留指爪鸿。
卖卜说星多圣术，浩门托钵岂儒风。
子规啼血应归去，梅雨零酸属屡穷①。
告谢远游来过者，先生时不在斋中。

注释

①四月为乏月。

与列三侄斋东观子侄骑射

入彀多英满室中，更观习射镇兴东。
山斋直欲名矍圃，髦士居然在泽宫。

雁序联翩齐中鹄，驹蹏蹀躞并追风。
吾家子弟才文武，乐共阿咸赋棫芃。

四月八日立夏首絫侄为萱堂酬福邀饮

今者阿咸结善因，吉蠲祈祷寿慈亲。
雨添浴佛天香水，节正迎炎日永辰。
神惠有馀邀饮福，道场初散乐皈真。
筵间话到瑶池事，我是盘桃三窃人。

五月五日赠袁宾秋侄婿赴小试

张彻韩氏壻，乃在昌黎门。
韩公器其杰，惭丁谢师尊。
文章重薪传，唱酬抗兰言。
今子名父子，若翁老斲轮。
春云亦态度，词澜更渊源。
知应跨灶出，岂惧绝尘奔。
自来从我游，才踰临汝袁。
掣电大宛骏，抟风北溟鲲。
兹将战童子，小敌乌足论。
夺标观竞渡，西江气已吞。

文具四首

未央瓦砚

未央瓦以汉初闻，嗜古应方盘鼎云。
铭砚肯将铜雀儗，即今瓦当重遗文。

象筒

全牙截作数升筒，恰称文房象管工。
千古才人大手笔，乞灵都向有容中。

麟注玉匙

麒麟注满春冰澌，瑶玉匙清晓露垂。
莫谓涓涓才一滴，波澜潮海此淋漓。

铜崖笔格

铸尽昆吾太古山，精疑尺寸结孱颜。
陆离不数珊瑚格，合在象筒古瓦间。

拟童试灯影子歌限昌黎短灯檠歌韵

短檠二尺焰不长，差胜匡衡偷壁光。
国子先生夜继晷，对此悲歌叹炎凉。
道尽幽闺及寒素，孤灯寂寞泪沾床。
况今挟科营第客，频向风檐争答策。
通宵乙乙欧心肝，三条烛尽东方白。
更苦童试禁烛限申前①，四鼓趋场夙不眠。
未时催迫公吏恣，数爇才了暮烟翠。
杜家好秀才，青灯曾几岁，灯影子那肯轻相弃。

注释

①功令申时纳卷，不准挟烛。

拟诸生岁试诗屏风歌

元和诗人元与白，诗敌唱酬两莫逆。
竹筒千里频往来，形骸虽隔心不隔。
白公喜事集屏风，采录元律加精择。
木难明月缀锦绮，金锵玉珑协音格。
焚香独对当晤谈，高会群赓宛联席。
列妓成围侈穷奢，琉璃作障生寒色。
岂如风雅悬眼前，纵匪箴铭亦多益。
矧全才俊逢盛时，风较晚唐倍十百。
十联一日在御屏，压倒元白真诗伯。

得儿侄小捷喜报答桐门问诗口占

摇摇心正似悬旌，刚得佳音稍慰情。
莫怪门前干鹊噤，喜非望外平无鸣。

桐门问我有诗不，喜愠交生不自由。
得者未偿失者半，几人欢喜几人愁。

答相士

季咸操术未全非，争奈先生衡气机。
释氏色空原不著，吾儒言动最为微。
午牕睡起遗形影，卯酒颜酡浑瘠肥。
自信神仙都学得，何烦再欲问麻衣。

中元夜

更深庭院独徘徊，皓月当空万感来。
无限盛衰家乘墨[1]，许多存殁楮钱灰[2]。
国非古莽眠三觉，乡是无功饮数杯。
却笑米巫同祭酒，年年此夜醉猷回。

注释

①因事检谱帙，见古今枝属兴替不常。

②俗是夜烧帋钱，谓之荐鬼。

促织吟示及门

促织促织声如丝，一丝一丝牵人思。
锦字回文千头绪，花样不同今语谁。
秋风似剪割不断，李子归家妻在机。
古来乐羊妇劝学，古来孟母贤励儿。
嫠妇分阴犹恤缕，男儿有股当刺锥。
促织促织告尔声苦悲，此非恶声是闻鸡。

哀水心

知命何难耐有瘳，哀哉韩子饵黄硫[1]。
圣人慎疾同齐战，达者忘生决赘疣。
泉路冥冥魂不远，山斋寂寂梦来游。
遗编剩草谁堪托，一夜西风无限秋。

吾家群侄等亲疏，惟尔淹殂切丧予。
两股犹温虢世子，百身谁赎秦子车②。
人情恶死原无奈，神力回生岂有诸③。
已矣盖棺毋怛化，殉君一卷南华书④。

注释

①水心以病初痊，误食山椒姜过多致脱。
②借音。水心既绝一日，夕将敛，又复温软若有息，一日一夜。
③病原服神药见效。
④时正大敛。

叠旧韵贺涂朗山世讲入泮

棫朴稠国桢，才宁限石斗。
就中拔萃资，英誉惊雷吼。
当事莹冰鉴，搜猕良不负。
如君今处囊，颖脱孰能右。
昨岁寄君诗，左卷操之久。
杜生真秀才，泮水饶佳友。
儿曹附骥尾，亦颇为鸡口。
愿共骐骝奔，莫守狸狌宿。
同声力遐篷。高翔慰下走。
叠谣载言贺，笺付五凤手。

遣疟

嗟汝古帝子，不才能作祟。
自谓忠且信，届时如约至。

若怀炭与冰，炎凉顷刻异。
当汝肆毒时，赫然何内畏。
初来战栗严，彻骨雪霜积。
旋乃鼓洪垆，万炬驱象燧。
汝形谅蝶亵，汝威胡赑屃。
昔我壮盛年，君将三舍避。
今我老负疴，遑与君士戏。
清秋佳节中，皓月娟娟媚。
四海好遨游，送君远安置。
酌君一卮酒，君当主和议。

疟愈

小愈观寒月，清光冷怯人。
有诗能却病，无妄可通神。
鬼异三彭梗，灾非二竖真。
好怀相慰谢，秋夜顿阳春。

叠序之旧韵赠序之①

莫笑射鱼天是指，王良驰驱遇不诡。
陶成肯孤孔铸颜，时来终卜冰寒水。
畴昔与子将心安，当日惟余刮目视。
虽今未五又坦率，宁比嵇康觅石髓。
苏季说秦书十上，博士买驴券三纸。
彼惟未得简炼前，所贵发策勤继晷。
吾子揣摩既有年，研精耽思透元旨。
工倕旋规匪稽心，轮扁斲轮难喻子。

业如百步悬虱牦，力非两马城门轨。
吾学但信成麟角，世俗任他焚象齿。
此中操券自有征，岂以暂蹶画无俚。
勖哉思乐迫迟人，明岁为子首屈指。

注释

①序：之屡困童试，今岁又得而复失，故勉之。

九日偕宾秋薰莘蕊访龙宫寺十首

题记：菁等读书醉饮遂游海藏归复醵以问君何能尔心远地自偏为韵十首示同游。

崇福寺后寺①，恍惚莫可近。
幽斋疑竹隐②，慧业必灵运。
居士兹假馆，山僧解投分。
踏屐领登高，汝曹交探问。

篮舆劳子弟，颇笑陶征君。
我倚赤藤杖，扶持老骨筋。
浅溪独鸣玉，深岭拨白云。
乐事岂常健，登临肯惮勤。

日晶天宇阔，是地好啸歌。
国应名极乐，乡已到无何。
丛篁蔽落叶，断秸缠枯萝。
片晌尘境隔，疑欲烂斧柯。

未得白衣酒，偏逢解趣僧。
遗来桑落酝[3]，恰称馔殽登。
逃禅本非我，入社亦不能。
诗奴要难倩，差堪作醉朋。

龙山与龙宫，喧寂自殊轨。
爱古人所同，免俗吾不尔。
百事何须高，九日无终止。
但使欢喜真，一切平等视。

酩酊恣游兴，畅此丘壑心。
下山更西迈，古刹似东林。
寒芳暗馥郁，老木秋萧森。
入门尘四壁，未暇忆旧吟[4]。

十笏契幽踪，上堂接慧远。
三笑傲前修，列坐皆小阮。
清茗煮香厨，黄花芬鹿苑[5]。
流连未忍去，岚光渐薄晚。

曦景逼下舂，倦禽向岑邃。
辨歧觅归途，恍出桃源地。
入营瑕邱乐[6]，吾适载插意。
回首瞻林麓，轻烟半幂寺。

邨墟步平旷，杖策掮余醉。
践矶涉溪河，越陌见滞穗。
家家竞筑场，处处纷荷蒉。
相逢瞥若惊，都问来奚自。

尽日归斋暮，当西眺上弦。
邀月重快饮，餐花再开筵。
时时可佳节，非关惬趣偏。
诗成有天游，同是阿难仙。

注释

①龙宫在崇福后数武，外不可见。
②竹绕蔽之。
③寺僧送酒。
④去岁游海藏有诗。
⑤主席欵茶赏菊。
⑥路遇营生墓者注视之。

寿藻川侄五十以老当益壮为韵四首

惟君饶斧藻，自号亦良好。
情采摛鲜葩，波澜兀独老。
抗怀千载人，挟策四方抱。
五十尚经生，如川心浩浩。

骚坛喧宿将，旗鼓畴相当。
弟子韩门盛，诗名杜氏长[①]。
青衿歌彩服，绛帐侑霞觞。
况有齐眉案，风高古孟光。

注释

①藻川及门多英子亦食饩黉序。

君自竹林咸，我惭道南籍。
有时希七贤，随在深三益。
聚首欢常疎，偏唐室远隔。
何如王湛痴，及此交谈易。

平津越艾龄，甫志青云上。
自昔真贤豪，焉能尽少壮。
六月息天风，一朝破海浪。
不信看篱菊，凌霜花晚放。

胡濬源诗集 · 秋田集

分宁胡濬源乙灯著

男　云从 / 云会 / 云行 / 云龙 / 云程 / 云作
侄　友梅 / 友兰　　侄孙　铎　仝校

古今体

卷　九

丙寅元日雪次乩韵

椒酒浇酬六出花，三元传座是流霞。
景当泰运开青丙，情助诗家补白华。
四老康强栲有杻，群材挺直蓬生麻。
神明诏我须深体，惟德务崇福所加。

次元日韵示诸子侄燕集

宛若琼筵共坐花，蒸蒸风气上云霞。
满斟三爵酴酥酒，齐诵一篇棠棣华。
汝辈远期调鼎餗，老人闲趣慰桑麻。
应知善体怡怡义，业与年新日有加。

豕窃食酒糟致醉戏成

新年酩酊酒中忙，彘也知希毕卓狂。
不与羊羔夸党尉，宁同醉象踏空王。
负涂竟有神全日，入笠偏归自在乡。
若死味如糟肉啖，一肩一斗恰兼尝。

苏州会者吴人逐末者交相敛财为资也近俗多效之以利为义往往隙末赋以晓之

不是鸡坛友会文，又非纨绔醉红裙。
通财貌若囊堪解，醵饮谁终券可焚。
何处清风殊市井，此乡春色在榆粉。
曷如挈榼随高义，休共吴侬逐俗纷。

送春

送春归去春忽忽，多情多谢花信风。
吹到楝花肠欲断，杜鹃枝上泣残红。
我欲留春留不得，春是主人人是客。

立夏日盛热

东君告别未移时，一夜炎官檄火驰。
饱食竞传宜薄粥①，被襟顿欲袗轻絺。
北牕睡意羲皇梦，南亩歌声后稷诗。
此际陶潜心不热，花间卧数燕差池。

注释

①俗尚立夏羹务饱。

龙潭

题记：潭在里中五显庙前，遇岁旱里人祷雨，有龟蛇浮出，须臾滂沛遍注，灵应异常。

我闻炭谷龙湫远在终南山，
唐时龙移，天昏地黑一巳艰。
不知何年数千里，南来又复飞移到此间。
此间千丈深窈筱，胜彼牛蹄一掬潺。
溪源自东怒西走，雕鹰绝壁锁重关。

上流白石束雨坎，若井若瓮若阓闲。
悬涛溅沫涌雹雪，奔腾驶斗湍回环。
崖崩石破青山动，电駴霆轰白日黮。
疑通尾闾穿地轴，下引沸海相往还。
鲛入瑟缩不敢没，支祈跳踯不能攀。
鱼鳖戢戢骈退伏，俨如额点吕梁湾。
登临俯瞰毛发竖，懔懔有神非阴奸。
龙潜其中睡长足，稳抱骊珠气接千百万道晴虹斑。
有时蕴隆金石流，乡人乞雨殷祷求。
巫师投牒跪拜呪，赤蛇黑龟纷出浮。
蒸蒸云起漫空布，顷刻滂沱四境周。
又时天开景清霁，潭中浊浪高山丘。
瞀讶洗潭吁可怪，垢污能自勤涤搜。
上有丛祠神一气，山川精灵岳渎俦。
出云降雨同功德，奇胜岂徒夸玩游。
吁嗟，龙真宜王神宜帝，呼吸感应皆民休。
诗成仿佛龙吟和，乍听声响出龙湫[①]。

注释

①潭上高吟，山辄应声。

无题

万般浑付忘机天，夏午翛然一觉眠。
淡有时花赢锦绮，贫饶古籍胜金钱。
燕巢新觳驯窥几，蟢网飞丝巧挂筵。
无事无心无感兴，无题聊与入诗篇。

恶风歌

题记：丙寅四月二十八夜大风，门坊倾圮，树春圃栢拔仆一株。

恶风拔柟卷茅屋，杜陵野叟犹悲哭。
况我闬闳垣颇坚，齐前双栢长葱绿。
炎夏熏和卧北窻，日夕盘桓乐薖轴。
无何一夜众窍噫，天飜地战风陵沉。
㕧号西南向东去，乖龙挟飓摧山林。
崩我门墙倒我栢，瓦如飘叶如飞翮。
一栢既倒一尚存，宛与孤松比轮囷。
夜梦惊破朝怖骇，金縢有书亦难解。
我闻折大木，蜚大宇，风尝自夸亦自许。
此语不信今始覩，岂示大胜为子语。
噫吁嘻，杜叟欲得广厦庇寒士千万间，
如此风，庇恐难。

风坏屋峰

达人知命究何常，随处冰渊那克防。
昨夜恶风蜚大屋，尔时安宅等岩墙。
爰居石燕人几事，大麓金縢我醉乡。
正是衣冠起不及，安危高枕块然忘。

风兰

俏小仙娥下玉宫，幽姿服媚国香同。
翠翘不踏人间土，却倩篮舆驻半空。

枕帏轻佩贮清芬，爱近妆闺惜绿云。
无事楚骚问消息，孔琴闲与操南熏。

奴子从子在外久疏属六弟峡舫弟今遣之去为平民

才非颖士亦依依，自昔勤劳世指挥。
霍肉风尘供旅爨，锦囊燕豫逐征騑。
起家不用苍头富，乞姓原多黄犊韦。
吾弟放良今遣尔，从兹莫虑出身微。

夏晓

荷露流珠晓气清，池光漾縠凯风轻。
数声干鹊鸣高树，一片天机豁夏晴。

姜品庄以五十写怀兼忆其外舅李梅窗诗索和

题记：姜固素未识面也次韵答之

老去渊明久赋归，十年不复忆知非。
鸡坛星散耆英寡，枌杜雷同大雅稀。
何意清词白石叟，彼心幽尚药苗肥①。
一声高啸浮云外，响落修江明月矶。

道合遑需目击存，凭君为我吊诗魂。
今谁白傅编闲适，古有青莲与细论。
岁纪不知同绛县，风骚何处怯般门。
颇怜山谷津梁念，无限深情寄寿言。

注释

①姜业医。

时雨示蔚蘂

甘霖既优渥，农夫庆有秋。
天培诚可幸，人事亦早周。
读书小大成，厥功视岁收。
惟苗与秀实，及时须自求。
譬兹时雨化，原异揠长谋。
我已知苗硕，为问肯获不。

哭薰

吾家子弟固多英，不是昌黎哭老成。
伤汝壮年怀大志①，读书一载作诸生②。
耶稣妄说升天路③，复圣空留好学名。
同父凋残儿女幼④，可怜存者不堪情。

注释

①薰年三十三未满。

②薰以去岁始补弟子员。

③职方外记，耶稣在世三十三年肉身升天。

④薰同怀七人，先丧其三，又三子一女皆幼。

哭长侄偃友槐

与我同将耳顺年[①]，吹埙汝唱诸儿先。
无何小戊濒周甲，不共长庚永系天。
萱草露零垂宿泪[②]，竹林风搅咽秋蝉。
嗟余老涕哀犹子，一月重潸若涌泉[③]。

少小相依阅世深，如今孙子亦森森。
中间出处曾殊趣，此际淹殂最感心。
无疾那遑第五问[④]，有樽难觅仲容斟。
莫非泉下求梁孟[⑤]，夜半秋声月影沉。

注释

①偃与余同庚今年五十九。
②长嫂古稀有三，犹矍铄。
③薰卒方二十余日。
④偃以夜半无病而终。
⑤侄妇先于春间卒。

文房失窃

窃钩不得窃文房，犬盗宁知愧彦方。
清赏我怜无价物，鬻资君值几钱赃。
失弓苟作得弓念，中府何妨外府藏。
可笑诗书犹发冢，青坛留却尚为良[①]。

注释

①窃去古铜玉器，文具数事，馀置不取。

闲坐

先生镇日在衡门，满眼清秋一酒罇。
身似醢鸡还蠹蛎，腹为经笥亦唐园。
配盐幽菽莼丝味，鞞角大麤砌藓痕。
闲坐孤吟心绪引，声声络纬答长言。

寿州父母贺撷芸五十征诗

自从负疴老田园，十年不踵诸候门。
闲来偶读循良传，颇惭畴昔罔风尘。
倏闻我候觞大衍，讴功歌德舆诵喧。
我本清时击壤亚，触我食芹与负暄。
此地饶山少沃野，人依抚字仁寿恩。
龚黄召社岂难望，君能寿民民寿君。
尸祝社稷苟非杓，文雅粉泽亦足尊。
东篱花夺河阳丽，鉴湖水注修江源，献君兕觥莫醉辞。
君不见，任棠一杯水，厌公饮之黙无言。
又不见，饮中第一狂季真，风流早契谪仙人。

代从侄孙扬魁寿州尊贺撷芸①

借得候芭酒一壶，跻堂百拜庆悬孤。
自承宗泽传心法，曾与彭宣侍座隅。

晓翠南山仁者寿[2]，秋清修水贺家湖。
祇惭投笔悭敲玉，欲展称觥涩唾珠。

本是家风绍季真，来兹作牧仰如神。
民欢姓字堪名子，我乐甄陶善铸人。
池上凤毛老益丽[3]，天边南极秋弥新。
门生脚迹他年好，及此高赓岳降申。

注释

①魁为撷芸所拔武门生。

②南山崖，州治八景之一。

③撷芸之太翁曾为中书。

代列三侄寿州尊贺撷芸

我公华燕趁秋高，介寿倾城集俊髦。
豚犬谬蒙先马骨[1]，羊羔聊比寄鹅毛。
九皋鹤是循良誉，五总龟兼风雅豪。
献祝维祺斟大斗，重阳堪展续题糕。

注释

①列三次子扬魁为贺所取武童第一。

代袁生寿州尊贺[1]

言游重子羽，昌黎接区宏。
作人由寿考，得士属贤明。
引翼祈黄耇，参术贮药囊。

公为谢尚豪，我惭临汝郎。
我匪青莲仙，公真四明狂。
悬榻时我下，读法从公常。
谆谆殷教迪，廪廪多义方。
间示风雅篇，敲句戛琳琅[②]。
今年风雨时，佥曰惟公祥。
民气悦以和，有秋正穰穰。
家家庆难老，公功还自忘。
维兹授衣候，宛合豳风章。
跻堂方介酒，况值大衍觞。
有山名乐只，有水修以长。
我采延龄菊，我集钱与郎。
作诗既盈局[③]，为公晋壶浆。
投壶天口笑，黄萼并折杨。

注释

①袁为贺所器时出入署中
②贺尝示袁以诗。
③袁集诗一册以馈。

九日雨

风雨重阳兴早孤，那缘败意怪催租。
诗哦邠老满城句，景似清明在路图。
何处可携筇竹杖，谁人相挈紫萸壶。
况堪泥泞襄丧侧，郭泰庐边接奠刍[①]。

注释

①时二东侄为母设奠，以是日迓宾，请与襄事未往。

题画松卷为熊生寿州尊贺撷芸[①]

千尺长松高落落，和峤磥砢为畸作。
毕宏韦偃古擅能，后来马远亦盘礴。
此图恍惚欲同工，十八虬龙斗拏攫。
苍髯鬣鬣竞参天，古鳞叠叠拔地跃。
或向或背或俯仰，若揖若让若交错。
乱云影地纷摎流，惊涛宛起半空秋。
大材一一充梁栋，托根未易嶆嵝求。
我侯今暂枳棘栖，甘棠樾荫与云齐。
豫章飍风桃李圃，楩楠杞梓梧桐树。
有栲有杻歌南山，正如茑萝施松间。
熊生翩翩君门下，祝君廊庙撑大厦。
觅此寿君属我题，我是散木不材者。
我闻徂徕已采作闷宫，宁羡岱岳秦人封。
斯干有咏及天保，蟠根耸干都惟松。
盛时大匠方持斧，三槐九棘迟其中。

注释

①熊为贺门生。

箬坪

地是桃源小，风真太古妆。
尘寰有此境，怀葛已同居。

天和冬日暖，山邃漳流清。
此间见熙皞，耕凿浑忘情。

大雅元无俗，欢从田父游。
好怀堪拚饮，一醉渊明流。

往还廿里余，不杖不篮舆，
识得真津处，不问武陵渔。

胡濬源诗集·秋田集

分宁胡濬源乙灯著

男　云从 / 云会 / 云行 / 云龙 / 云程 / 云作
侄　友梅 / 友兰　　侄孙　铎　仝校

古今体

卷　十

丁卯元日

岁逢强圉便亨通①，六十今年运又同②。
鹤发一堂齐益算，龙头盈砌卜乘风③。
椒花语缀新辞丽，蜡蕊光摇醉缬红。
定是平生快志日，三元伊始乐融融。

注释

①余命最喜丁年必利。

②余今岁六旬。

③子侄正逢卯科。

正月四日侄蕃合房

喜尔沉潜力学真，今当合卺及良辰。
常哦昧旦鸡鸣句，定作朝阳凤哕人。
风火正家原大学，地天交泰是新春。
宜言饮趁椒花酒，好顺高堂白发亲。

正月五日

渊明此日斜川游，欣对春光洽侣俦。
而我今朝偏雨晦，输他开岁骋风流。
清晨檐滴铜龙箭，是处门飞玉燕球①。
欲稍偷闲学年少，翻虞泥泞湿扶鸠。

注释

①儿童踢燕戏者多。

就养示儿

轮年奉养素风存，肉满盘盂酒满樽。
但记学诗还学礼，无须曾子较曾元。
春光九十觥称始，甲子六旬颐指尊。
勉致大烹荣禄养，何愁亲腹笑唐园。

人日

暖雨催春急，同云薄暮深。
倏惊人胜节，偏触甲花心。
身世双蓬鬓，光阴一寸金。
坐来无限意，老去有长吟。

饮集兄弟对雪

传座酬春雪，寒消三雅中。
祇甘陶令趣，肯数党家风，
光影杯浮白，颜酡炉火红。
正宜兄弟乐，同是白头翁。

寿广文黄对华暨妻章孺人六旬双诞

吾乡诗祖桑梓里，子耕已古畴后起。
对华先生远象贤，振铎于兹将继美。
既美才名跞郑虔，还夸伉俪谐鲍宣。
一双花甲庆皋座，九十春光烂琼筵。
留得去年安榴酒①，合觞今日熟樱天②。

黄夫子，妇克随，回首当年出门时，夻田何似泣牛衣[③]。
章孺人，案齐眉，起醉今朝琥珀卮，瘦羊应胜烹伏雌。
黄夫子，闻君冲誉跻江夏[④]，山谷亦是纯孝者。
章孺人，乃祖宋相此邦人[⑤]，门楣今照九原新。
绛纱帐幔艾城开，桓荣韦母并时来。
春风习习时雨暖，门墙万卉映斤槐。
吾家子弟依门下，愿与初平侑金罍。

注释

①对华以去岁五月寿。
②时谷雨后三日。
③对华当年曾鬻章夻田以游学。
④对华父母早夭，太父以对华勤学而目复愈。
⑤宋右丞相章杭山分宁人。

晓讼

怜君世网斗神锥，钝怯书生自古嗤。
毛遂有才方脱颖，鲍莊之智不如葵。
嬉游童冠当风地，景物清和遇雨时。
读易漫占天水讼，眼前无限送春诗。

酬荣茂才佩麟四十作醵镇兴斋招饮

山斋灵杰郁轮囷，浩气恢台首夏辰。
带水合环纡紫绶[①]，笔峰前矗定苍旻[②]。
皋比我昔曾专座[③]，马帐君今更有邻[④]。
强仕恰当强圉岁，宾兴预卜镇兴人。

昨费行厨半左相⑤，高谈招我饮中仙⑥。
相醵偏忝万钱座⑦，得趣真宜三乐贤⑧。
亭午云霞蒸绮阁，洞宫钟磬侑华筵。
壁间好借魁星斗⑨，及早觞赓呦鹿鸣。

注释

①斋前带水，两河合流。
②面鲤峰，远秀如笔。
③乙丑余馆是斋。
④荣授徒斋内，重其前斋，余门生聚学焉。
⑤是日醵钱五千馀。
⑥席设四筵。
⑦主宾交醵，邀余上座，余实不持一钱。
⑧家语荣启期三乐。
⑨斋通崇真观，壁悬画魁星。

叠寄涂朗山韵赠查秀才斑若

退之作师说，学者依山斗。
李翱张籍流，声撞鲸钟吼。
从古文章交。海涵兼地负。
石可为错砺，源自逢左右。
今君来吾门，相悦夙已久。
谊同侯芭游，分应元定友。
经义精举业，圣译阐天口。
风期鲲鹏翼，迹耻貒貐蹂。
方嘉人室般，雅欲循墙走。
转瞬桂宫秋，庆君为拊手。

赠星家

我昔京华觏异人[①]，君今此艺亦通神。
也知术数原非命，却似龟蓍颇有真。
天际浮云身外意，眼前炎景世间因。
漫言铁板能先定，应是金丹度幻尘[②]。

注释

①庚子京都有挟数者，推命辄中。

②数名铁板。

语学数

多艺何妨小道俱，前知有术足惊愚。
宋人方卖不龟药，惠子将浮无用瓠。
大旱忧时谘卜史，斋坛祷雨暴神巫[①]。
午长难觅羲皇梦，且话人天定数符。

注释

①时方旱祈雨。

寿蔡荪畦六十

寿诗自比犊鼻裈，未能免俗聊复言[①]。
今日逢君大戊子，益笑我是雌甲辰。
君之家尊我父执，世通兰谱世姻婚，
两家同气皆同齿[②]，每当洗腆交相存。

忆昔君舞莱衣日，我曾酌斝踵君门。
主宾豪壮椿堂喜，轩渠醉饮奖言温。
三十年来各称老，娱欢又属子若孙。
白日长绳那可系，青云高轨亦非计。
人生至足有馀分，眼前甲子即运世。
君不见，籛铿妻孥成路人，落落长生谁与亲。
又不见，古强四千恣欺谩，孰举广成较真赝。
张毅单豹后不鞭，未必乔松争愚贤。
许多匆匆朝市老，许多忽忽泉石好。
二者譬如食忘味，腹中虽饱殊草草。
惟君厚祉百不忧，生来浩荡有天游。
德全福备心弥达，一年可当三千秋。
齐眉戏彩等闲有，等闲不足为君寿。
不是我言故翻旧，与君共此无量寿。

注释

①月之望，余初度六旬，有自序叠百韵。

②荪畦之伯兄与家三兄，仲兄与家四兄，季弟与家六弟皆同庚。荪畦又与余同庚也。

秋半

老人秋半任蹉跎，宋玉张衡奈我何。
万事饱更豪兴减，百年绵歷淡情多。
断壶剥枣真钟鼎，露蚓风蝉好咏歌。
惟有关心因后进，散怀晨夕望巍科。

寿张清浦姻家姻母王孺人六十同诞及其子初冠

九老香山胡并张，四人洛社诩同堂。
以今观古殊难企，如我与君尚可望。
戊子问年无大小，丁壬传世有姬姜①。
欣逢弱冠娱莱子，况值齐眉庆孟光。

海筹宫线共添长，锦悦桑弧介具庆。
鸑鷟伫鸣鹓序侣，龙鸾罗拜鹿门床。
鹿车挽兆蒲轮宠，鸠杖扶临玉树芳。
忝倚婚姻为伯仲，儿孙合遣晋霞觞。

注释

①清浦与余同庚，为儿女姻好。

为熊鉴堂写雪竹扇戏占

此时爨火知无事，留待挥炎溽暑除。
真行篆隶集群书①，恰与诗名百衲如。
自是先生爱清兴，竹枝为唱俗尘除。

注释

①扇一面集诸书。

答张太学重以木假山乞诗

并序：有有用为材者，松桧豫章杞梓梗桐，为宊椽榱桷欂櫨店楔楫椐轮轸栝桊琴瑟是也；有无用不材者，樗栎丛棘菑翳柽椐，为拳曲臃肿舟沈棺腐器毁门液柱蠹雕朽是也；至无用为用，不材为材者，则木假山也。材有用，则斤之斧之锯之凿之，丧其天矣；材无用，则薪之櫘之作之屏之，弃于人矣。不丧其天则不材，不弃于人则材．乃惟丧其天，惟弃于人，而风之雨之剥之蚀之水之啮之菌之蠹之于以成，若崖若石若兽若禽若云若涛若有若无若隐若见之状，可置诸髹几棐席图书彝鼐间，供清赏雅玩而卒全其天。卒取于人者木假山，洵不材而材无用为用也哉。太学曩得斯木，賨之甚秘。岁甲子，族侄某为之小记，并诗以示余，且乞和．余既戏次韵叠四律应之。为未覩其物，即未书一通相与也。越今五年，顷又遣僮负以来，并诗卷一卷，请更为咏，卷中首列余故人之记，抚玩之益，叹余往所咏者，无意游戏中，何神趣暗协耶？若其记所云云，谓材乎，谓不材乎，谓自况乎，又各赏心者见为然耳。爰复长歌一章以答之。

乙灯先生老达怀，心眼无材无不材。
肥遯之子好奇者，搜括赏嗜遗尘埃。
都不物物物相物，能用无用用用该。
今者假山一朽木，遣奚里袭负以来。
乙灯见之大笑咍，此物久耳状崔巍。
旧吟髣髴形容尽，神摸意揣何奇哉。
君不见，爨下桐，不遇蔡邕几成空。
又不见，木居士，偶然品题便神通。
上林文木苦斵削，牺象之半断沟中。

当前一卷人间世，谁与莊生解趣同。
天下物以稀者贵，卞璞燕石何真伪。
惟君能用无用材，人弃我取足珍异。
老泉曾记木假山，亦寄此意于其间。
君兹諈诿重乞咏，乙灯虽慵敢辞艰。

调友除日

千家饮祝聚轩渠，新向林泉度岁除。
浪学沛公谦辍洗，遽教王导疾驱车。
纷纭绣户悬桃虎，寂寞空山响木鱼。
将倚狮王服狮子，世间烦恼正难袪。

胡濬源诗集·秋田集

分宁胡濬源乙灯著

男　云从/云会/云行/云龙/云程/云作

侄　友梅/友兰　　侄孙　铎　仝校

古今体

卷　十一

六十自序叠在豫假归百有二韵

烧劫鸿蒙炭，烂柯顷刻棋。
无生说固妄，不死药还痴。
世事皆刍狗，功名半豢牺。
群随磨蚁转，孰把隙驹羁。
大挠通元会，浑天测干枝。
人身非铁石，马齿等驽骐。
造化宁私我，循环悉听伊。
纵同草木腐，焉肯斗筲噫。
岁纪惭耆德，年华觉暮迟。
五旬如昨日，十岁又今时。
回首风尘迹，投簪归去辞。
苑陵侨舍馆，父老接帘帷[1]。
未雨巾常垫，当风襟并披。
宵游溱水泼，晓咏山霞摛。
白发争千丈，黄金哂一牦。
雕虫工鬼斧，挥麈摧神锥。
点瑟铿同与，陶琴趣独知。
浮踪乌足滞，好爵未堪靡。
仕止皆天只，逍遥付日居。
羁栖蓬鬓叟，延揽誉髦姿[2]。
畏垒诸人士，庚桑几祝尸。
久淹三稔耐，旋驾终朝驰。
妖避九头鸟，行安一足夔。
攀辕民挽泣[3]，振橐鬼旁嗤。

客路孤希偶，乡关千有奇。
舟车更已数，山水过如遗。
迢递考盘在，逡巡搔首踟。
匡庐渐入望，陶令允堪为。
自夏徂秋仲，由遐历迩陲。
近州闻小警，厥众怯难支。
户各襁儿走，行多接淅炊③。
我云安则吉，君请静为宜④。
俟彼鸮巢捣，何妨熊掌胹。
彻桑能似鸟，毁室讵愁鸱。
果见疮痍复，弗劳和缓医。
距之还故里，迁久足萦思。
栗里菊方茂，东陵瓜可私。
邨墟通燕饮，邻曲洽欢悲。
前事都休矣，后贤姑教之。
祇培世泽永，尚使士风移。
养为中材切，裁因狂狷施。
昆冈玉韫石，瀚海珠生蚌。
德行端求本，文章共赏奇。
凤翔高雉窜，狐腋胜羊皮。
布采储丹粉，和羹贮酱饴。
凡须陶冶力，即是权衡司。
黾勉交无倦，光明励缉熙。
譬如沾化雨，奚论暵干蓷。
又若骅骝骤，遑烦鞭策笞。
居恒依几杖，出或授车绥。
正待冰寒水，宁悲丝染缁。
謷牙汲郡冢，岣嵝夏王碑。

好古贪忘厌，观摩乐不疲。
读应万卷破，训以九经治。
所愿与其进，非然焉取斯。
理精扶骨干，才富泽肤肌。
正道昭平坦，旁行善迤逦。
登诸泰岱峻，陟自邱陵卑。
家塾驹初秣，云程辖载脂。
庭阶森宝树，弓治学裘箕。
稍喜皆如志，行当大慰期。
其余技击筑，此外言为卮。
风雅殷恒业，莊骚惯取资。
濠鱼寻乐趣，汀茝惬芳滋。
茗椀曾尝顾，醪筒偶号郫。
颇驰骀荡辨，都弃暖姝师。
百氏供评隲，三唐任等差。
危巍攀崩峭，菿窜缒幽罙。
往往奚囊负，频频驴背骑。
细音清蛩蛚，大力猛貅貔。
长啸和孙老，行吟吊楚累。
兴飞增諔诡，响翙刷离蓰。
春苑花方闹，秋楼月未亏。
玲珑敲玉钵，疏越鼓朱丝。
万户轻千首，多文富巨赀。
蚍蜉间撼树，李杜敢求疵。
山鬼依蒙薜，溟鲸手搏鳍。
谈诗殊隐逸，别派匪途歧。
是道消闲放，旁游却老羸。
词腔铁拍壮，书画银光鱟。

苏子豪乌袖，张颠醉啜醨。
与人求解渴，于我不疗饥。
每伍庸工贱，饶令客气褫。
精神憔兀傲，标格耻颓衰。
醮翰临残碣，添毫貌众蚩⑥。
篆摹丁子尾，图绘鳞之而。
金薤轻垂露，兰篁暗弄飔⑦。
浓毫漆点黑，浅墨马毛騩。
戏剧澄机妙，周旋革俗漓。
踌躇兹满志，喟叹昔孤羁。
阅历经穷困，才华愈崛崎。
即令歌伐辐，不复事炊扅。
俯仰桥连梓，康强埙唱篪。
和篇彭泽集，联句城南诗。
酩酊亲仪狄，撄宁袭宓羲。
秋空高盼瞩，爽气健腰肢。
岁序逢丁卯，宾兴及大比⑧。
散怀珠玉树，欣异菉蒉葹。
酌酒生颜渥，扶鸠免足胝。
与天偕浩荡，任达恣遨嬉。
自寿聊云尔，畴言必得其。
轩渠百叠韵，仍旧数茎髭。

注释

①假馆刘叟冠五家。

②郑之俊彦多从游者。

③民皆饯送至百馀里。

④时州流匪小丑乱，民皆逃奔。

⑤余路遇逃众，辄力止之，乃返安辑。
⑥闲戏作人小照。
⑦兰竹颇多。
⑧叶。

评

五叔父自序诗叠韵百二，从古未有，气豪横以高卓，格典重而谨严，兼逼韩杜，足征老而益壮，眉寿无涯也。侄等才惭阮谢，莫克和赞，爰规录为屏，即藉称庆，庶日夕讽诵，亦共得楷模焉。侄友梅敬跋。

病假百有二韵

入官虞制锦，筮仕等弹棋。
肮脏从来拙，循良自向痴。
耽书徒似蠹，被绣竟为牺。
本以儒冠悮，宁缘利锁羁。
人营狡兔窟，我借鹪鹩枝。
枳棘栖鸾凤，盐车服骥骐。
不能谐龌龊，何可效优伊。
魏子忘三叹，梁鸿赋五噫。
久淹方岌岌，勇退敢迟迟。
忆昔韶龄日，志兹大学时。
经穷刘向业，文儗陆机辞。
几载穿匡壁，终年下董帷。
百家都纵猎，万卷弗停披。
活泼泉初涌，缤纷藻骤摛。
藩墙皆着笔，户牖已悬牦。
刀有发硎刃，囊盛脱颖锥。

揣摩求自试，怀抱审酬知。
弱冠赓黉隽，寒毡滥廪縻。
蹉跎非旦夕，荏苒阅诸居。
独许蓬瀛望，佥云瑚琏姿。
斤斤怀鹗荐，往往号鸡尸。
壮岁贤书列，公车上国驰。
交游倾俊乂，声誉动龙夔。
哙伍犹吾耻，卢前颇自嗤。
岂图贾不售，祗觉数多奇。
卞璞愁三献，隋珠苦数遗。
丁年仍瑁璪，午夜起蹰踟。
遽割清华念，旋从俗吏为。
分符强仕候，出宰大梁陲。
技比琼艘废，形同木偶支。
不耕聊取食，无米强为炊。
当路多通变，拘墟少合宜。
桁杨何圣智，仁义总畜腼。
鹏羡樊笼鸟，鹓欣腐鼠鸱。
幸殊伤手割，畴恤折肱医。
乍触王阳志，旋生张翰思。
家园堪乞假，井里敢忘私。
乃遂庭帏乐，无何风树悲。
灰心弗复起，矢愿欲终之。
怂恿旁观切，逡巡始念移。
屠龙泙漫屈，搏虎晋人施。
到处惩饕餮，生憎嗜蛤蜊。
贱夫工垄断，乐土擅居奇。
下手穿封戍，爱人郑子皮。

相愚如给椽，设饵类调饴。
局蹐分严邑，艰辛作有司。
砥廉希后食，砺节答重熙。
匪慕鸣阴鹤，恒忧暵谷蓷。
兴仁般表率，薄罚弛鞭笞。
巧宦均超擢，迂儒但抚绥。
浊污泥不滓，坚白涅难缁。
颇誓除头会，频惭载口碑。
葵邱刚力竭，东里更神疲。
吊古瞻遗爱，居今愧卧治。
民方歌乐只，已实歉恩斯。
雅俗昭忠信，淳风洽髓肌。
穷檐诚浑朴，周道正逶迤。
共为督邮累，群怜令尹卑。
使星甘口腹，编户滴膏脂。
供亿医疮肉，诛求龠舌箕。
逢迎无息晷，悉索靡穷期。
势迫沃焦釜，情深实漏卮。
况勤敌忾义，偏费犒军资。
蠢楚氛初恶，顽苗蔓久滋。
人人争授甲，处处竞登陴。
是地东道主，遭时南下师。
牙璋交络绎，羽檄杂参差。
挞伐歼渠急，长驱入阻罙。
往来营馆舍，奔驶备乘骑。
走吏侪牛马，材官尚虎貔。
旌矛森奕奕，缁重运累累。
革乘逾三百，缗钱溢倍蓰。

闾阎行渐敝，府库早成亏。
曷策搜蚨母，何颜作茧丝。
毁家权塞责，逋负至倾赀。
纵使应子取，安容莫女疵。
穷猿焉择木，涸鲳那扬鳍。
阮籍途穀尽，杨朱路愈歧。
仓皇离毕雉，退遂触藩羸。
忽忽形骸老，看看面目黧。
清堪饮以水，醒肯啜其醨。
回首惟称疾，全身庶乐饥。
程将六月息，带可终朝递。
陶令田园在，宜尼梦想衰。
折腰辞碌碌，挥手谢蚩蚩。
宦海波平矣，乡关室远而。
苍兼零白露，丹桂发凉飔。
泙渫临溱洧，巍峨眺大丑。
闲游胸浩荡，豪饮兴淋漓。
稍脱名场缚，胡嫌旅次羁。
投闲归坦易，自在免岖崎。
会卜旋桑梓，追谈炊扊扅。
彩衣迎杖履，华发和埙篪。
酩酊篱边菊，逍遥驴背诗。
曲肱寻孔孟，高枕上轩羲。
夷俟尊双足，盘桓佚四肢。
传经谋燕翼，讲贯坐皋比。
意逸餐萱草，心斋拔卷葹。
笔耕甘淡泊，力穑习胼胝。
破却槐柯梦，嘲他蜗角嬉。

长吟告我友，一笑问何其。
永矢臻黄耇，从吾捻白髭。

评

典雅工秀，部伍却极森严。其中起伏转接，顿挫承递，若断若续，忽开忽合，无不入妙，元白集中皆有百韵诗，然未免失之浅易，若丰硕而不落繁杂，流动而不涉轻儇，杜少陵夔府咏怀而后，此其嗣音。（年愚弟苏如溱读）

笔大如椽，心细于发，生平之志行学问，和盘托出。其详细曲折处，苏院长已揭其妙，管见不能窥其半豹也。（晚郭履平拜读）

浑浩流转，百折不穷，其雄快处自具深情妙致，尤非时手可及。（晚万典拜读）

题自序诗后

长吟自笑詅痴符，迭百韵诗从古无。
栎树全天谁暇顾，蛩虫应候我为徒。
清秋兴与旻霄上，久旱肠如川泽枯①。
特恐人将覆酱瓿，徒劳十载赋三都。

注释

①时夏秋大旱绝流。

评词

词腔十九断肠声，一涉欢娱便少情。
纵唱大江敲铁板，豪歌终带不平鸣。

儿女文章闺阃思，那堪脂粉傅须眉。
雕虫刻篆壮夫耻，况尔填腔谱调为。

漆匠馈烟乞书可谓知雅好矣酬以一律

谪仙得酒爱汪伦，千古桃潭一咏新。
今日多情何似酒，此心雅尚已加人。
非关臭味兰言合，却称云烟草圣神。
急景负暄呵冻砚，饮君设色濡毫频。

代首叅侄挽妻兄陈体之四首[①]

君昔黔中甫宦游，黔人到处有歌讴。
无何下下阳城考，屈使低头向豫州。

补官皇甫陆浑诗，正惬君耽吏隐时。
岂料嵩高今堕泪，不如筑播去思碑。

解携修水几何年，回首方知永诀天。
缑岭旧闻王子晋，接君归棕益潸然。

乐天代妇贺沙哥，我独于君叫奈何。
骨肉相迎见阿嫂，一声督嫂泪滂沱。

注释

①体之所宦黔，以殿考降豫嵩县尉，卒于官。

题李兰庄夫妇小照

君不见，霸陵山夫佣妇舂隐其间。
又不见，鹿门床夫耕妇耘流其芳。
我负子戴祝牧子，蓬发历齿王霸儿。
从古高风多唱随，君匪陆沉胡尔为。
有床不必龙鸾拜，无宾那俟山妻窥。
侍儿童女都婉娈，花红洞口讬栖迟。
曲栏古石翠葳蕤，松风猎猎兰猗猗。
羽翣方曲两拂披，握卷当是东晢诗。
噫此中意我知之，君方未老萲堂健①。
此图非仅写齐眉，要从此年年老莱，双双舞彩作孩嬉。

注释

①兰庄母老。

眼前

节序乘除迭往来，荣枯得失见根荄。
境多利便方消福，时遇屯邅正灭灾。
春色年年常烂熳，化机物物有胚胎。
眼前随处观洪造，旧岁落花今又开。

胡濬源诗集 · 秋田集

分宁胡濬源乙灯著

男　云从 / 云会 / 云行 / 云龙 / 云程 / 云作
侄　友梅 / 友兰　　侄孙　铎　仝校

古今体

卷　十二

立夏日镇兴斋前即日

中餐随俗饱糜羹，步眺斋前夕照晴。
山院柞花飞夏雪，水田蛙鼓打昏更。
新秧密绣青方罫，平楚遥铺翠织成。
景物依然诗兴减，近来未有不平鸣。

清和

爱此清和候，怡吾丘壑心。
蛙喧知夜静，鸠唤觉朝阴。
话与古人语，诗同时鸟吟。
论文开后学，得意亦从今。

辨狂病

性定情无妄，精疑神不昏。
心志苟迷罔，可以观梦魂。
士商梦朝市，农圃梦田园。
寤寐千万状，总莫离其门。
风诗及狂夫，瞿瞿折柳樊。
譬若醉而乱，差等征器根。
古来贤哲人，平居贵养存。

作一笔竹笋

箨龙直上势冲天，貌得清班玉笋妍。
自笑化工浑一笔，坡公而后有谁传。

熊艺圃以彝鼎古铭扇乞画与题作兰答之

夏鼎商彝文古趣，汀兰沅茝画幽情。
高人古道幽踪合，铭刻秋风到太清。

戊辰八月初八日①

万寿储恩八月期，群英今日正逢时。
知曾老马经途路，料得家驹习騄驰。
蟋蟀韵唫王褒颂，桂花香发郤诜枝。
放怀闲淡生秋兴，干鹊鸣鸿语所思②。

泥涂轩冕任吾痴，裘敝何嫌履绽之。
自是严光垂钓候，非关苏季说秦时。
混同佣匄一筇杖，阅历风尘双履綦。
今岁小春寒事早，日将被褐对清卮。

注释

①时预举嘉庆十四年万寿恩科。

②晨有鹊噪。

烟歌

不关饥渴等蔬菜，始信人间吃烟火。
汉晋品酒唐宋茶，近代烟亦品成家。
酒能乱性茶损脾，樽榼椀铫行难携。
如意麈尾倭折扇，仪手孰若烟管便。
指麾谈柄助清闲，吐气青云嘘吸间。
虽然无益空有费，时尚却胜饔飧餮。

方竹杖中藏烟管歌

少陵桃竹青莲藤，东坡铁杖拄鏦铮。
藜筇灵寿多可称，独闻方竹遗俗僧。
俗僧规漆足懊憎，李卫公之智，笑不及乙灯。
乙灯有此达其节，韬藏烟管并携撑。
行时见杖不见管，坐时用管杖如恒。
即竿作杖枝作管，一举两得得未曾。
惟叹园通世所悦，直方未免嫌觚棱。
园通为用直方体，乙灯稍觉有微能。

姜品莊以纸一幅匄复书旧和诗不足书也因口占答之仍次其韵

踏雪飞鸿那记归，爪泥陈迹滞求非。
应知鱼得筌堪忘，岂谓曲高和者稀。
晷短霜严流景疾，枫枯柏老落红肥。
因君舍旧唫新句，兴至如川不可矶。

贵婿嘲

轻脱相呼尚曰公，今偏此号靳尊崇。
官将三命名诸父，莫笑古人篣妇翁。

本望门楣藉有光，谁云寒贱转宣扬。
劝君莫羡金龟婿，父母嫪兮田舍郎。

阅豫章十代文献书

著述原资讨摭殷，见闻穷处那能真。
武城只取二三策，尔雅知非磊落人。

文献为名贵足征，琐流细说讵堪称。
志书有体标人物，提椠怀铅正准绳。

徐徲陶潜千载人，蔽兹十代已无伦。
其它一世功名士，多寡何劳强备陈。

读书肯作古人奴，生死蠹鱼章句徒。
大意略观不甚解，眼空千古是真儒。

酒后过镇兴斋遣兴

无所从容无所忙，萧萧须发付流光。
旧诗阅久成新趣，闲事当前已坐忘。
午酒陶潜未觉醉，春风曾皙不为狂。
山斋偶遇追陈迹，一啸飞声入混茫。

旧迹山斋无限情，一篇师说与谁明。
坡翁有子能相和，陶令门生不记名。
桃李园芳春夜宴，莺簧院闹盛时鸣。
今仍儿侄分皋座①，好用中才育众英。

注释

①乙丑余与水心侄皆馆是斋，今又着与导先侄各授徒于斯。

解争

不成圭撮费权衡，义利微乖遂启争。
豕虱肥硗讼隙地，蜗牛蛮触战孱兵。
凄凄细雨清明节，历历荒坟寒食情。
试共交相奠者，相兹泉下便心平。

文风

文风关世道，治乱密相似。
世治鸣盛和，昌明醇且美。
世乱气先戾，尨杂相吊诡。
周衰战国争，横议百家起。
诐邪掩六经，异端作俑始。
暴秦焚且坑，火炎昆冈里。
世运与文运，千秋一大否。
汉兴顿清明，购经尊至理。
醇茂着两京。群才三代儗。
魏晋天丑德，清言鸣遂鄙。

南北朝纷呶，如蛙乱聒耳。
陶潜虽独超，人以伯夷视。
下此及陈隋，与世同纤靡。
有唐李杜诗，韩文接孟子。
文运又大张，二百九十祀。
五季不成世，南唐一呋耳。
由是宋代贤，崇论跞唐趾。
道学焕文章，辽金不并齿。
国势一时孱，文强千古恃。
元人又寥宁，未堪为屈指。
至明崇经艺，圣译难数纪。
古学饶大家，刘宋及何李。
明季渐芜漫，圣朝一荡洗。
咸五更登三，濯磨蒸髦士。
清真雅正言，如韶蔑加矣。
历观古今来，相关既若是。
所望持衡司，万载遵同轨。
风尚有污隆，取舍开摩揣。
崇实须黜浮，夺朱应恶紫。
要知文明治，慎辨文之理。

哭侄女桂

今方即远最伤情，老泪频缘犹子倾。
第五不私夜未起，退之疑梦天难明。
夕阳寂寞輀登路，宵雨凄凉柩搁棚[①]。
悲尔高堂双白发，倚闾哀送隔溪声[②]。

多才惟尔胜诸儿，蹩躠踶跂总得宜。
忆昔勤家能我摄，当年急难与谁支③。
辟兵不验朱符篆，续命无灵彩缕丝④。
今日长辞前事杳，嗟余衰老恸何为。

注释

①值连雨筑墓亭未就。

②柩停溪南。

③余昔宦豫，家务皆桂代理。及后办军差，毁家纾难，又经营资斧，赍住以供，赔累皆出其力。

④以端午夜卒。

田家食新

献新急与望梅同，权为荒情稍一松。
朝四暮三犹赋橡，仓千箱万冀如墉。
午飧未暇羲皇梦，平世应思禹稷庸。
明日家家观铚艾，夕阳耞板乱村舂。

岁饥示人告籴新昌

晋籴秦输雍及绛，从来施报论邻封。
救荒且作臧孙乞，移粟姑如河内凶。
日日出疆重足茧，人人负米簇衔蜂。
虽然暂得医疮计，无限痌瘝切老农。

子侄小试被黜

嗟哉事愿每相乖，举世英雄难遣排。
得失与吾无蒂芥，儿孙牵我累襟怀。
日光五色空迷赋，炎暑三庚若病痎。
莫笑商鞅愚众术，此中愚更类优俳。

贺宾秋侄壻入泮

几年相许在瀛洲，兹喜新从泮水游。
苏氏儿郎迈过侣，韩门弟子彻翱俦。
战派得意搴芹日①，烹菽承欢释菜秋。
自是门楣今有耀，勉旃明岁作龙头。

注释

①场中试浮瓜沉李。

族侄某因公派令之城乞诗口号一律

伊余绠短时称病，羡子才长日有功。
足了十人如柳恽，能理万事问胡公。
秋郊遇雨浮氛净，夜月舂粮乃裹充。
料使昌黎呼五百，应尸恶少报卢仝。

留芳

长生终亦尽，惟名差无死。
腐与草木同，百年蜉蝣耳。
砥修不朽名，又限多遗史。
留芳正有命，信史知谁是。
嗟哉吊古人，侥幸几姓氏。

祖茔被侵成讼致慨

肯逐蜗争虱讼纷，衹缘邱垅切凄焄。
昌黎尚答卢仝状，苏辙曾怜徐铉坟。
万籁清秋蛩语急，孤砧夜静大声狺。
何如终北柔心国，不问斯人鸟兽群。

论谱

祖宗多显达，累叶尽荐绅。
子孙满天下，寥寥何乏人。
宁缘与世降，抑或系非真。
南唐择吴郑，宇文神农亲。
华胄子骞后，鹤种林逋孙。
虽皆涉茫昧，附讬亦有因。
轩辕十四姓，姓外岂无民。
如何千古来，外此绝不存。
贤哲自有后，庙院世所尊。
展禽食邑柳，盗跖谁后昆。
要哉观谱帙，万禩视吾身。

络纬

蜩螗沸夏午，络纬悲秋宵。
秋宵最凄切，咽咽足魂消。

风雨

积欠诗成债，经旬窘所偿。
催征秋兴急，风雨近重阳。

九日

连雨重阳节，新晴尚半阴。
寒同篱菊冻，寂共砌蛬喑。
惜老千寻发，悲秋一寸金。
脱巾堪漉酒，兀坐且孤吟。

山斋空一过，寥寂步归迟。
压醉篘浮蚁，磨箕剥蹲鸱。
俗沿禳厄说，人备趁墟资①。
忆曩醵钱乐，年华瞬息驰②。

注释

①是月中旬，乡俗赛集。

②乙丑岁，余馆是斋，九日醵饮甚欢。

九日镇兴斋两馆诸生醵饮示榜郑

张夏门墙正不分，佳辰相醵乐同群。
诗书但使甘如蠹，醉饱宁嘲聚若蚊。
把菊香清浮绿醑，宾鸿序列翥青云。
谢家子弟多芝玉，愿汝磋磨日会文。

题杂画人物

凡器何处觅幽人，满眼风光四季春。
自是桃源甘谷里，逍遥无事尽天真。

不分晴雨及春秋，张盖骑驴杂步游。
老稚樵桑男妇逸，个中天阔日悠悠。

画师物化久成尘，六十余年墨迹新。
安得环区同画境，翛然世外现闲身。

寿州少公俞益斋七十

无疆寿宇普帡幪，薄海安怀锡福中。
正接嵩呼祝嘏日①，偏逢岳降介眉翁。
小阳春里耆英会，修水津头隐吏风。
圣世不嫌臣已老，南昌梅尉未应同。

卅载西江尚少仙，驱鸡射鸭自推迁。
如今官老七旬寿，却比筵开十月天。
抚景闲吟皇甫火，临流静和孟郊篇。
堪将大斗斟佳句，古艾讴歌里巷传。

注释

①时普天同庆万寿。

砚匣铭

有记：五显庙前古柏，大数十围，千年神物也。岁戊辰忽仆，乡人请于神，神许其材为器用，而诫勿亵。从侄孙际昌得之，以二尺许遗余。余刳为砚匣，用韬有宋先殿元之大砚，取德相配，盖亦近千年器矣。因为之铭曰：

埋剑之匣，剑出匣弃。
卖珠之椟，椟售珠置。
靡邻则孤，厥德匪贵。
惟兹柯学士，千岁友陶泓。
造物积精，人神结灵。
天假作合，于铄文明。

雪朝

大雪寂群动，人家似蛰虫。
爨烟辰始起，行迹午才通。
谁怜高卧者，樽酒过蒿蓬。

寿族兄桐门七旬

我来称介去陈言，蕴雪①酡颜一酒樽。
白傅自编长庆集②，史公曾驾远游辕③。
竹林贤少从孙子④，洛社宾无族弟昆⑤。
岂似吾家诗老健，桐门恰好号同门。

爱我归来家不肥⑥，他人宁解旨中微。
一言可契终身诵，七韵尤钦自古稀⑦。
和靖梅边春意足，元安雪里世情违。
星回岁纪循环处，谁见先生衡气机。

注释

①斋名
②桐门有自述诗。
③桐门尝游楚粤。
④自述诗有勖从孙语。
⑤桐门与余四兄白崖旧同事，多唱酬。
⑥余戊午假归桐门，赠有我爱居官家不肥之句。
⑦桐门述怀七首。

崔役戏成

僮仆无人薪水劳，渊明给力助儿曹。
怪今佣作争资值，难为归来有后陶。

村师糊口课童蒙，未若赚钱日赁舂。
莫笑近多稷稷者，国君不梦也为佣。

胡濬源诗集·秋田集

分宁胡濬源乙灯著

男　云从/云会/云行/云龙/云程/云作
侄　友梅/友兰　　侄孙　铎　仝校

古今体

卷　十三

示郑随兄著读书佛堂山庙

象贤名父古难言，韩子诸儿亦负冤。
既信在童了瑟僩，何由不慧悮金根。
春光煦似城南好，灵气钟应山庙屯。
正使学成长庆第，父书真读弟师昆。

流光

少时如昨日如常，瞥见旁人心便忙。
从父子孙多错认，故交名姓半遗忘。
归来卷娄蛇添足，老去朒䗪蟹有筐。
万事且休回首顾，聊随春色逐流光。

社仓

法无长善善惟人，免役青苗今何因。
朱子社仓称美意，宁知流弊累良民。

答某乞题绍芬书屋即简其尊人

君不见，
杜之宗武韩之昶，苏之迈过称竞爽。
三家累代书有香，数子扬芬贤皆象。
又不见，
渊明五男废纸笔，咨嗟天运弗遑恤。

张许子弟才智下，祖考清芬莫绍述。
从来贤愚大不齐，惭卿惭长德亦衰。
但令诗书能世业，便觉风气日上跻。
吾子绍衣及壮强，父书能读室肯堂。
作斋颜曰绍芬者，朝夕培植诸儿郎。
斋中牙签插满架，斋下百卉笑春光。
桃李夭韶兰馥郁，绕席檀麝当风扬。
诸郎秀慧勤督课，即令解赋高轩过。
一堂谐笑张苍梧，伫看才名天下播。
绍芬绍芬应不虚，乞我作诗铭诸座。
君之家尊我老兄，乙灯诗为若翁贺。

即事

人心如面苦难知，万事何嫌子细之。
向戌弥兵徒扰攘，张仪献地最倾危。
和风早使春冰解，煦景先令宿雾披。
应以化工天二月，百花烂熳自斋肵。

社日

山烟黯黮雨涘溦，猡坐幽斋客至稀。
春半不闻雷动蛰，社朝初听雁鸣归[①]。
抛书倦睡炉残烬，凭几孤吟花落菲。
上戊无人先设黍，邮醪何处典冬衣。

注释

①朝闻去雁飞鸣。

俗传五显神诞日

碧鸡金马古之神，毛面蓐收亦匪人。
况是五行为五帝，何堪执日辨生辰。

禹鼎图成山海经，搜神神异富精灵。
拘儒难解幽明故，只解祈禳拜庙庭。

天地山川二气充，万灵心结一诚通。
诚生心即生神日，日日神生方寸中。

五行八卦合成形，神像毋疑怪不经。
真宰是天功德用，弥纶变化佑生灵。

托人完赋遗悮致重完

国赋惟供迫不遑，倩人趋纳悮输将。
官非政拙追呼急，友有家贫信义忘。
二月卖丝五月榖，三年耕蓄一年荒。
倾囊且给公差去，更虑新租莫后偿。

次查渔萱《好古歌》韵答王鳌峰

呃呃世味胥尘土，呷歠元酒明水苦。
闻君嗜好古为徒，爱成昭氏琴独鼓。
瓌奇非宝宝石墨，贪多却似波斯贾。
遗踪欲讨沮诵乡，尧碑禹碣纷相当。

识字家同昌黎学，张军子弟买与湘。
欧阳集古费诹访，明诚金石殷冥想。
都生元敬杨用修，君皆罗列富真赏。
近来恒情各有珍，金珠锦翠争鲜新。
孰与君甘扫俗尚，高怀无上心通神。①

注释

①鳌峰好古碑帖。

王大学古剑铭

朝白虎蹲，暮苍龙吼。
去晋千年，又冲牛斗。
土花斑驳，纠结缦文。
匪张雷佩，雄雌各分。
是吕虔刀，遗王氏子孙。

为张广文题人物画屏十五首

圯桥进履

纳履为帝师，结袜亦帝佐。
君家世代有谦名，要是圯桥先受挫。
可辱斯可教，只履秦关大①。
千秋谁复觅老人，苔藓云封黄石卧。

一顾空群

千里之马非不多，其如世无乐皋何。
黄金买骨仍画骨，试听西来天马歌。

不分驽蹇与遗风，声价全凭一顾中。
阪上长嘶市上顾，隔宵諈诿便能雄。

叱石成羊

真仙道大正寻常，千古金华迹渺茫。
狡狯惊人遽如许，应知非石亦非羊。

吪寝山阿阅几秋，碧苔翠藓结毛柔。
斗闻尔牧麾肱叱，惊醒痴龙蛰九幽。

烂柯观棋

洞府棋边片晌天，邯郸枕上几经年。
一舒一疾光阴异，岁月如何处世绵。

角胜楸枰杀一围，手谈戏亦涉争机。
神仙在道应无尔，借问旁观孰是非。

山阴笼鹅

右军高趣序兰亭，道士遗鹅亦写经。
道德五千人未读，至今都解奉黄庭。

书分野鹜胜家鸡，真迹尤称帖尾瑿。
毕竟风流实堪味，毋宁笼有白鹅携。

东篱赏菊

渊明把菊对南山，心寄南山与菊间。
世目渊明真爱菊，东篱今已遍区寰。

不入东林社结缘，孤芳独赏在悠然。
远公那解攒眉意，只道黄花异白莲。

踏雪寻梅

梅雪争芳及早春，寻诗驴背踏清晨。
当时本是人中画，合向图中觅解人。

漫空屑玉四天遮，静绝人踪清兴賒。
数朵寒香压境外，官梅曷似野梅花。

花爱君子

花为世界叶如来，妙法终归影响哉。
最是濂溪君子说，眼前柄柄道全该。

侵晨夜气溢清香，太极图开半亩塘。
凭槛休令浪采摘，一天月霁与风光。

注释

①大（du ò）。

答熊氏活水园二十韵

有序：活水园熊氏先人所筑，颇久称胜乡陬，咫尺宛在，无缘趾美涉趣，每用欿然。兹熊君景岳以诸胜乞咏，并示诸往达旧手所吟，览其命名，历历如覩，辄依例赋二十韵

墨香书屋

坐寂炉烟烬，息定花气阑。
如入芝兰室，风生楮砚间。

石舲

雅爱仇池碧，奇贪小九华。
百金谁肯买，天上陨星槎。

兰奥

谱弦调孔操，握卷诵离骚。
座间对幽谷，不更刈蓬蒿。

莲沼

虽非千顷湖，半亩酣红锦。
长夏午梦醒，碧筒拼醉饮。

步屟

开扉屏尘踪，祖跣卧方独。
有客游屐来，跫然喜空谷。

露台

银河残影下，金盘晓气清。
登高恣翘首，不觉厌浥行。

爱莲池

濂溪非爱莲，原是爱君子。
主人爱濂溪，池以濂溪视。

得月池

危楼瞰清泚，恰面东山阙。
黄昏竹径阴，瞥覩金波泼。

窈廊

曲槛循廊转，美人趿香步。
荷风经数折，才到看花处。

翠圃

携筐涉春园，下春新雨霁。
落花拾不尽，满折暮烟翠。

鉴泉精舍

滥觞初盈坎，净彻见眉须。
品茶烹石鼎，不须调水符。

月坞

水光漾空明，素壁铺花影。
坐久纳秋凉，露下单衣冷。

听瀑泉

飞雨溅天外，金奏起窟室。
谁举香炉峰，耳边悬练匹。

半庐

依麓爱吾庐，晤歌谁共处。
平分与白云，云我迭宾主。

冰榭

未是水晶宫，不等鲛人窟。
随处履薄心，寒光清沁骨。

洗画池

黐墨作黑云，云向池边洗。
池中倒见山，点点画家米。

桐阴

石榻背斜曛，新月山凹吐。
闲抱焦尾琴，鼓希滴疎雨。

药畦

疗饥商山芝，延龄甘谷菊。
开畦引桔槔，灌此东篱馥。

倒影阁

止水湛太空，下有蜃楼贮。
凭栏一俯视，我与我共语。

珍砚斋

玉树阶除佳，万金产亦好。
捧砚泣诒谋，子孙以为宝。

为熊景岳作丛花孤叶兰扇

一叶轻盈幽谷香，微飔习习暑生凉。
主人莫作孤芳赏，无数蜻蜓弄夕阳。

题蔡荪畦亲家遗像

题记：先生与余同庚，丁年周甲，余寿以诗，有大戊子雌甲辰之句。然自庚申至余家后，不复晤矣。今其嗣君以遗像来示，覩这泫然，怀旧属句，因即赞之：

与君十载别，瞻象一赍嗟。
睒睒眸眶瞭，鬑鬑鬓颊华。
诗囊盛岭海[①]，冠服带烟霞。
挂剑迷坟树，夕阳喧暮鸦。

赞曰

既难弟，复难兄。
不惭长，岂惭卿。
启后传经，余外无营。
咀嚼二万二千六百日味，
了足无量长生，昭示永贞。

注释

①荪畦尝游西粤。

寿袁念书圃七旬

先生十载已悬车，与我同耽林下居。
万事只消农圃老，六经刚了子孙书。
琴风别业中秋月，杖迹邻郪旧雨庐。
及此康强邀社饮，酒行白傅当何如。

经济文章身外劳，身中自足春秋高。
投簪饱领七旬味，把盏欢倾四座豪。
儋石不忧尘甑范，儿孙常笑秫田陶。
先生试拚今朝醉，我与观鱼话乐濠。

哭副室吕氏二首

达者了生死，衹堪遗一身。
恩情儿女泪，那能割所亲。
爱业无缠缚，固输出家人。
哀汝今弃余，悔昔多此因。
嗟余为悮汝，余实未汝欺。
汝固良家子，其如父母痴。
谓汝幼命蹇，疾阨屡濒危。
嫁汝于远方，将以厌数奇。
贬损为官妾，兼欲利所私。
讵料宦途艰，时逢我难为。
毁家遂挂冠，挈汝遽南归。
归来不复出，汝与故乡辞。
亲戚骨肉恩，生前死别离。

关山数千里，嫁同绝域悲。
闻人偶谈豫，触耳涕交颐。
天晴望云树，北向泪频垂。
我每与言他，不忍伤汝思。
汝病思更切，日日念归期。
呜呼今长往，去去任魂之。
慰汝无穷恨，惟望两男儿。
两男虽成童，未审能赠貤。
两女尚幼稚，汝死不知啼。
惟我老人恸，汝其知不知。

胡濬源诗集·秋田集

分宁胡濬源乙灯著

男　云从/云会/云行/云龙/云程/云作

侄　友梅/友兰　　侄孙　铎　仝校

古今体

卷　十四

中秋无月客湖山柬张金门曙牕二表弟及诸表侄二首

朦胧微雨暗中秋，遣兴飞觥当庾楼。
律得夹钟新尺法①。书观章草古风流②。
轻云态作倪生画，漏月光同匡壁偷。
老我弟兄踈聚首，九年今夕胜豪游③。

门庭依旧昔年庐，丁口蕃充室满居。
农圃家风真学问，友恭世泽即诗书。
谈来星卜胸无滞，月付盈亏达自如。
商筑环垣护半亩，兆容驷马与高车④。

注释

①时览明朱载堉律学新书。
②观解大绅书迹。
③旧客湖山已隔九年。
④金门兄弟方议筑门墙。

九日同熊鉴堂兄并陈张诸世讲游佛堂山遂观龙潭

迩口尘缘心绪劳，遑怜佳客竟题糕。
登高却得临深趣，垂老偏生益壮豪。
坐卧石坛韩子梦①，讥嘲社树匠师遭②。
先生逸兴诸君从，我且归批旧和陶③。

注释

①潭石白净可爱，群坐憩息良久。

②庙前古樟大数十围，相与品评其下。

③余旧有九日和陶篇，夕归批阅，以当新咏。

族有讼婚其妇族邀夫族助公呈戏答之

扶植纲常义素谙，群才何必更旁参。
失妻未等鲁施氏，佳耦应知郑子南。
雀鼠爻占天冰五，龙鹑候应户星三。
从来破镜犹圆合，况有廉明饮不贪。

赠别日家刘子

乃祖有遗书[①]，厥孙克绳武。
象纬罗角根，观察极仰俯。
挟术造化先，溯源亦已古。
景冈观流泉，定中营室宇。
龙蛇互制克，吴越范与伍。
辅相裁成道，水法所自祖。
后来支派分，五行纷旁午。
青乌日者家，参差立门户。
斗首洪范言，交争迄无主。
惟君洞其元，羣言扫觏缕。
一晤开我胸，如新纳故吐。
未久遽言别，安得首常聚。

注释

①青来祖德言，著有造命衍义。

嘲所见

桃花潭上听歌声，太白祇怜送者情。
奈尔尘糟穷措大，贪渠龌龊饵寒盟。
金夫一见躬无有，玉质濒危骨几轻。
犹幸相如完赵璧，免令烈性死清名。

为人写兰因以规之

幽芳肯惹众芳淆，类聚多应象拔茅。
同气托根宜介石，不闻香处善人交。

次韵答袁松亭六十自寿征和

莫较彭殇说永年，吟来何处不神仙。
离龙坎虎金丹在，黄石赤松玉检传①。
偕老山庄酣卧雪，诒谋云路企凌烟。
知君会社多同气，好向香山傚乐天。

注释

①松亭卜居黄石山，种松万株。

叠旧赠涂秀才韵赠张升德世讲应童子科

之子志冲霄，手欲扪星斗。
今将试锋铦，弹铗雄龙吼。
乃仍童子班，咀辟还剑负。
顾彼六七人，孰能为之右。
君家世鸑鷟，文采风流久。
昔唐进道童，昌黎曾与友。
况君胸有奇，吐出方开口。
遗风绝尘奔，从何觅迹宿。
行看扫千军，坐使曳兵走。
我诗如左券，预贺先拜手。

有感

庆殃何必问神明，家道泰和物象亨。
用犬弃人晋国语，生祥下瑞董生行。
灵知戊已新来燕，巧趁风花早出莺。
万类营营春有几，抚时太息不胜情。

久雨喜晴

积雨新晴晓启扉，春光满眼照熹微。
人如病酒初惊醒，日似离家久客归。
对语喃喃来社燕，舒拳乙乙长山薇。
闲怀旷与天开阔，莫再阴愁滞化机。

送春感怀

三春都为雨蹉跎，有如年少病中过。
一日送春春未厌，感伊命短空情多。
春去明年还复至，人去不复奈春何。
送春多少情多少，世界谁闻踏踏歌。

教家

友于事不到参商，外侮偏缘小阋墙。
理合襄童去害马，情嫌楚直证攘羊。
教家有道惟忘利，不必争夸百忍堂。

老成好尚偶何如，习俗潜移便有余。
义利如衡集燕雀，贤愚成骼判龙猪。
劝君谈笑休关事，且与儿童话读书。

斥谋地

亲存急为葬亲忙，自问居心岂可当。
得地假令知吉速，斯时便等愿亲亡。
恒言称老犹不忍，况惑青乌说福殃。

养生

忿懥贼天和，凝滞成冤蟄。
事过云散空，不解解万结。
讹火焚大槐，难使湿灰爇。

洚水溃大防，无奈川疏决。
得失有何常，是非有何别。
非争生死关，劳神乌足屑。
念昔未有初，便如汤沃雪。
藏怒与伪喜，圣贤都不设。
且咏养生诗，养生半此诀。

惜义

蚁穴溃防势莫回，三年成教一朝摧。
陆浑居士虽仍健，安定先生奈不才。
芷蕙难芳薋菉室，鸺鹠岂作鵷鸾媒。
还期各爱皋陶祀，勿遣若敖鬼自哀。

次韵和黄对华广文州文峯塔新成登最上一层二首

阿育鼓神力，万塔一夜涌。
吾道树文峯，岂为浮屠奉。
裁成造化机，鼓舞关风动。
运会今古合，精灵山川总。
万岫环州城，如支拱宗冢。
矗以巍峨标，撑兹邋㿜陇。
辈髦高眼界，干霄触心孔。
插天大笔雄，拔地长才勇。
经营岁月积，赑屃岱嵩重。
下照修江清，上拂云霞拥。
自宋盛人文，兴兹今继踵。
先生秉巨铎，佳篇新得捧。

朝坐黉宫中，日面南崕巩。
从知倬天章，两两笔对耸。

少跻绳金顶，呼吸觉天通。
俯瞰章城烟，云气淡淡蒙。
豪吟发长啸，高响落寥空。
尔时惭艾域，不克抗下风。
近人志复古，羣贤合情钟。
观天更察地，庀材与鸠工。
余家亦输财，协力廿五同①。
遂使百丈城，突兀大山宫。
我身虽未陟②，神已蹑窿穹。
慈思题名况，俨然目前逢。
君与前牧伯，始终与其功。
扶筇登绝颠，健哉老犹龙。
胜景戛琳琅，酒酣兴转浓。
感我少时豪，回首思无穷。

注释

①塔共廿五分，捐金乐建，每分三百一十，予家一分。

②予自议建之始，至今十年未至城。

次韵和黄对华铜鼓城四首

自从谢病解归装，桑梓田园岁月长。
生长乡关任咫尺①，衰慵游屐弃寻常。
严营旧迹留城堞，保障今材拟栋梁。
艮趾衡门徒耳属，从言诗里阅封疆。

一石自裂状神奇，偶值将军巧品题。
劈匪剑锋原是笔[②]，灵疑山骨化成泥。
何须元凯岘峰碣，已当武侯融水鞶。
此石谁人能破的，君其一矢丽龟麛。

经丈银钩绝壁开，豪书雅咏岂麤材。
岐阳鼓斫蛟鼍剑，岣嵝碑飘鸾凤媒。
鬼斧神工天险壮，地灵人杰古风来。
每思匹绢高模榻，无奈崔巍我马颓[③]
。
是地畴曾切已饥，曩闻昏垫急然眉。
如今荦岀还腴壤，每日搜苗逸健儿。
泙渫温泉潆候馆，苍葱新稼绕茅茨。
师儒有意关民瘼，早娩东山挟妓时。

注释

①铜鼓城虽隶本乡，予生平实未尝履及。

②石以前明邓子龙大题试剑二字，故得名。子龙，名将中能诗善书者。

③ 石有试剑及潘周过化六大字，寻丈下又七古一章，字亦大如盂，皆子龙欵。书法遒劲，绝似柳公权，诗亦雄豪，称其书，惜崭岩碨垭，难施摹榻。

戏紫薇厓诗卷

并序：有持紫薇假山诗卷者，再次戏应之矣。顷复以笺来乞改书页，并示诸所征题咏盈帙，备阅之。故人某最解趣也，他或有欲携杖踏鞋游者，未免叩盆扪烛折杨黄夸耳，因仍戏一律答之。

庙廊邱壑异襟怀，题曰紫薇趣已乖。
蝼蚓蛟螭杂满卷，闉跂瓮盎合同崖。
只堪蛮触携筇杖，难遣僬侥踏屐鞋。
莫讶滑稽频大笑，张颠谅亦爱诙谐。

为金门题白描麻姑图

近来玉远减风骚，技痒宁怜鸟爪搔。
不信丹砂颜可驻，惟贪绿醑老弥豪。
谁人长作少年相，举世多夸狡狯曹。
高髻蛾眉解淡扫，扬尘东海几回遭。

画鱼图

北窻睡醒及斜阳，清浅涟漪水荇香。
满眼化机真乐处，不须相话到濠梁。

题张金门弟真

丱角器蹇嵯，嶷姿夙奕偞。
峨弁渐侘傺，猛志弗衰苶。
搴藻踏黉池，屈戹齿濒卅。
选钱僸祖鶩，雕龙讐刘勰。
骫骳文諔奇，僷傂数不协。
遂使铍铰锋，靡克郈郈愜。
喁险杜訔訔，皴嚁矜喋喋。
奇字乞侯芭，轩歧旁猕猎。
儵忽隙驹蟲，兹逼大挠甲。

惟仆外鼏序，齠龇最偎狎。
駏蹷爪迹依，蓋菖臭味洽。
苍华今箭篸，膟肛貌脗合。
鲐耇正无垠，真像姑什袭。
且留俟云仍，罗拜供膢腊。

注

皶嘧：ma xi 闭口状，《中华大字典》616 页

秋冻感怀

秋风驱暴雨，急注满崇朝。
瓴甋悬庐瀑，潢污涌潮潮。
炎凉顷刻变，岁月旦昏消。
明日六旬六，伤怀逝者遥。

天上人谣

少小望显达，疑是天上人。
下应钟河岳，上应降星辰。
自顾乡隅侣，藐尔惭一身。
迨壮志四方，交游颇广邻。
时彦多相接，当路亦恒亲。
习处知所蕴，碌碌如沙尘。
学行寡出类，赋姿非绝伦。
一朝偶遇合，得志抗青云。
遂令同侪辈，高卑于此分。
尝怪造物拙，丰啬配未均。

何不贤者贵，何不不肖贫。
何不通者智，何不愚者迍。
俾之各如分，一一安其羣。
胡为使英杰，抱郁屈不伸。
噫嘻天生人，培笃惟材因。
噫嘻天上人，不朽自有真。

伤逝一周

阴云惨淡天容愁，意绪凄凉满眼秋。
岁月无情去不返，萧萧宿草老荒丘。

去年此刻死生哀，觅母惟怜幼女孩。
今日幼孩亦渐忘，何堪衰老念泉台。

儿女双双分孽名，未应朞月短丧行。
独悲婚稼当完事，一一都留累向平。

一期藁厝匪佳城，未得瑕邱未及更。
村俗家家喧佛事，流萤磷影亦关情。

答泾县朱翁八旬征诗歌

吾家阿买寿张军，手持一缄书云云。
南徐好友曰朱君，双鱼远至致殷懃。
书称有叔羲皇人，明年瓜期觞八旬。
相属作诗侑寿罇，我闻若翁允达尊。
少壮豫章数十春，洪崖滕阁题名存。

庐顶彭湖斗精神，忽吊南昌梅子真。
老去家山不出门，朝餐水西山头云。

暮钓琴溪烹赤鳞，桃花潭上踏歌闻。
烟雨亭边药渣芬，即今绕膝儿携孙。
珊瑚百尺刺秋雯，就中更有秀出羣。
渊源紫阳学业勤，指顾凤池掌丝纶。
点领堂中孰比伦，我惭有道未能文。
命侄为我书八分，一章蹇请等献芹，寿星炅炅高无垠。

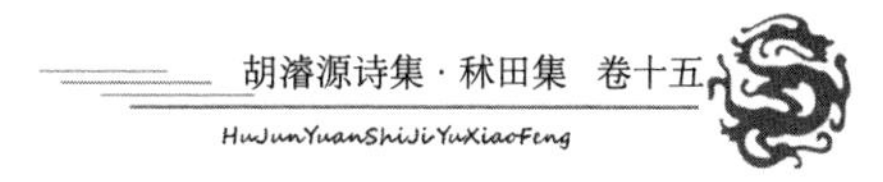

胡濬源诗集 · 秋田集

分宁胡濬源乙灯著

男　云从 / 云会 / 云行 / 云龙 / 云程 / 云作
侄　友梅 / 友兰　　侄孙　铎　仝校

古今体

卷　十五

中秋近

孩童望佳节，计日逐嬉敖。
壮岁赏良序，诗酒订朋豪。
惟有老来意，新愁添鬓毛。
中秋光景逼，月皎古心劳。
凉风香桂花，天气夜萧骚。
蟋蟀警吟咏，络纬悲机缫。
保不逢阴雨，当能几十遭。

中秋偕内侄伯崁步月

百岁秋光几故园，天空如水泊烟村。
曾经南北阴晴月，都入山林冷淡罇。
野火觅萤磷影乱，隔溪烧塔堰声喧。
相随杖履休怜老，醉步清幽兴自存。

设醮

随俗追亡设道场，也知此说最荒唐。
傩虽古礼近于戏，蜡以年通举若狂。
岂谓米巫能取信，祇为儿女示无忘。
是耶非耶姑莫论，飒飒秋风暮断肠。

万等

万等通观贵活参，袭人余吃总庸谈。
鸡痈豕苓时为帝，昌歜羊枣各所甘。
出入主奴争意见，春秋褒贬本包涵。
眼前物论知齐却，霜叶化红潦净潭①。

注释

①时正秋尽。

悯莘丧子慰之

儿女钟情古已然，尔为独子更堪怜。
自从嬴博骨归土，难遣大灵龟问天。
凉夜悲风酸老耳，抄秋愁感逼衰年。
姑将明德宽强壮，造物生才晚必坚。

白描追写副室吕氏像

惨淡经营意匠般，瞑思才得两三分。
写真不到甘泉殿，烧药宁烦李少君。
淡扫平生留本色，遗容后代相清芬。
为卿追像传儿女，庶异东坡朝暮云。

次韵和广文黄对华属作书画三首

雪节初暾照晓霜，启牕拭几拂银光。
忽来瑶什开缄读，满室芝兰墨渖香。

家鸡野鹜等馐禽，遇爱宁曾择练金。
况为郑虔三绝者，敢缘羞涩惜如金。

笔秃衫乌帋叠铺，漫云写竹六书俱。
为君且学东坡法，还问坡公可许无。

附原咏·黄文棨

不到州城已十霜，丹崖翠壁想辉光。
何缘荀令重过我，留得寒毡十日香。

客牕连日写来禽，搦管还题汉上襟。
墨妙数行容我乞，归装他日抵南金。

剡藤腻滑几平铺，随意琅玕水石俱。
不笋而成春在手，讲堂分得数枝无。

酬学博王式台招饮兼属作书时将游清水岩即用和对华韵三首

田园负疴鬓须霜，一到鳣堂挹霁光。
前日叨分北海座，至今心醉咽留香。

向平有意去追禽，不为佻兮侣子衿。
觅胜暂将停翰墨，一双蜡屐值千金。

闻说天公巧设铺，岩中奇怪百般俱。
诗囊酒榼都携往，可许归来塞命无。

附次韵·王朝瑞

齐年搔鬓并成霜[①]，百尺楼头爱景光[②]。
幸藉一尊联燕座，别来三日尚留香。

陶令高风媲向禽，名山游兴绝尘襟。
灵岩几处流兰露，示我先投掷地金。

仙灵窟宅忌平铺，层构云扶水石俱。
为问高空悬壁上，濂溪题字尚存无。

注释

①丁酉秋赋荐而未售，幸以拔萃科附称同年。

②兄到州城，寓令婿陈氏百尺楼。

游清水岩过抱子石

十五年前归到此，惊逢襁负仳离忧[①]。
今过抱子石犹是，顿觉慈祥送雅游。

注释

①戊午自豫归，路过遇避乱者纷纷。

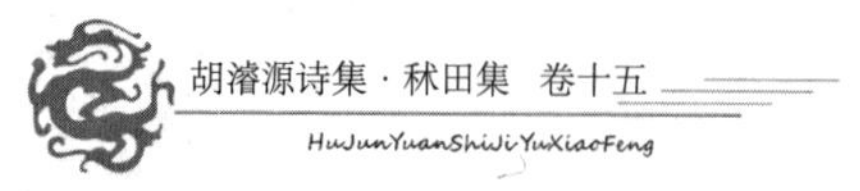

清水岩口占大概

清水岩中石，玲珑百怪森。
九幽穿地轴，万象见天心。
洞府分南北，灵山自古今。
片言难殚状，应俟细详吟。

高沙湾归舟阻雨

风雨萧萧暮泊船，违城五里不能前。
祇期苍莽三餐返，奈乏轻扬一叶扁。
野店濒江沽鲁酒，篷舱铺席载商钱[①]。
山灵想爱同游客，故遣归兮稍滞延。

注释

①附楚商载钱船。

题七侄友樟行乐图二首

持家蟋蟀乐无荒，愿效应非杜季良。
何用衣冠凭楚楚，中天未许弛矜荘。

琴于静好刑于宜，书是诒谋燕翼基。
正及北堂高洗腆[①]，阶前好作彩衣嬉。

注释

①时余长嫂孺人寿届八旬。

竹睡椅

采竹为床费不多，制兼坐卧足摩抄。
真同蕲笛宜甘寝，岂让桐庐号养和。
陶令榻殊徐孺下，邯郸枕是髑髅讹。
北牕长夏眠鼾醒，亭午熏风咏弗过。

改葬副室吕氏于箬坪

改葬非关世俗痴，缘初渴葬近嫌疑。
而今副汝平时愿①，况此迁茔吉兆奇。
境是桃源天地别，人如菊谷叟童熙。
他年我亦偕同穴，好像生前侧室宜。

注释

①吕氏生欲移隐箬坪。

为张金门弟作小照

为君作个坦怀图，坦无蒂芥直同吾。
昔我自貌裸且跣，子桑心孔空九区。
今君脱尽逢掖态，开袪皤腹露漫肤。
左执葡葵右把笔，六十年来莊惠瓠。
松涛撼撼竹籁碎，白石长夏坐日晡。
本来面目有象外，似与不似天为徒。
写貌写神写志趣，非仙非佛非拘儒。

癸酉解榜义宁仅得一人子侄被放解之

不道青钱也见遗，吾邦得隽等怜夔。
谁人远击登闻鼓，有客孤吟落第诗。
韩子自言足未刖，刘蕡对策胆终披。
须知通塞循环理，藏器磨铦更待时。

乡闱弊喻

谬种流传习既衰，迩来作幻更稀奇。
齐臣已窃更公女，秦伯弥工饰媵姬。
夺去化书方醉梦，呼相发冢尚称诗。
西江百弊难形似，莫向秋愁怨数奇。

次韵答熊艺圃六十自述索和五首

乡关未隔几由旬，介绍神交诗再巡。①
曩意徐陈宗别派②，今疑元白是前身。
歌飞白雪君才富，和协黄钟我腹贫。
不怕甲花逢急景，香山洛社古同真。

昔余六十初周时，叠韵千言感暮迟。
迩又六年加马齿，偏来五首攻城诗。
杜家石斧今虽老，韩氏金根后岂嗤。
始识风骚称世将，令人望敌早攒眉。

乔松夭矫竹檀栾，柯叶不雕贯岁寒。
子律暗灰吹碧管，朝暾长晷上红丸。

称觥正合歌和乐，寤宿何嫌赋陆盘。
白发埙篪交饮醉，頽然都作蛰龙蟠。

羲经一卷足平生，兀坐宠床踞板枰。
正使龙鸾应绕拜，那遑钟鼎复移情。
晦翁活水园③成趣，安石东山④屐屡更。
雪藕冰桃春酒熟，知君及此罄瓶罂。

诗书裕后即光前，綵服斑烂付自然。
水北山人乘有马，柴桑醉叟琴无弦。
君高仍不曾惭子，谊化宁遑更慕仙。
他日凤毛夸济美，才知珍砚⑤匪磨砖。

注释

①余向未与艺圃识面，自癸亥岁艺圃五十征诗，及余应之一章后，又以扇来乞题一首。

②园名。

③山名。

④癸亥诗中，有今者谁是徐与陈之句。

⑤斋名。

甲戌元日

元日拈毫祝岁华，新年不比旧年夸。
甲为殿榜曾孤我，戌是河魁待克家。
景运方开燎影烂，太平有报鼓声哗。①
儿曹簪胜占如愿，三载三元兆匪遐。

注释

①时报东乱初平。

题画四首

秋鹰独立

羝羝丰毛霄汉抟，自矜风骨择栖安。
翰林羞鸷高墉射，四顾何如此处完。

秋高九万扶摇风，秋树霜清叶渐红。
独集非关六月息，雄心回首海天空。

柳下双鹅

孰遗捕鳞供素飧，衔鲜系嗉不曾吞。
如斯泉石无人役，肯与余且任怨恩。

忘机相耦等鸥鹭，赋就义鱼罢水嬉。
江上风波柳下静，如斯而已乎如斯。

端午夏至子侄小试被黜

天聋从昔号斯辰，节逐阴生岂便真。
竞渡闻都夸子发，招魂问孰吊灵均。
熏风满地诸生愠，急雨翻阶独醉神。
识得垢初终有复，朱符何必佩吾身。

童试钟山玉赋

题记：有幼童执题白宗师请所出，宗师亦猝未及详也，遂慢以山钟灵秀答之，戏成一律：

玉贵钟山语不谩，山经合共淮南看①。
谁家水马怜童子，独此天鸡问试官②。
糟粕要须能读化，篦厨宁即是才难。
抛书忽得陶潜意，夏午熏风一睡鼾。

注释

①山海经：黄帝乃取峚山之玉荣而投之钟山之阳瑾瑜之玉为良云云。注以为玉种。淮南子：譬如钟山之玉，炊以炉炭，三日三夜而色不变。按：此钟山在昆仑东北一千三百二十里，非今袁州、分宜、临江、新淦、及江南江宁之钟山也。

②天鸡出谈苑：淮南张佖知举进士试天鸡弄和风。佖但以文选中谢运诗句为题，未尝详究也。有士白试官云：尔雅螒天鸡、鶾天鸡，天鸡有二，未知孰是？佖大惊不能对，亟取尔雅，检释虫释鸟，悉如之。

竹谷歌

并序：嘉庆十八年秋旱，获稍歉。十九年春，粟价遂昂，乡人正忧饥。忽山农得箭竹着花结实如谷，弥遍山谷，凡逍遥黄冈所在有焉。采之多者，家至十余石，岁得不饥。其谷似粳稻畧小而长，米红黑色，作饭味如稻。渐熟渐花，最易捋也。考唐书所载，襄阳山竹结实，其米可食，当即此类。又考竹生六十年，必华实枯死，然多而值荒济饥。岂非瑞哉？赋以纪之。

昆仑木禾四丈长，遇求千万谁积仓。
嘉禾合颖两歧麦，历代间纪书積祥。
雨粟雨谷不常有，钦山难数见当康。
惟箘簵楛非稼种，有实衹闻饲凤凰。
何期穷山钟灵异，如今丛筱成稻粱。
嫩颖苞逾秬秠粒，翠花穗作秀苗芳。
掇捋不烦勤铚艾，糠粃无几少簸扬。
漫陵满谷墉栉富，释叟烝浮黍稷香。
神农后稷所未察，农经广雅亦不详。
唐时襄阳产竹米，称瑞何曾拯岁荒。
去年小旱获收歉，藷蕻芋橡充糇粮。
经春斗粟渐价倍，恟恟恐不接青黄。
往时饥民啖泥土，物而不化徒撑肠。
何人樵采新识此，岂有神人教试尝。
山农愚皞谢神佛，宁知帝德格穹苍。
太和感召最元速，降兹嘉种普胥匡。
不信但听畬中雉，喈喈都是鸣归昌。

甲戌七月望

六十七年又到手，千二百诗已盈编。
许多耋耄今成辱[①]，能稍清高此便仙。
俗竞烧钱纷荐鬼，余惟洗斝趂尝先。
世间可笑无穷妄，谁信真吾在眼前。

注释

①时有以八旬馀龄而罪囚者。

叠韵联句和四兄白崖自感

一堂六百廿六年（白崖涌源），四老同怀九老全[①]。
嫂是荥阳恒矍铄（乙灯濬源），家皆钟郝匪拘牵。
兹当诞日秋南吕（涌），不比初旬月上弦。
眼底一圭灵兔药（濬），世间万事得鱼筌。
有酒但须齐醮甲（濬），多殽宁用屡加笾。
砌除方茁芝兰秀（涌），筋骨未衰金石坚。
别墅逍遥朝问稼（濬），蛮笺唱和暮谈元。
闲来肩序陶陶尔（涌），醉后鼻头栩栩然。
羊枣称觥宾可谢（濬），羽衣戏綵俗堪蠲。
平生旧迹诗传久（濬），此夕稀龄兴倍前。
吟就以南兼以雅（濬），饮酣中圣亦中贤。
宵分蟾影光将昃（涌），坐久渊明意欲眠。

那管高歌凌白雪（濬），惟期绕膝尽青钱。
庞眉兄弟真耽乐（涌），彻馔儿孙纷后先。
自古神仙畴目见（濬），如斯聚首便神仙（涌）。

注释

①长嫂八旬有一，兄弟三、四、五、六，八老齐眉。

次韵和周涧东孝廉见赠兼谢惠扇笺三首

君是桑生铸砚年①，豪吟到处涌言泉。
归怀韩愈荆山玉，过访渊明下潩田。
新月半钩消刻烛，秋风一握拂裁笺。
多怜行止终萍合，安得如鹣与比肩。

留钱常待颜延年，得酒羌如向酒泉。
客至葛巾篘蚁醡，家方耞板获穜田②。
何当玉屑千篇赋，并惠银光十样笺。
相视莫须忘老丑，将余以外胝肩肩。

论交谁与订忘年，老去恒嗟愧老泉。
有子未能附骥尾③，多君刚是见龙田。
朱门裾履慵投刺，素日风骚喜满笺。
伫听和声鸣盛去，倘援儿辈一随肩。

注释

①时涧东下第归。
②时方获稻凤竹。
③长男云从，与涧东连襟，去秋癸科，涧东得捷，长男兄弟被黜。

附原诗 · 周作孚

一卧空山十七年，早辞轩冕入林泉。
归来饶有新诗卷，宦后贫无负郭田。
读画帘栊呼浊酒，闭门风雨着蛮笺。
最难昆季扶鸠杖，鬓发齐飘雪满肩。

再次韵一首赠别涧东就选广文

筮仕刚逾强仕年，冷宫那怕酌贪泉。
清音伫播西江铎，雅尚仍耕破砚田。
家学世推韩氏笔，行囊身带郑公笺。
赠言何日重携手，暂此洪崖且拍肩。

临别又口占次韵一首

同声即可语同年，数日号钟答响泉。
唱和无堂夸绿野，清贫有核醉青田。
维驹信宿难分袂，赠策苍黄不及笺。
临别三杯君且强，晏婴豆只此豚肩。

别后再寄仍叠前韵

别后相思日似年，知君行未出温泉①。
兼葭采采自中沚，维莠骄骄空甫田。
病竞既谐折柳句，推敲重寄偃波笺。
四方有志前程远，休为中途稍息肩。

注释

①毛竹山下有温泉，过此则出宁境。

中秋次周涧东韵寄四兄白崖

我岂郎官实少微，年华日看双丸飞。
中秋曾是天涯月，好景都投林下扉。
四叟有兄当寿诞，七旬辞客却甘肥[①]。
惟怜诗兴寂寥草，别墅孤吟未寄归。

注释

①白崖以是日诞辰，避客不受庆祝。

罪卟社

智者明云远鬼神，何堪卟笔惑生民。
降莘已自占亡国，死语奚为不见身。
名岂灶囡虚监类，戏同后帝紫姑倫。
妖言匪比徒充社，悮杀痴愚无限人。

注

灶囡（yao）：灶神，《中华大字典》1116 页。

罪卟徒

世间匪教多依释，天下邪辞半托卟。
父母家乡非己有①，鬼神祸福使人迷。
冥心固可招魑魅，惑志居然见宝鸡。
最是读书偏不达，将谁牛渚与然犀。

注释

①匪徒有空家乡无父母之教。

罪痘神

名托慈悲实则非，听凭医手任乖违。
宁同天上散花女①，恐是江南疟鬼妃。
静夜妖狐赚饮食，清坛罔两施帘帏。
若云责备过苛刻，何故佥壬亦附依。

注释

①种痘俗名布天花。

罪痘医

干律廉医有显条，况兹种痘出医苗。
杀人挺刃原无异，偿罪磔枭未可饶。
唧唧殇魂冤泣夜，嗷嗷父母怨号朝。
悲哉造物犹残忍，安得天慈扫毒妖。

胡濬源诗集·秋田集

分宁胡濬源乙灯著

男　云从/云会/云行/云龙/云程/云作
侄　友梅/友兰　　侄孙　铎　仝校

古今体

卷　十六

乙亥元日得春帖一联足成一律

天运才交五日春，人时恰庆三元晨。
乙灯野老熙朝健，亥市文风后进新。
积雪满山银世界，清光照面玉精神。
埙篪互祝椒樽寿，都是稀龄迭主人。

题王式台所注元死节韩云樵诗集五首

人死留名豹死皮，才华况有不磨诗。
嗟哉史阙濒湮没，孰立韩通传补遗。

遭逢阳九运摧残，肯为临危辄挂冠。
向使从龙同逐鹿，四先生列未应难。

脱脱屠城杨苗贼，负乘达识前徒戈。
昌黎家派诗多哭，天狗堕地将如何。

兵起至元乱卅年，何人谋国积颠连。
死忠未得参枢画，遗稿应无毕命篇。

笺注韩诗五百家，昌黎名已古今夸。
云樵倘是其苗裔，介甫四家宜与加。

饥民闻有刘奇童者

谁家童子颇闻奇，到处书文一览知。
佶屈聱牙同注泻，别风淮雨辨毫厘。
多应刘晏前身者，莫要荆公再问之。
可惜困穷堪进道，昌黎有序未逢伊。

三嫂氏王孺人挽诗

濬昔志学龄，先慈哀陟屺。
瞢瞢追忆遥，童騃依嫂氏。
小叔余三人，四兄及六弟。
就傅在家塾，具餐授衣履。
辛勤阅岁月，朝昏如所恃。
寒宵锥股读，烹茶勖继晷。
往往极夜分，栗烈冰霜雘。
学成各从赋，屏当佽行李。
南北远近征，一一预料理。
如斯又有年，劬劳难屈指。
不忘先姑心，终切视犹子。
嗟余曩薄宦，急公家半毁。
赋归十八秋，龙钟今老矣。
同怀欢矍铄，嫂健连妯娌。
谓得长相亲，期颐祝儿齿。
无何曾几时，鹤驭频催逝。
去秋九老全，今存七人耳①。
懿范自人知，春相有公是。
温公敬事诚，昌黎制服礼。
惟余不尽言，此心无终已。

注释

①去秋四兄七旬寿，兄弟四人，嫂妯娌五人，一堂九老称庆。今六嫂先逝，孺人又继殂，仅存七人矣。

答族侄以一株杏乞题三首

木奴不恤千头空，种杏如今学董公。
好植一株当砌绿，争妍十里上林红。

谋生择业独医良，仁术尝征不善殃。
愿子勿贪多技艺，万金产在千金方。

谢家宝树阮家竹，一切都凭造化培。
惟爱园林收杏实，救荒疗病有由来。

七月望·生辰时年六十八

百岁只余三十二，七旬刚待两年周。
古人载籍难瞒我，时事污隆不与谋。
白苎歌成新服御①，黄云卷尽早田收。
今宵月望雨初霁，清气盈眸溢爽秋。

注释

①新制苎衫。

答和彭秀才松湄湖山寺陆秀才子愉熊秀才越羣拈花亭诸什

我尝彭蠡泛舢舻，万顷琉璃矗二孤。
又尝匡庐识面目，九天银河落飞瀑。
湖山胜迹冠西江，不数东林尊白鹿。
正如观海登泰山，他弗敢请都碌碌。
曩年清水访名岩，天秘地韬齐发缄。
谓是修江亦奇怪，应许彭庐参为三。
何期此处清幽境，萧寺标题更相等。
假馆不乞支公山，送游宁厌惠师请。
风雨晦明著书时，烟云昏晓尘机屏。
拈花亭，我未经，君辈诗篇足耸听。
文人心花摛春藻，花宫新故了禅道。
岂惟不著维摩身，水面落兮牕前草。
微笑乎，三笑好。
子皆木犀闻香侍，我原连社攒眉老。

熊秀才越羣征寿龚鸿钖太学妻六旬诗龚现有二子并署广文

梁孟不闻贤绕膝，鲍桓未到老齐眉。
何如相赏林宗客①，更得无惭王霸儿。
隔缦经传千里业，盈门颂寄两黉诗。
小阳春里双鸠杖，醉抚儒冠服綵嬉。

注释

①越羣时馆龚家。

挽表弟张曙牕

骨肉日凋残，昆弟总内外。
存者仅数人，惟君年未艾。
方谓为后劲，知命逼称介[①]。
如何遽奄忽，一病遂难瘥。
念君抱仁术，起死众频赖[②]。
素问透渊微，金匮熟家派。
九鼎候转成，五禽消不快。
龙虎既扰驯，坎离当亨泰。
岂期善养生，偏为人误诖。
暑雨切救危，夜深历险隘。
邪气侵肌营，如贼不及戒[③]。
君时恃坚强，视疾犹瓣疥。
一举尚猛攻，决裂竟致败。
羣医皆束手，相顾空嗟喟。
嗟君素充丰，未染二竖瘵。
嗟君素调摄，不虞三疫害。
嗟君命矣乎，又非伯牛癞。
嗟君行履端，宁负夺算债。
拯人不索偿，郄酬仍再拜。
种种宜寿征，天道吁可怪。
呜呼君已矣，况余更衰迈。
殡殓不待时，送哭礼惭杀。
惟期后达人，明德继昌大。

注释

①曙牕年四十九。

②曙牕业医。

③曙牕暑夜往山中医，急病遇雨感疾。

题王太学半舫亭二首

结屋为船课读频，开牕恍惚坐江滨。
高吟史咏袁临汝，朗载书声米舍人。
短缆不维山雨夜，轻篙添涨水田春。
先生岂第虚舟意，作楫方培济巨臣。

乘风破浪原非壮，泛宅浮家又未贫。
何事烟波生远兴，却同渔钓寄清神。
夜中藏壑心尝达，坳上倾杯识自真。
偃仰瞶怀刳木始，陆沉好古古为邻。

王式台学博寿七旬既为之序言复长歌以觞之

在公言公私言私，公以道论私情辞。
昨我为君胪梗概，专示诸生尊所师。
今我寿君斟大斗，一言侑君倾一卮。
三年美酝应未尽[①]，八景高哦生媚辉[②]。
南山浮屠面大笔，凤凰叠巘扇朝翚。
生当熙世日无事，冷官苜蓿亦堪支。
几人执经曾立雪，几人载酒来问奇。
同官更喜涪翁近，晨夕赓酬别派诗[③]。
即今七旬弥矍铄，肆筵设席介维祺。

綵服新拖芹藻绿，鳣堂远到鲤趋儿④。
桃李门前报春小，冀北邮同接吹篪⑤。
人生如此但可乐，奚羡广成籛铿为。
君不见，才兼三绝夸郑老，广文一馆那必胜兹在泮时。

注释

①王年式台曾招饮乐平烧。
②式台有修江八景诗。
③东斋黄对华先生日相往来。
④式台有子新泮远来觐庆。
⑤乃弟达淦宰直隶有寄祝。

次张广文韵寿张节母李五旬二首

谁识程婴杵白心，须知孟母著于今。
从夫不克盟偕老，有子毋令近孔壬。
冰夜霜晨千古恨，熊丸灰字二孤钦。
清芬那计扬彤管，发白从来镜未临。

班昭续史汉西京，列女何曾已自旌。
幸遇清时崇节义，优将巨典表坚贞。
珉坊玉楔门闾耀，凤诰鸾回礼俗惊。
不朽流芳为寿纪，五旬称介转平平。

又为弦改二首

井水无波卅载心，天荒地老总如今。
安贞卦协坎乘兑，信誓盟坚丁妇壬。

恤纬常怀夫子志，断机却教藐孤钦。
儿孙倘后居民上，慈训谆谆载以临。

争美清芬达帝京，九天飞贲下褒旌。
共姜已老敬姜健，柳母之贤欧母贞。
琢玉表闾冰雪凛，商金尊制鬼神惊。
千秋松柏青无极，东岭祥云①纪盛平。

注释

① 二山名。

追写张曙牕表弟遗像即题

曩尝许君戏写真，迁延未果成古人。
如今握管悲恍惚，笑言下接貌宁亲。
顾闻羹墙见千载，冥思默感尚通神。
况君与我嗟永诀，抔土未干如隔晨。
孝标重答秣陵文，延陵剑挂徐君坟。
思君生平无粉饰，素问一卷素心纯。
为君淡写存后素，久要之言示后昆。

丙子元旦得句二联足成二律

六旬有九岁华迁，刚是蒸髦大比年。
丙见文明瞻景曜，子承弓冶趁兴贤。
熙熙万户春光启，霭霭三元曙色鲜。
白发老翁兄及弟，椒樽笑醉后催前。

年年诗祝三元晨，试笔今年觉有神。
青丙日天根自子，后庚初吉建维寅[1]。
麟经不用戴凭说，椒颂宁须晋妇陈。
柔兆居然占吉兆，向来困敦一朝伸。

注释

①元日月在庚日在辛。

赠陈象仪世讲即寄谢其尊人云翥

若翁吾老友，同黉旧蛩蟨。
旷阔数十年，萧萧各素发。
造知伏生健，蒲轮伫征发。
我搬病相如，家匪郑均阀。
纫谬方桓荣，虚奖劳夸伐[1]。
之子饶父风，衔命枉来谒。
暖飏五柳门，鲜葩艳韶月。
举举青霄姿，翘翘玉树骨。
阿戒一握谈，酬乏甘草龁。
聊籍晨昏便，寄言道诚竭。

注释

①云翥以联贺宾饮。

示蔚男丧妻

人生否泰本循环，达者惟操大造关。
祸福安知如失马，子孙不已足移山。

神仙与化终同尽，志士乘时未可闲。
岂谓庄周无怛化，衰年畏见汝愁颜。

戏话诗

豪吟爬破老头皮[1]，我笑诗人太古思。
搔首便应高兴败，捻髭终是逸才嗤。
饭山戴笠形何瘦，石鼎联篇声益悲。
若遇诘盘哦六字，鏖糟血面赤须眉。

注释

①时句。

闻阮抚军有严剔乡闱积弊示示儿辈

刺绣难侪倚市门，西江隽彦久沉冤。
中丞语及堙奸窦，多士闻如揭覆盆。
五十缁垂东海辖，三千浪激北溟鲲。
而今正好开和璞，且趁磨砻斧凿痕。

闻贡院号舍修增

西江棘院足忧忡，五十年前矮屋中。
逼窄秋曦朝坐甑，泥污暮雨夜囚笼。
万生性命鸿毛比，一榜科名鲱味同[1]。
今日增修高且广，谁贤赞此无穷功。

注释

①哼云舍命吃河豚。

讽酷吏

史记循良方健美，吏逢贪酷足惊呀。
不闻崔实遵慈训，惟有严延累母嗟。
山笑凤凰蝗是食，岩嗤狮子兔非罝。
也知君子居邦理，闲对嗷鸿咏五豝。

丁丑元旦二首

林下优游廿载谁，昔余强壮处囊锥。
丁应傅野盐梅梦，丑岂齐人管晏知。
岁岁新春今七十，年年元旦此诸居。
读书朝夕周千古，阅世何曾有限期。

太岁强圉赤奋若，干枝拈嵌戏成章。
丁君鹤相哈于宋，丑座牛公哂自唐。
醺醉椒樽供笑谑，侧簪华胜恣徜徉。
笔锋新试新铏发，分与儿曹助利铓。

题兰自镜图

有说：邹忌窥镜而自知，室罗照面而骇走。等自镜也，而明蔽攸悬，奚以故？镜不在器而在德，镜不在形而在心，心不可形，德不可器，了此则明，不了则蔽已耳。惟能即器类德，即形警心，于是乎可藉以状焉。状生于器中，形状之又复生形中。器则心真在是，德亦真在是矣，此内省之功也，将以益其明祛其蔽也。若夫庄生之罔两，问宋璟之相字，成则达人之趣、志士之祥，犹其外焉、后焉者也。阿兰颇解其旨会，画史为作是图，辄呈余言之。遂赋其景，勖以诗曰：

鉴于水毋宁鉴于人，水鉴不如人鉴真。
鉴于人毋宁鉴于身，人鉴不如身鉴亲。
缘身有形形有影，饰影肖形影有神。
古人形影神相语，今且神影形为因。
身苟笃修心内省，科头燕处正夭申。
舍圆执方取诸义，是一而二合同仁。
坐照不疲不障翳，退藏无疚无埃尘。
烹茗热檀心香袅，罢弦抛卷德境新。
时葩茂对绕石砌，竹梧清荫怡芳辰。
老少安怀求圣志，尔室戒慎重儒珍。
若箴若铭我鉴我，吾与点也亦莫春。

七旬放言

风尘五十载，林下二十年。
读书二万卷，著书数千篇。
即今齿七十，已历岁三千。
晨夕与古语，把接百世贤。
闭关阅邸报，咫尺周八埏。
彭聃未羡久，广成不足仙。
烂柯嗤岁促，炊粱笑梦延。
瞬息视元会，领取便确然。
期颐为晷刻，忽度亦同旃。
此语知谁解，轩渠对宾筵。

胡濬源诗集 · 秋田集

分宁胡濬源乙灯著

男　云从 / 云会 / 云行 / 云龙 / 云程 / 云作
侄　友梅 / 友兰　　侄孙　铎　仝校

古今体

卷　十七

戊寅元日

尝歆吕望卜熊非，肯越稀年诗便稀。
戊夜读书邀古语，寅宾出日醉春暉。
儿孙都企科名喜[①]，兄弟同怡福寿归。
我命每宜强围火，今朝亨运见先几[②]。

注释

①时子侄皆望万寿恩科诏。

②余生平每逢丁年必亨利，今岁术家以为进行丁运。

题画竹丛七雀曰七贤图三首

鹌鸰原上此君丛，篧篧摇春澹澹风。
拟似在桑其子七，拚飞还见此桃虫。

碎影筛金石径幽，嘉宾谈笑话王猷。
何须啧啧呼公冶，低抢原同汗漫游。

鹏鷽相嘲任适逢，不为骞鹄不冥鸿。
逍遥大小同沉醉，盘礴应怀阮嗣宗。

得奇棕一株以为棕凤

万物本庸常，得希足珍怪。
椶榈倍丈寻，一叶大于盖。
如何不盈尺，叶小才钱大。
参差像羽毛，尾翼极雕绘。

跌以玲珑崖，势集欲骞迈。
宛然鸣岐凤，飞来自天外。
点缀供清玩，天工人巧赖。
东方希有鸟，人间谁有卖。
腾宵木可鸢，点睛虬是画。
叔孙获祥麟，不识谬加害。
叶公骇真龙，却走偏无奈。
鸣雁庄生值，惟才能保泰。
山鸡楚王感，厚酬胜桐翙。
四灵六畜均，动植在通会。
真尝等用瓠，小言殊自郐。

己卯元日

七十二年未老身，今朝元日又添辰。
己私不蠖胸怀泰，卯酒微酡天地春。
鲁史书时知夏正，羲经象闰见尧旬①。
著书万卷罗千古，卫武犹勤日日新。

注释

①岁值闰恭逢万寿。

题雾海随笔后

信手翻书引睡鼾，翻成仰卧屋梁看。
望洋茍匪嗤蛙井，知味何须食马肝。
尔雅虫鱼堪训诂，诺皋破虱亦雠刊。
容斋五笔添千百，海录编完正未完。

题六弟峡舫秋狝图

峡舫先生老益壮，行年古稀胸怀旷。
口含两齿未足奇，身披五羊乌能抗。
回首投笔五十秋，平生不羡马少游。
肯让诸兄皆矍铄，即今喜猎写风流。
抢矛弩矢挟羣髦，策俊腾腾蝶平皋。
弊禽数获腰孟劳，貌文迂脆非人豪。
何须花萼诩风骚，相看大笑秋天高。

幼女拜时

老人忍割爱，幼女最钟怜。
髡髦才一星，遽令往待年。
壻家金龟籍，相攸韩乐篇。
宁悭百辆迓，打像封述然。
迎鸾如我约，寻常御辎軿。
为我贫宦后，不讲陪门钱。
我原憎侈靡，矫枉不妨偏。
妆奁敝竹笥，亦无犬卖牵。
所祝荆钗风，他日孟光贤。
临行悲离别，寒鸡五更天。
牵衣泣膝下，我亦涕洏涟。
念汝性淑婉，生小自清妍。
曩无保姆俱，今乏侍婢连。
童騃罕所知，礼数习未全。
汝家皆新识，欲语谁与传。

晨昏思夙训，博欢双姑前。
嗣徽如太姒，门楣待汝鲜。
去后三夜烛，耿耿不能眠。

应乞题景二首

马港松涛

岸隩千章古木森，风声高激雨声沉。
负图想昔呈羲画，弹操疑今谱舜琴。
澎湃树间欧子赋，抑扬滩上退之心。
壮大猛省虎长啸，幽士闲听龙独吟。

龙池桃浪

龙宫闻说在昆明，十里红蕖盖镜清。
不谓此间湫水处，偏如前古武陵名。
蛟虬出没春千顷，雁鸭夷犹秋一泓。
正是四时都惬趣，何须三月始钟情。

李敬思媚丈夫妇遗像合赞

古传鲍与桓，历久信不谩。
吾乡陶并翟，同称今渐寂。
稷稷登屋极，非圣谁其识。
愉愉鹿门床，罗拜乃芬扬。
芝玉茁重砌。贻赠上高堂。
危冠象服座，龙光料未央。
元果及婴敷，庶为千世芳。

李兰庄世兄观莲小景照

昆明十里红蕖好，韩子作歌和卢老。
舟度云锦镜铺花，散仙追陪非草草。
今君酸醎亦殊俗，不吃烟火随处足。
方塘童羣咏涉江，远岸樵声歌伐木。
霁雨流珠散绮霞，轻风漾澜绉新縠。
此时兀坐纳秋凉，神游物外百不忙。
桂棹荪桡搴木未，楚辞一卷水周堂。
堂名体德阁紫气，四照楼前开霁光。
倾罇匄我题兰庄，室香何似远清香。

述讼呈谢州别驾小槎父台

昌黎射训狐，一矢羣雏枯。
今我逢鬼蜮，煽聚足朋徒。
山棚没恒产，浮籍杂诈愚。
作息世营生，佃耕曩良图。
如何忽荧蛊，背恩恣睢盱。
一盗侵我冢，觎吉惑青乌。
穿坟通地道，技如穴城郛。
纳罂盛秽骨，折裂尻与颅。
一黠忿我诃，乘衅抗田租。
狡欲多方误，商同虎负嵎。
颗粒不偿纳，曷由供赋输。
党凶又簸弄，教猱助狼貙。
余外我弗校，此为剥床肤。

我姑鸣肺石，彼闻辄逃逋。
官司如过客，下状疲长须。
吏役酸酒狗，赚钱稽捕拘。
俾我贫官后，竭蹶奔命途。
鲁连死旷世，排解非吁谟。
遂致迁延久，不即金木诛。
真成苗有莠，宁畏鞭是蒲。
兹赖韩公令，立将五百呼。
鼠辈行尸市，兼拟净萑苻。
阳将济以猛，默使伏其辜。
果然忠信断，听讼学道符。
昔余玉川屋，曾枉别驾凫。
亲接陈舆座①，不数厌骥驱。
山谷判涪水，东坡在杭湖。
仙骨仙才吏，风尘风雅俱。
欢谈未信宿，惜别迫须臾。
到今怀契阔，何以道区区。
愿见淳厌返，羣讴德化敷。
顿头谢威惠，击坏忘驩虞。
濂溪莲池上，浩浩春涵濡。

注释

①小槎曩过访余家。

庚辰元旦二首

泱旬春气已氤氲，元旦羞传柏酒罇。
庚楚贤人风畏垒，辰垣长寿志天文。

柳芽吐始朝烟翠，梅萼开阑宿露芬。
七十三年犹是弟，同堂寿恺可重云。

泰来否去岁新更，凈扫无端横逆争。
庚协大横帝惠迪，辰司廷尉天清平。
欣欣万象冰消冻，浩浩三阳勾达萌。
不是老人夸吉语，惟勤著述道方亨。

注释

①明史胡忠安公濙，以太保致仕，时年八十二。家有三弟皆七十余，怡燕一堂，名之曰寿恺。

攻蠹徒

子产杀邓析，因其专教讼。
太公诛华士，亦缘命不用。
报功齐国强，谁嗣與人诵。
从来蠹螯徒，诛愚工簸弄。
谋幻蜃生楼，术操机在综。
教吴申公巫，救赵卿子宋。
逃罪巧占轻，论情常居重。
牧羣去害马，疏流决中壅。
攻出猫鬼妖，方清衣虱缝。
莫谓涉株连，同恶法与共。
莫谓非所敌，原殊邹鲁哄。
罚一将惩百，渠魁乌可纵。
阳春护嘉植，烧薙斩枯葑。
毋令匿影魔，如僧落雁供。
求理尠官廉，疋纩存余俸。

次韵和荣茂才宝传七十自寿二首

畴昔放言狂老夫[①]，三年回首白驹徂。
不期莊惠子非我，来话蚿蛇予动吾。
七十称觥当醮甲，一篇戛玉寄吟须。
被裘带索歌余韵，齐却彭殇久达儒。

谁共文学似夫夫，载插胸怀任所徂。
白发唱随殊稷稷，蓝衫暇豫自吾吾。
豪籍项曼古强舌，勇拔鲸牙哮虎须。
不富不贫不贱殀，非仙非佛非拘儒。

注释

①余曩七十有放言一章。

效童生应试赋得夏云如水波

题记：得如字五言八韵。

斐亹彤云夏，波生碧水初。
自缘触石起，宁止滥觞如。
陡上潮头急，迟移湍面徐。
气浓嘘蜃市，鳞蹙跃鲸鱼。
万派天连浸，千层海倒潴。
晚霞渔火密，朝蝃渡桥虚。
破浪方雄快，奇峰任卷舒。
从龙当济汉，霖雨沛阎闾。

读欧阳文忠公全集谢邑侯曾霁峰惠贶四首

有宋文章第一人，追唐韩子淬精神。
后来道学分门类，遂启儒林争伪真。
余子终为德所德，先生早独醇乎醇。
我侯莅吉希先哲，携得乐编惠我珍[①]。

侯惟才气压当时，爱古偏能古等夷。
六一成书由乃祖[②]，二藕竞爽是诸儿[③]。
挥琴谱叶秋声赋，对景哦传白战诗。
此地今谁为鲁直，门生门下谒宗师[④]。

忆少为文慕大家，全书未觏每吁嗟。
何期今日使君者，即是前身永叔耶。
遗我牙籤堆卷帙，照人瓮牖烂光华。
读之旬浃未遑乙，老眊重明再拜嘉。

儿辈日前趋谒初[⑤]，惧其韩昶踉蹡如。
不像素礼门前刺，偏得中郎帐里书。
观水波澜惊海若，瞻山面目见匡庐。
归夸亲炙大观益，无以报之一鲤鱼。

注释

①霁峰先令，庐陵得来见惠。

②欧公唐书，系霁峰祖鲁国曾宣靖公总裁，

③霁峰子皆英髦并翥。

④日前观风鼓励多士，诸生童多踊跃应试。

⑤日儿辈进谒深蒙奖训。

胡濬源诗集 · 秋田集

分宁胡濬源乙灯著

男　云从 / 云会 / 云行 / 云龙 / 云程 / 云作
侄　友梅 / 友兰　　侄孙　铎　仝校

古今体

卷　十八

辛巳元旦三首

七十四年我且谣，归田二纪又元朝。
辛夷歌唱韩诗早，巳节禊怀郑俗遥①。
著作等身今寿考，诗书传后即丰饶。
一堂四老图堪写②，绕砌凌云气已飘。

新皇恩诏普天传，增学增科我邑先。
最是兴贤登极日③，未需开榜建元年。
苏瓌有子诚堪羡，韩昶能见亦足怜。
好趁道光观上国，重光正旦卜蝉联。

天子元年正旦新，恰逢钦若事迎春。
青旗遥想云霞烂，紫诰犟沾雨露匀。
彻夜寿星高见丙，层霄斗柄逼当寅。
道光庆协重光岁，华祝应推草莽臣。

注释

①嘉庆丁巳正旦，余在郑士绅预约暮春修禊，溱洧卒践约有诗。

②时三兄、四兄六弟俱矍铄，画师为作四老图。

③嘉庆二十五年八月今上御极日即钦赐万文恪三子方熙为举人。

万文恪公新承恩追谥晋秩祭墓为诸嗣君志庆因述旧谊

文恪吾故人，騰达作名臣。
起家纯皇代，王署爰致身。
侍从先帝朝，宫端贰枢钧。
提学鲁皖粤，观岱江海濱。
秉尺数名邦，网尽珊珠珍。
生为帝者师，殁祀瞽宗神。
新皇意未已，旧学弥殷殷。
遣使致天藻，鸿章祭邱坟。
易名晋宗伯，贤书登后昆。
荣哀斯已极，辉映九原春。
义宁旷古来，拔萃谁比伦。
忆昔少壮日，附公骥尾尘。
计偕同北上，水陆共昏晨。
招舟须我友，并辔策征轮。
波涛霜雪夜，駈蹷密相亲。
京华旅连床，三载揣摩勤。
切磋较时艺，设食励逡巡。
角逐禁迟钝，赌胜互屈伸。
公挟蝥弧屡，我射夹脰频，
争先鸣送出，贾余勇亦均。
奈何礼闱战，胜败得失分。
公骞霄汉翮，我蟠泥沟鳞。
自此为俗吏，云泥接无因。
山林与廊庙，分定各有真。
令公身后宠，赫赫自天申。
有子世象贤，毛凤趾皆麟。

伯仲既朝俊，叔季又国禛。
诒厥嗤到尽，惭卿薄陈羣。
后大占盈数。公姓子又孙。
我忝蒿松倚，兰谱葭莩姻。
分光自有耀，翩翩富以邻。
老幼同志喜，述与后人闻。

霁峰父母祇命摄事万文恪公墓礼成即席口占二律赋赠

昨夜文昌转斗杓，使星光发使君轺。
从天宣命山灵悚，动地呼恩陇木摇。
睿藻焜煌悬日月，丰碑赑屃刻琼瑶。
九原感泣知殊宠，应谢贤侯悫不骄。

山谷鄙生隔郡朝，荷曾褒惠及刍荛①。
行春恰赋皇华什，毕事仍赓栲杻谣。
惭匪僎宾同鹿宴，肯充馆伴识星轺。
何时月夜邀看李，争奈卢仝破屋辽②。

注释

①去岁承惠书及欧阳文忠公全集。

②舍间离州城百二十里。

人日戏成口占

前年夜读矜离娄，去岁昼书等鸺鹠。
新春渐欲司箴诵，岂缘虚鉴遭祟瞀。
闻昔师旷辨火色，听音尚可观仙流。

矧余有目未全瞑，重光之岁应征休。
黄河固有澄清日，止水渟滀湛龙湫。
但苦开编多怅望，隐与古语骤无由。
今日儿童闹人胜，皂白难分看嬉游。
鳌山灯树预闪睒，惟闻金奏声喧啾。

语牌戏

终日呼俦斗鹤格，自矜雅静胜五白。
岂知博奕虽用心，毕竟肉食鄙无墨。
唱教惰游无一长，孔圣杖叩原壤贼。
文人戏剧酒兼诗，游艺射御皆有得。
无事不致废光阴，有事亦不妨家国。
奈何犀首方好饮，偏须牧猪奴作客。
要言且告侠少年，毋狃狎邪毋听惑。

毅庵堂灾

宋卫陈郑同日火，春秋大书示天祸。
梓慎禆灶占无应，子产火政修能妥。
可知五行数靡常，人定胜天事由我。
其它庙灾必屡书，垂警子孙省焚如。
汉时原庙被灾毁，董子推求理不虚。
士庶无庙祭于寝，堂构所存神懔懔。
一朝回禄为敢殃，后人何祟即安枕。
皋陶庭坚忍忽诸，主不当祧毁太甚。
况今入春才浃日，龙方未见火未出。
何堪嘻嘻呌出出，鬼焦神烂加飕飀。
呜呼，居者有力能复兴，亟宜改作妥先灵，毋自宁。

访族侄云阶山居东金门老弟并劲夫侄二首

生长山乡未入山，今朝小雨阅孱颜。
不缘禽向同游岳，安事陆浑自欵关①。
鸟道生云偏坦荡，巾车薄暮最幽闲。
山邻应讶吾宗长，七十四翁来此间②。

一径篮舆绕岭行，居然子弟弁渊明。
主人卜式公卿业，宾客陶生宰相名。
著述我将藏石室，啸歌君且作鸾鸣。
他年韵事传佳胜，合与匡庐列镇并。

注释

①山本胡氏公山。

②余尝为族中长。

山中连雨

数日山中作醉翁，终朝黯黮话鸿蒙。
前睎雾幂如临海，下瞰云蒸若驾空。
仙犬但闻天上吠，石羊谁叱世间梦。
何当众绉砉开豁，共赋南山百韵工。

童试黑牡丹歌

唐末狂生其姓刘，揶揄当世纨袴流。
长安年少乞花走，已独鄙弃如避雠。

姚黄魏紫不屑赏，丁韡郭椒广自收。
一朝召客恣谐宴，牵牛堂下满郊邱。
谓为蜂蝶侣，孰与甯戚俦。
诸君与我正牛饮，试拣犂牛斤不留。
若者茧栗若角尺，若者千钧牛载牛。
若者青驳老子驭，若者白角穆王驺。
元牡克牺尚于夏，苍兕名军勇在周。
花蹄踯躅杂难数，湿耳吪寝纷不休。
君莫笑，且献酬。
寻芳斗草嬉游俗，任重牵车经世猷。
繁华嫪恋非佳士，墨染牡根对此羞。
君不见，是中或有李太守，腰绶未需正白求。
又不见，龙气豫章分野宿，试问张雷望及不。

又律诗一首

狂客延宾怪自夸，陈牛尚黑号名花。
乘韦非以犒师先，羯鼓疑催豪饮挝。
趣比直臣偏妩媚，妍殊壮士传铅华。
正封诗好无安处，牧笛声来暮雨遮。

风吹杨花满店香

杨花飘荡弄春光，谁识吴姬压酒香。
满店风吹棉絮白，擎杯色带鞠尘黄。
临筇垆畔悬帘袅，乐府宫中踏拍扬。
最是诗仙酣醉候，柳腰斜倚劝瑶觞。

赠时生景垣

举举丰标濯濯姿，三年来馆蒙求师
佩觿早儗郭忠恕，识字还如韩退之①。
家塾山泉韶曙处，舞雩童冠莫春时。
老夫耄倦慵持赠，偏喜于君赋壮诗。

臭味兰言正可怜，况承分惠号云烟②。
大人气吐长卿赋，善室香闻小戴编。
龙剑未应埋匣久，牛刀行卜发硎先。
异时一举崔斯立，科第摘髭顷底然。

注释

①生著有辨字通考二卷。

②生送有祥云斋烟。

晓愚富

富岂尽不仁，阳虎言有因。
富由俭吝起，俭吝不赒贫。
贫者妬成怨，归恶或浮真。
亦有逐利徒，贪心并比邻。
设局诱败子，巧取无疏亲。
意钱投马技，黄金注者惽。
楸枰叶子格，日夜更相循。
十万袁彦道，一掷刘毅羣。

赚赕偿博进，债息算微尘。
以此致厚藏，辖饵钓巨鳞。
卒之家教坏，家道亦终沦。
一朝众怨发，金谷石季伦。
何如裒所多，分羡稍为均。
美名居厚实，余庆感天神。
要终计所利，利害孰切身。

戒顽贫

盗憎主人民怨上，古语闻云今见多。
人生智力足生活，衣食日用随分过。
智能货殖力作息，求之在己不由佗。
奈何惰气致困窘，天地父母无如何。
怨天怨地怨父母，怨人家富索贷苛。
忮妬生怨怨生乱，藉荒攫夺兴干戈。
一人唱首百人应，纷如淴贼呼喽啰。
事发官捕置重典，萑苻何处逃纲罗。
黠者免遁愚者获，骈首累累遭减磨。
呜呼，
人生实难岂不爱，骨肉亲戚忍坐波。
小歉暂凶有几日，不见薇蕨满山门。

中秋

老夫和月数中秋，七十四回今又周。
酒盏朋侪多骨朽，吟笺南北半萍浮。
昏蒙不卖君平卜，倦耄慵乘李白舟。
时辈高曾吾故旧，怕同年少触衰愁。

九日

才品非高寿颇高，自维不必陟登劳。
吟诗肯在唐人下，把酒何须九日豪。
落帽陈言成饾饤，游山古迹已蓬蒿。
眊夫眼底无人影，坐忆升皇默楚骚。

竹实配棕凤

竹实非竹华，笋从竹杪生。
竹本根生笋，兹反出高茎。
笋又出枝叶，琐碎金影清。
竹华细结米，六十年乃荣。
竹实生无时，独抱灵气呈。
古称凤凰食，宜引归昌鸣。
或云即竹苞，数恰九苞并。
我昔得棕凤，趺以崖峥嵘。
取此夹崖插，配合良有情。
置之书案头，俨若哕文明。
玩物有何极，丧志徒营营。
商金刻玉石，怪巧相纷争。
公输未足异，偃师乌可惊。
较之西洋技，优劣难并衡。
乃今列钟表，习见亦平平。
孰与寻常玩，妙趣有天成。
我况不雕琢，行所无事名。
亦免笔墨烦，居然一画屏。

冬至前题画松竹梅兰四首寿张节母六十

冬岭朔风飄暮涛，轻霜薄雪夜萧骚。
幽人谱入冰弦调，始信凌寒节最高。

黄钟未截律筒长，剩得琅玕嶰谷阳。
柯叶不雕金琐碎，孙枝结实翙鸾凰。

蟠桃慢诩六千年，孰与长春此最先。
貌得罗浮清绝骨，天心复见甲花全。

北堂萱草郁葱茏，扬扢清芬爱日中。
最是阶前芽满茁，国香轻拂綵衣风。

壬午元日

七十五番元旦诗，八旬只再五年期。
壬林坎蹲银华胜，午错旁交柏酒卮。
四叟眉鬓分雪霁，羣童踘蹴斗风嬉。
老蒙有句难亲录，口受聊同沈庆之。

戏题瞎闹图

谁何画此瞎闹图，满胸傀儡作揶揄。
十瞎一妪九人耳，疑是伶官集其徒。
伊谁作闹谁发难，谁为理真谁亏诬。
琵琶折碎青蚨散，拔手揫髻颠不扶。
莫相瞋视瞑相挞，暗中摸着天地乌。

我闻乐以和情古，有职八音克谐静呶呼。
师旷盲犹辨火色，师挚乐正輙奔逋。
师慧将私滑稽智，师涓靡曼亦欣愉。
他若干缭缺方权，武阳襄辈都不麤。
或箴或谏或歌诵，柰何格斗如仇雠。
噫吁笑矣乎，
方鄙世闲欢喜会，偏将谑詈寄狂愚。
画工人在闹中闹，岂识主人是离朱。
万般不争闹奚有，试看诗人象罔珠。

用韵和藻川寄弟治轩大麦行

藻川歌示大麦黄，不怕牵牛不服霜。
天时偶歉人谋良，十二政外可救荒。
君不见，
前年夏旱膏雨屯，春风社里稻无存。
下田水涸高扬尘，平田灶析禾如焚。
有如火田烧薙辰[1]，赤地不遗稻蟹云。
百家十家叫苦辛，臧孙乞籴无其邻。
乃弟治轩切殷殷；起学先人旧法仁。
沿门教种来牟频，播而耰之勗以勤。
秋霖可待地可因，果尔芃芃尽怀新。
去岁麦秋刈黄云，家家盈宁不忧贫。
争持白麪谢殷勤，尸祝有同畏垒人。
此举我初得与闻，正恐家喻难遍陈。
不图治轩能晓申，如医起死何其神[2]。
嘻懿哉，如斯功德非名求，神明应鉴已饥忧。
藻川讴，且勿休，好听雅颂歌六侯。

注释

①藻川住火田源。

②治轩精医。

抱子石解嘲为曾氏作

自有天地有山川，抱子石生女岐前。
娲皇补天炼未尽，启母化身形犹全。
或云娉娥负王屋，慦肩南土临漪涟。
或云天孙罢匕襄，手握支机浣清渊。
又云地祇多眷属，分居胜景如壓园。
丈人峨峨矗泰岳，五老傲兀匡庐巅。
大姑小姑瞰彭蠡，姑射天姥统诸仙。
纷纷怪诞难究诘，更有纤巧赋诗篇。
拟等望夫莫愁石，讹同乐府想夫怜。
巉岩窈窕两不协，宓妃湘灵反媸妍。
嘲谓钟人不远出，四方之志被拘牵。
徒见徐凝诗难洗，令石点头恐未然。
岂知乾坤示慈孝，免怀万古为三年。
黛藓衫裙染绿浪，薜荔褓褓幕苍烟。
借曰未知抑戒语，出入腹我蓼莪笺。
禀生至性终身慕，此邑人多曾闵贤。
不信吾言观厥里，至今曾氏世居焉。

舌疾愈谢族侄礼耕·癸未岁作

九神作祟扰黄庭，扼我南箕载翕星。
离龙掷火八冲上，老子柔存难信听。

天钟天鼓未由叩，华池新故法皆停。
左车齇齬碍夹道，中膂龟灼璺兆形。
垂涎美膳不知味，问字喑答如衔钉。
我非肆狂非圣者，岂受佛家拔舌刑。
我非尽言贾怨者，岂须刺舌三缄铭。
胡为不若张仪舔，舌在犹得走秦廷。
诸医疗久浑不愈，阿咸独透黄岐经。
丹分内外治亦等，服含标本判渭泾。
为我一切得其要，遗我刀圭小一瓶。
皎比清霜霏王髓，入口疑含鸡舌馨。
累月苦病霍然去，始笑引年进豨苓。
豪餐气欲吞云梦，高谈声可抗雷霆。
舌仍山甫得司职，心见湿灰役万灵。
嗟兹妙效期更进，我与大还讲延龄。

譬语三章

老苍怜黠鹞，腐鼠吓鸱雏。
厥性何太悬，廉贪趣自殊。
熏莸可塞鼻，粪坏难摭污。
高洁千年鹤，肯立鸡羣箜。
惟知倾否爻，恐子非吾徒。

曾闻惊蛱蝶，死后骸骨抛。
平生举按力，只博马挝敲。
非关年少恶，拂众怨怒交。
矧所立苟秽，尤为百世嘲。
昌黎赠宗闵，猛虎莫咆哮。

晋人吹剑吷，弥明赋石鼎。
蚍蜉撼大树，蛙黾跳窨井。
参差错杂间，一一难譬警。
众聋安可鼓，涵酣将自醒。

叹逃荒·癸未岁作

无数菑黎半老羸，逃荒集此怨流离。
川湖水作白圭壑，吴楚官皆邹有司。
来似飞蝗过境满，去如附蚁徙封迟。
可怜本地居人粟，明岁春耕谁补之。

梁惠移民苟且图，不分真伪与贤愚。
票为留养开销册，菑是居奇传食符。
冰冻流氓多路死，驿骚土著亦潜逋。
我曾监赈长河北，安见一夫泣向隅。

语荒民

忍辱天王舍一身，喂鹰喂虎号能仁。
虎鹰未饱肉先尽，不解如来怎得均。

莫太贪求餍饫深，还祈絜矩反诸心。
老夫怕慷他人慨，欲诺首山愁不任。

乡陬聚落半居农，儋石余储冀御冬。
十室骤添千万口，不知何处不荒凶。

甲申元旦二首

老蠹诗书糟粕人，今朝又喜岁华新。
甲庚先后交修日，申甫降生不老春。
兕斝酌兄娱八秩，斑衣有子绕双亲。
从今我亦添三岁，便得能传笑斲轮。

其二

甲胄儒行惟礼义，申明学校是伦常。
拔茅连茹时交泰，鸣鹤在阴道大光。
岁火炉添迎曙色，早梅瓶养送春香。
年稽耋算还三度，七十七龄犹壮强。

逃荒民自去秋至今逗遛忘归语之

家家上冢清明时，嗟尔荒民一念之。
纵或田庐多荡毁，岂其邱墓亦沉夷。
少陵未赋无家别，刘禅偏云不蜀思。
桑梓故乡需早返，此间琐尾有谁悲。

州童试题出二嫂非是端训

二嫂为谁帝女身，说关古圣与人伦。
诗传妖梦李羣玉，俑作邪辞曹洛神。
战国无稽原野语，大贤不屑究推循。
如何试士题偏谑，自昧嫌疑博笑嚬。

抡才应得大方才，纖狡拘儜乌美哉。
八代衰文攻割裂，六经精义敢俳谐。
多遗骐骥骖驽蹇，几等儿童怖电雷。
自昔州家求领袖，百无一二掇巍魁。

用韩子赠张籍中韵为韩名洋甥壻书箑

昌黎有爱儿，自少器蹇嵼。
张文昌一见，即贺万金产。
风骨信粹美，金不披沙拣。
谁谓误金根，早能了瑟僩。
果登长庆第，昶也光仕版。
孙枝又进士，峥嵘衮与绾。
大贤留世泽，垂阴应无限。
勉旃绍家声，用慰亲戚讆。

书箑赠周明经月枢

君兮何矍铄，挥箑拥皋比。
坐满侯芭酒，门喧郑老诗。
朝朝解进学，一一仰昌黎。
耋眊心犹醉，鞏髦真得师。

用韵和四兄白崖八旬自寿

谁能八十赋长篇，此老真是诗中仙。
覙缕身世极雕镌，摇毫掷简字倒颠。

顷刻海蜃浮云烟，肠绕万象匪熁煎。
我昔少壮姜被眠，岁逢寿节觥流连。
六旬七旬埙吹宣，强频依步言便便。
如今徐行逼耋年，便如老女丑无妍。
莫得康成婢解笺，效颦学步羞盛鬋。
垂老雕虫砚瘗砖，逐班刻烛蛇怜蚿。
高吟虽服膺拳拳，引领徒劳脰肩肩。
貂尾蒙茸狗续旃，龙头菌蠢鼎难联。
共拟杨雄携椠铅，畴料昭文不鼓弦。
从古诗人间有焉，宋苏子瞻唐乐天。
未登大耋皆溘先，遂韬斧藻飞高圆。
国朝沈袁齿最延，诗家大老笔如椽。
亦好自寿章流传，何君得意忘蹄筌。
对客飞觞中圣贤，一唱羣赓如慕膻。
火齐木难大珠蠙，错落珊瑚不胜编。
秋光正中浩无边，明月出怀照八埏。
此等神全即天全，奚必养生学商籛。
介寿陈言我且蠲，聊弹别调一新鲜。

又次韵一首

我昔周游似史迁，思如泉达火初然。
而今旧业抛难省，岂有异书秘不宣。
酒敌愁逢奔弃甲，诗坛怯甚避怀砖。
吾兄大耋超凡叟，自寿长言唱众贤。
匠石风斤斲垩鼻，工倕袖手缩拳肩。
张为主客图丛集，山谷宗支派洁蠲。
韵斗敲金纷掷地，声随和鹤竞闻天。

知皆雅什堆羣玉，孰是孤歌鼓独弦。
此夕桂香云外喷，于时蟾影座中圆。
惭余颠倒饮文字，看客僛傞舞醉筵。
九老宾亲真共乐，三朋骨肉更堪怜。
哦成七字都常语，却恐昌黎笑诘仙。

再垒前四十韵戏效韩昌黎

题记：四兄谓古人有以一句成名者，何论长短故再垒之。

百六十韵城南篇，二十四句奚足仙。
惟兹耋老事锼镌，惛眊难察秋毫颠。
开眼交睫如蒙烟，劳心离龙怕烧煎。
只合鼾睡希夷眠，高景大连与少连。
何堪赓唱取播宣，穷工斗巧争佞便。
许多耆宿杂英年，依永和声较媸妍。
博征宏引费注笺，制各不同淑女鬋。
譬彼神奇画壁砖，一足为夔百足蚿。
石李毒手厌老拳，樵农秃指赪担肩。
鸡坛赤帜树彤旃，柏梁佶屈创成联。
镆铘非钝刀非铅，拔剑商歌奏朱弦。
却愁传写马乌焉，谁云坐井而观天。
君今口授为众先，岂同方凿入柄圆。
大匠堂中规矩延，欂栌棁桷橑楹椽。
人人尽有轮扁传，我亦得鱼既忘筌。
渔猎肯以多为贤，太羹元酒荐香膻。
璆琳贡并淮夷蠙，尸祝期頣词可编。
须使姜被增幅边，遍覆区宇賨弦埏。

诗能寿世真寿全，宁让广成及彭篯。
庚桑俎豆方吉蠲，鳅鲜瑶柱讵长鲜。

注

鲜： mou 鱼名，《中华大字典》663 页。

补遗

三兄平轩挽诗

公寿八十三，全归考终令。
生无未了事，号平谥可正。
其余在月旦，春相有讴咏。
我亦七旬五，聋眊骨不竞。
望公仅八年，岂能再强盛。
一生千万端，同怀同至性。
四兄老健言，情辞同已竟。
我又复何云，前途远由命。
聚散有数存。孰是操其柄。
安得与公齐，日终无疾病。

胡濬源诗集·尚友集

《尚友集》自叙

诗书论世，尚友古人。古人忧矣。友之者不几与古为徒，嘐嘐然自命圣门狂者列乎。白乐天云；不薄今人爱古人。薄今爱古，仆则岂敢。虽然，年衰老矣，畴昔交游，强半已成古人。其存者寥落如晨星。既难相见聚首，鄉陬僻处，又时事罕闻。朝夕家庭兄弟，壎篪清谈，无几子姪，唯唯闻命，亦少起予。则闲居无事之余，不得不与古人相晤对。而或惬于心，若赠若答；或得其间，有是有非；或疑诸义，可辨可析。如是類多有，遂不啻与古人友也。积之日渐盈帙，因令目为“尚友”云。

时嘉庆十六年腊月二十八日，乙燈主人自题。

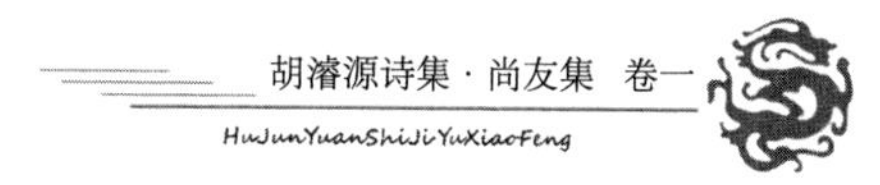

胡濬源诗集·尚友集

分宁胡濬源　乙燈著

男　云从 / 云会 / 云行 / 云龙 / 云程 / 云作
侄　友梅 / 友兰　　侄孙　廸　仝校

古今体

卷　一

读《韩诗外传》

儒之为言无，文王是大儒。
生之为言醒，楚庄号先生。
创论洵可骇，绎义岂不经。
文王周孔师，开天道以明。
楚庄图伯略，如何称雅名。
绝缨与去宋，往往见真诚。
虽非道气深，饶有长者行。
引诗取断章，惟是读韩婴。

读韩文《此日足可惜》

五方各异语，不别婴儿声。
天籁本自然，何用太分明。
自从音韵严，乃起无穷争。
黄钟万事本，宫商辨浊清。
嶰竹尺已亡，今古紊粗精。
齐梁韵书繁，南北费权衡。
知音究雌霓，拘牵如缚牲。
辞意苟相害，龃龉日以生。
岂知诗书叶，讽咏正和平。
韩公赠张籍，格调固纵横。

读韩《原道注》

无父无君徒，丧灭忠与孝。
不妻不子法，殄绝生类教。
得不得三字，何由责功效。
道者人人由，通衢无枉挠。
昌黎原道篇，天雷轰大觉。
宋人辨心性，蚤虱裈中闹。
若他佞佛家，溷蛆易胜较。

读韩有慨

与善为仇耳褒如，荀卿性恶亦非虚。
莫须三字心何忍，遗臭万年胆有余。
丑正贼良根忌克，近亲密党妬名誉。
病鸱猛虎诗堪读，休谓恢恢天网疏。

拟陶《形赠影》韵

子本无定相，我当有坏时。
是一还是二，汲汲将何之。
隐见随显晦，行止常共兹。
静若于水鉴，面目与老期。
合不必相爱，离不必相思。
单只如自吊，宁免涕涟洏。
就阴或尔避，含沙足忧疑。
盍将槁木同，毋取捕系辞。

影答形

侏儒饱何巧，臣朔饥独拙。
毛嫱与支离，岂非迥悬绝。
善恶如妍媸，颠倒乖憎悦。
子借容颜婍，我戒皂白别。
明与子追随，闇示子寂灭。
罔两讥特操，终不同内热。
动息本无真，心力宁曾竭。
践子圣良艰，忘子亦匪劣。

神释

诚几以前知，厥理正昭著。
至矣声臭无，谁能测其故。
二子滞象迹，缘外成合附。
附合胶莫离，王倪难告语。
万类有挂碍，曷若空虚处。
我妙万物游，汗漫靡停住。
元会及八弦，纪穷乌可数。
醉者固能全，圣善实同具。
气志得常伸，精凝增美誉。
曾共生俱来，不共生俱去。
用志苟不分，寂焉泯惊惧。
所存者如斯，尚皆屏百虑。

效东坡和陶《归园田》韵六首

缅昔陶彭泽，仰止实高山。
一朝归去来，旷绝已千年。
南山开逸景，斜川漾晴渊。
弱柳翩衡宅，香风吹秫田。
至今柴桑里，故迹留其间。
而我同乡国，景物犹依前。
晨岚笼村舍，暮雨幂炊烟。
牛牟出涧口，樵唱下岫巅。
折腰亦既谢，棹臂颇能闲。
当勉宗芳躅，终日醉颓然。

坡仙志慕陶，未能脱尘鞅。
放逐岭表间，乃一涉元想。
遇穷引天来，境妙导神往。
趣饶山水清，机惬草木长。
虽终踪迹殊，亦见胸怀广。
况余景前修，安容事卤莽。

独坐抚无弦，不为知音稀。
无弦且无琴，太始与同归。
个中有元旨，将欲问被衣。
若举语旁人，谁其听不违。

闭门俗客寡，嬉顾儿童娱。
衣冠欣脱畧，礼节厌拘墟。
轩阁两几席，书策随起居。
插花瓶数朵，种树阶几株。
好眠懒孝先，馋渴病相如。
举隅教子侄，相勉在三余。
时事不与闻，万缘付太虚。
春逢农桑侣，一问东作无。

弦直及衡平，磬折与钩曲。
伊孰为有余，伊孰为不足。
是非不入怀，空洞无成局。
开编屡苦哦，得酒即然烛。
有时兴未阑，夜坐达朝旭。

畴曩少壮时，竞逐红尘陌。
兹久归园田，聊用适其适。
餐不计来朝，饮且拚今夕。
三年未入城，四时如农隙。
事慵代人忙，心肯为物役。
祇耽麹糵功，遑羡盐梅绩。
味馂陶公余，身后名何益。

温诵陶诗和《饮酒》二十首韵

题记：温诵陶诗，慨然想见其人，当在孔门颜闵之列。以为隐沦，固非；即以为耻事二姓，尚隔一膜也。爰和其《饮酒》二十首。以志管窥，束于步韵。故意亦无伦次。

其一

涸酒古所戒，渊明何爱之。
要殊刘阮饮，饮中圣之时。
谓意不在酒，何尝不在兹。
千秋谁人解，解者滋多疑。
泥将一节求，说终未可持。

其二

钟期听鼓琴，知志水与山。
若使听无弦，此志谅难言。
五十一朝去，在晋义熙年。
有意题甲子，或恐属浪传。

其三

不却元休酒，讵为惜人情。
不就著作征，讵为惜高名。
腰自不足折，怀葛寄我生。
正如桃源人，一见渔者惊。
汉魏晋不知，微言出性成。

其四

平生自写照，云出鸟倦飞。
神全泯多虑，形役良足悲。

冥心纵颓放，真宰失所依。
刻志励名节，粗迹匪旨归。
往往称先师，怀道老弗衰。
饮中趣要渺，疏水诚无违。

其五

王桓乱典午，南北又蜂喧。
人境有陶公，乃非巢许偏。
譬如大浸旱，神人邈姑山。
吟哦乐独善，心与古往还。
斯人亦吾与，终无河汉言。

其六

至道浑无争，隐见惟其是。
质器本天然，不雕亦不毁。
用行舍则藏，孔颜我与尔。
君子契素心，绘事后华绮。

其七

孔门同造就，才德固殊英。
颜子不言仕，箪瓢惬圣情。
曾皙不言志，风咏圣心倾。
印之悲悯怀，何关凤鸟鸣。
后人私智测，葛藤日以生。

其八

葆真有学识，匪第任天姿。
木直中规矩，大本连小枝。
臃肿及卷曲，散木宁足奇。
材与不材间，又觉有所为。
何许先生者，未曾矫不羁。

其九

多事孔北海，壶尊为客开。
侠饮陈孟公，投辖强情怀。
嵇阮恣沉酗，白眼动迕乖。
何如谢冠盖，田父并迟栖。
邻曲互来往，相对醉如泥。
醉眠不迎送，真意各欢谐。
但中圣贤味，罔以清浊迷。
有时匡庐下，篮舆舁醉回。

其十

達士邈千载，岂能域方隅。
举世竞功名，人人思要涂。
曩亦一尝试，风尘苦驰驱。
较之乞食诗，更甚墦间余。
得钱送酒家，傲然便燕居。

其十一

严光遇故人，逢时方有道，
征之莫肯留，被裘竟终老，
纵不羡云台，何遂甘枯槁，
胸中要空洞，如是自恰好，
矧在柴桑翁，抱独非怀宝，
固哉檀道济，焉喻无言表。

其十二

清言扇余习，莲社倾一时。
慧远痴见招，不入不峻辞，
岂知攒眉意，目中宁屑兹。
姑置弗深辨，辨徒使人疑。
哂彼周刘辈，浪被元风欺。
但云余好余，其故谁知之。

其十三

尘世一幻场，醉乡有真境。
众人醉梦中，安知醉非醒，
与其履盛满。忧危全要领。
曷若自优游，种秫课实颖。
试观廊庙间，几人长彪炳。

其十四

广成籛铿年，厥永亦云至。
一自飲者言，不过千日醉。
逮其怚化时，依然同造次。
人生会有尽，寸阴良足贵。
得欢且痛饮，日日味斯味。

其十五

涉趣饶佳赏，翛然五柳宅。
园设门常关，静绝嚣尘迹。
古人偶开怀，钟千觚榼百。
况对光景幽，风清夜月白。
浊醪新可漉，头巾脱不惜。

其十六

述酒涉异书，时咏山海经。
间亦若奇谲，平淡究天成。
此境岂易诣，万化须饱更。
颜谢剧雕镂，相去大迳庭。
公本无意诗，宁晋乏善鸣。
虽然鸣何善，诗以道性情。

其十七

春林听好鸟，夏牕卧熏风。
秋菊东蓠下，冬松爱日中。
四时佳景惬，三杯大道通。
身外问理乱，越人自关弓，

其十八

冥冥鸿高飞，栩栩惟自得。
愤世嫉俗人，谋己毋乃惑。
得时虽可驾，有道不受塞。
况丁晋室微，岌岌乎殆国。
酣饮田园间，庶几容以默。

其十九

吏职偶不堪，元非拙于仕。
束缚牛马然，进退不由己。
纵靡乡里儿，束带亦堪耻。
所以赋归来，甘自老栗里。
循循井闾中，实未废人纪。
昔在我先师，可以止则止。
诗酒有定分，柰何弃所恃。

其二十

镳嵘列中品，陋矣没其真。
穆穆此高风，逈是太古淳。
间尝尚诵论，温故稍知新。
杨子寂寞后，人犹病剧秦。
彭泽百余篇，乃独奔绝尘。
昔宋苏长公，好陶偏笃勤。
篇篇苦依韵，一一求与亲。
时有得意句，心口益津津。
尚悮杂江诗，空赏柴车巾。
矧今百世下，畴敢作巴人。

仲春和陶《游斜川》韵

日新逐日故，新华莫停休。
春光惧过半，久虚斜川游。
虽隔柴桑里，常怀彭泽流，
营巢盼来乩，忘机如狎鸥。
花风香菜陌，膏雨翠林邱。
倚阁时遐瞩，万卉我朋俦。
无酒心自醺，东君若欢酬。
古人秉烛欢，兀坐可同不。
天地终不坏，宁忧杞人忧。
年年此春好，身外复何求。

清明和陶《游周家墓柏下》韵

今朝见上冢，旁观为泪弹。
冢上与冢中，多是去年欢。
人生有终日，孰如短命颜。
太息抚韶景，此意难言殚。

莫春和陶《连雨独酌》韵

曾晳志莫春，夫子独喟然。
相赏旨趣中，问答漠不关。
我拟当时咏，谅非赋游仙。
眼前有真景，随处是吾天。
花鸟浩化机，人物孰居先。
和风天末来，雨霁山云还。
形体一尊酒，童冠都忘年。
兰亭多感慨，犹觉未知言。

和陶《劝农》（四言）六首

虚声曰士，虽冠四民。
与为儒伪，孰若农真。
忧贫干禄，馁亦相因。
素餐良耻，敢食于人。

伊曩宦游，攸敬黍稷。
鄙彼頽薄，作家货殖。

既赋归来，爰稼爰穑。
正惟谋道，于以谋食。

暖飔莫春，煦景西陆。
万品熙熙，大钧穆穆。
陇陌清幽，风尘慵逐。
毋废三时，勉言悟宿。

豳风绘图，厌俗可久。
侯作侯息，侯百其耦。
有秫有粳，胥五十亩。
作苦载甘，胝足胼手。

嗟嗟惰农，岁晚则匮。
厌公耕陇，却妻馌冀。
相我妇子，辛勤亦至。
有秋盈宁，好乐无愧。

田翁牧竖，古质非鄙。
邻曲往来，不冠不履。
饮社伏腊，怀葛超轨。
乐哉陶公，今畴媲美。

和陶就《乙巳三月经钱溪》韵

繁华万芳园，零英渐成积。
好景逝将迈，念老慨谁昔。
少壮志天衢，意气邈鹏翮。

自从倦飞还，杳若前生隔。
迹迩以心遐，神清靡形役。
五柳春风偏，三公我不易。
欣赏在古篇，有疑袛自析。
静味陶公诗，炉烟袅檀柏。

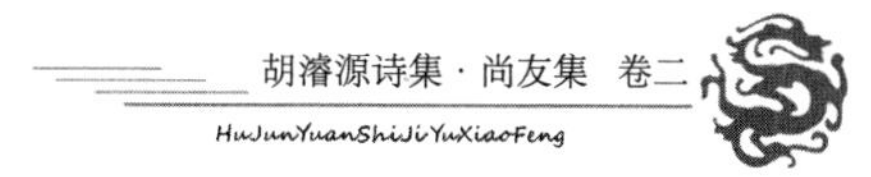

胡濬源诗集 · 尚友集

分宁胡濬源　乙燈著

男　云从 / 云会 / 云行 / 云龙 / 云程 / 云作
侄　友梅 / 友兰　　侄孙　廸　仝校

古今体

卷　二

和陶《詠贫士七首》韻

大行道富教，稼穡念民依。
厥抱倘克展，宁不君子晖。
仕止有时命，雄雌异伏飞。
亦既谢轩冕，遂初得所归。
迈轴足容膝，衡泌可乐饥。
行歌金石声，安贫实靡悲。

穷巷曲且僻，不曾过高轩。
借问相过者，谅匪贲邱园。
凄风披败席，冷雨幂炊烟。
客来无可款，烹蕣新碾研。
既无延之赠，徒闻道济言。
所志殊温饱，潜何敢望贤。

并日常一食，闭门自床琴。
琴弹颜渊操，厥志形诸音。
静言孔颜乐，令人何处寻。
箪瓢与蔬水，得酒便改斟。
屡空虽良苦，肉食未堪钦。
有时甘乞食，夷惠都赏心。

义利毫厘辨，明见如离娄。
万钟与一介，平等为酢酬。

饥饿不出门，义亦受相周。
斯人苟好善，世道即非忧。
谢嗟固可食，哇鹅非吾俦，
宁故矫廉名，但不事营求。

元安与袁安，于人皆不干。
卧雪迹何肖，时皆惊县官。
贫士非相袭，节同耻素餐。
末世习凉薄，庸俗嗤酸寒。
岂知贤哉叹，孔圣独许颜。
贫也士之荣，莫谓道不关。

读书拙生理，牖瓮户可蓬。
阳虎言为富，为必巧且工。
仕有穷范丹，谅无富黄龚。
良由得兼难，所务故不同。
鄙彼握算徒，污洁理未通。
何劳身障篚，所好惟吾从。

在昔匡庐下，不识王江州。
中途置酒邀，坦然遂与俦。
如使予欲富，何殊祖谢流。
千载柴桑翁，一醉百不忧。
惟忧欠酒钱，囊空无以酬。
孤吟咏贫士，允励后人修。

和陶《止酒》韵即效其体

住世有止期，人生贵知止。
大学止至善，止在身心里。
仕止相时中，行止景君子。
正心止妄情，止妄止私喜。
外䕶可止揵，内䕶止复起。
必能止所欲，乃能止于理。
止字该内外，止力兼礼已。
陶公止酒诗，止之义大矣。
不然徒止饮，止自有涯涘。
酒语不苛止，能以止废祀。

救荒和陶《有会而作》韵

今岁五月荒，谁思由已饥。
贫家色有菜，富家庖阙肥。
作糜炊秫米，当暑典冬衣。
我亦饔飧乏，宁遑代人悲。
荒政有大经，小惠术已非。
厚施陈氏私，子产爱之遗。
实心权实济，岂为名所归。
乡里无官力，何以拯师师[1]。

注释

①时，设局粜米，群议减价，予独以为不宜减。

和陶《杂诗十二道》韵即事寄意

其一

谁昔堕世途，仆仆随风尘。
优伶土木偶，荘饰匪原身。
交游远天下，相欢多貌亲。
曷若林泉间，酬酢有近邻。
岁华新节序，传座忘昏晨。
心寄浮云外，何事复干人。

其二

面目似庐山，侧峰横成岭。
要惟见其真，在在都佳景。
委运乘显晦，饮水知暖冷。
出门路偪促，闭户日修永。
避走不就阴，安能息疾影。
环堵地有余，莫愁靡所骋。
绵历到暮年，知躁终输静。

其三

厥抱在千载，难以斗石量。
冥心帝江鸟，多虑蜜蜂房。
二者不堪倚，柴立乎中央。

焉用大而藏，焉用出而阳。
至哉达生叟，聊可语衷肠。

其四

少壮轻光阴，年华惜垂老。
今日才胜会，明日复谁保。
阳春好佳节，天和气晴燥。
秉烛感涕生，为欢懊不早。
悠悠可同群，落落高独抱。
一夕视百年，便是长生道。

其五

寻常羡势要，谈笔夸鸣豫。
某某信蛟腾，某某真凤翥。
亲戚争攀援，贫贱望望去。
宁知富贵人，荣枯正足虑。
清夜念间旷，碌碌其焉如。
长安大宅中，许史几时住。
金谷一朝败，讫无栖身处。
夷险试乎衡，所欢不敌惧。

其六

少年得意场，顾盼尝自喜。
回首几何时，茫如隔世事。
侪辈多遗忘，阅历记大意。

往往旧熟经，倏若新所值。
往者不可追，来者势甚驶。
子弟半老成，后人念姑置。

其七

自非乡大夫，宗族谊仍迫。
熏德在井闾，春风煦陇陌。
群称陆浑胡，却慕香山白。
孝友政非遐，淳庞地无窄。
相尊不相隶，迭主亦迭客。
独愁户祝繁，畏垒庚桑宅。

其八

苟毋杓之人，将弗羡庚桑。
有祝亦有诅，眯目逢簸糠。
孔圣犹见疑，围匡且绝粮。
大小互来往，岂常泰三阳。
中心靡蒂芥，求全毁何伤。
谐俗须违道，为圆必毁方。
去去都莫较，对月飞羽觞。

其九

事势有终始，伊畴测其端。
明者见未来，昧者骇变迁。
极深渊之重，穷高峰之巅。

岂同适苍莽，往返饱三餐。
事后乐观成，始信实因缘。
河伯惭海若，且诵秋水篇。

其十

古籍不淹贯，立言卒无稽。
前修未率由，制行罔岸崖。
显爵一时艳，高人百世怀。
要惟归不朽，安事放之弥。
荣宠念日般，道谊分渐离。
纷纷荐绅子，碌碌名利羁。
读书借古鉴，如月有盈亏。

其十一

落落蓬荜下，不解忆炎凉。
孤吟和古人，仰卧看屋梁。
罕然柴桑翁，世远地同乡。
行止印素心，皎洁媲冰霜。
千秋有绝调，山高景行长。

其十二

咏松舍虬乔，独取象稚子。
东坡和篇遗，将谓无依倚。
命题曰杂诗，寄托有元理。

和陶《和刘柴桑》韵

道行试牛刀，满志当踌躇。
不行隐山泽，木石堪与居。
遗民既舍令，渊明自有庐。
何劳结莲社，作诗招村墟。
春和雨如膏，农事急新畲。
孰粳孰宜秫，作息乐勤劬。
耦耕足人纪。谁暇逃空无。
我非弃世人，偶与世事踈。
弃世尚非我，元风宁我须。
婉哉和旨微，孰是陶公如。

和陶《移居》韵二首

择处何亨屯，里仁即安宅。
古人薖轴间，蓬荜永朝夕。
或志在四方，旅舍勤于役。
吉凶问何向，岂皆同请席。
诒谋若为后，后犹今视昔。
华林八百口，子孙终分析。

其二

五柳柴桑里，移居屡有诗。
里岂无居人，渊明独有之。

至今过其地，遗迹令人思。
宋齐梁陈后，废兴阅几时。
为何千载来，区区不没兹。
吉宅要惟人，毋为邪说欺。

和陶《怀古田舍》二首

怀古柴桑翁，迥迹殊堪践。
宠禄不苟荣，饥寒不苟免。
千载诵其诗，睪然起翘缅。
风高百世师，斯岂徒独善。
羲皇真足上，怀葛久非远。
世能步厥尘，坐使淳庞返。
目以隐沦宗，蠡测毋已浅。

伊余赋归后，躬耕乐素贫。
手足安胼胝，四体习辛勤。
日入篝灯坐，开编见古人。
春融万象熙，陈言顿觉新。
苗亦解有怀，木亦解欣欣。
妙景载细绎，余味口津津。
咿哦还独酌，怅少柴桑邻。
末俗竞利散，将畴语先民。

胡濬源诗集·尚友集

分宁胡濬源　乙燈著

男　云从/云会/云行/云龙/云程/云作
侄　友梅/友兰　　侄孙　迪　仝校

古今体

卷　三

王凤喈十七史商榷论汉祖非尧后

人道原羞异类同，那堪龙种溯龙翁。
商周雅颂皆先烈，尧后何曾辱沛公。

太公

父母郊迎势位夸，苏秦尚借嫂咨嗟。
未央上寿擎卮语，可对诸侯大笑哗。

魏书

一代书成秽史讥，非关才识与时违。
他年豪少抛坟骨，正似生前蛱蝶飞。

北史

周祖炎农魏祖黄，休疑撰祖似南唐。
圣皇万古人堪祖，比托神灵却大方。

读闲三首

曾皙狂达士，一爪肯杖子。
曾参孝先意，卤莽宁至此。
或受或走间，姑设言其理。
都君帝尧甥，傲弟敢奸宄，

井廪即有事，臣庶当可以。
鸟工与龙裳，脱难亦大诡。

正皆昭载籍，此类难悉指。
万卷读须破，毋徒蠹鱼死。
荷蓧隐神品，无名无姓氏。
作息兼礼让，蔼蔼风自美。
可遇莫可再，不争非与是。
万物付自然，太虚绝议拟。

巢由着色相，释老费辞理。
陶潜五柳传，高趣庶几似。
原壤嵇阮祖，黠桀吾党敌。
受责亦不谢，受杖亦不激。
始终目无人，见闻同寂寂。
视作青白眼，徒觉浪分析。

读史四首

读史亡秦方共快，何堪垓下废书叹。
项王岂是人偏惜，诈力相衡定论难。

西楚雄图即不终，中原逐鹿最先锋。
史迁本纪原非滥，天下诸王曾受封。

虞姬一死足贞忠，不辱重瞳盖世雄。
若使汉王当此阨，料应高后未能同。

小草谬呼虞美人，莫将妖冶蔑清贞。
千年烈骨如能化，当共苍松古柏春。

纪信

捐躯志欲博元勋，左纛黄车绐楚军。
生死竟殊逢丑父，孟阳杍向可无分。

论古三十二首

四皓

随侍东宫动汉皇，定储谋绩属张良。
高人毕竟为人役，鬓发都缘借面忙。

应曜

避乱商山四皓时，高风独不使人知。
何须远遁桃源去，纵有渔人无路迷。

梅福

避世仍防出世危，易名变姓最权宜。
休惊仙尉行踪诡，我笑霍原韦祖思。

杨雄

侍清寂寞亦儒臣，谁嫁辞章谬美新。
较著忠经悬绛帐，仍殊党逆贼忠贞。

管宁

锄地获金非不义，存之周急亦何嫌。
仲安海外诚清节，举此该贤反矫廉。

蔡邕

中郎偶叹未为私，不过曾因国士知。
若责失身千里草，公山欲往问先师。

王允

诛奸图国果心安，宥善何愁谤史弹。
若使王成无僱汜，焉知他日不曹瞒。

诸葛孔明

道真伊吕不惟才，须是茅庐三顾来。
莘野渭滨为鼎足，短长将畧论卑哉。

谢灵运

留侯矢志报强秦，正未秦廷一屈身。
权义不知援豫让，宁忘栗里有高人。

颜延之

词藻才名陶谢间，考终光禄保持艰。
惟当竣檄传归日，不雇老臣颇汗颜。

蔡樽

不答名呼聪自如，君前负气蔡尚书。
纵然远谢都俞盛，风骨犹应近古初。

狄仁杰

大臣岂合嬖臣俦，赌胜裘亦可羞。
委顺存唐虽有绩，终惭姨母女人流。

李白

灵武先非册玺承，永王谋学晋东兴。
太宗旧烈如堪继，白也还将比魏征。

韩退之

撄鳞辟佛贬潮阳，犹幸君王圣度汪。
不杀倘遭廷杖辱，能无千古大儒伤。

郑綮

数月平章歇后诗，行藏郑五忒恢奇。
凶阉逆镇盈天下，搔首当时事可知。

司空图

品诗超诣曰声稀，写出平生寄意微。
衰野被征阳坠笏，谁人能解个中机。

冯道

屈节魔王救众生，王嫱冯道可同衡。
佛家忍辱修持法，也是要离聂政情。

韩通

陈桥谋篡满朝同，袍出军中诏袖中。
死节一家难立传，欧公无以谢讳通。

王安石

青苗执拗匪营私，富国强兵志所期。
宋室譬人羸病极，投方不善落庸医。

岳飞

功濒恢复阻垂成，颇惜忠精义未精。
取济权如王友直，金牌不受正忠贞。

韩信袭降收历下，陈汤矫制斩单于。
将方在外虽君命，势系兴亡不可拘。

宋诸贤

国家升降以人尊，大小幅员乌足论。
宋视金元凡与楚，文章道学即存存。

赵孟頫

赵家块肉最堪悲，宗社无如天命移。
宋帝未尝同桀纣，王孙那得况微箕。

余阙

忠孝天生有大经，全家赴井烈名馨。
正如割股埋儿孝，揆以中庸稍未宁。

方孝孺

名为正学行为畸，激暴骈诛十族随。
若使圣门尊此学，至今士类孑无遗。

王守仁[1]

武宗无道势危倾，新建伯成名世名。
倘曰宸濠能贵戚，何缘功烈属先生。

注释

①今阳明祠题曰：理学名世。

纲目更始

南阳拥立义维公，分定尤先兴复功。
纲目书名侪莽篡，莫须成败论英雄。

汗流刮席状憨蒙，曲笔贻讥见史通。
岂曰真书仍狗曲，几疑举按魏收同。

杨广

新莽书名大义严，隋炀宋邵子臣兼。
年编大业频称帝，觉有褒讥不类嫌。

武曌

武曌幸浮百莽诛，三纲灭绝古来无。
削周不斥名称曌，帝在频书转近诬。

则天朝亦伙名臣，究竟同归游艺伦。
富贵日忧罗织及，畴如攸绪弃官人。

南唐

篡夺谁能尊让皇，始终名善独南唐。
宗潢若比汉昭烈，安见吴王异靖王。

疑古

史称汉代楚，声罪义堂堂。
谓羽弑义帝，实密令三王。
三王非微者，究谁亲手戕。
大江数千里，江南何地方。
郴县既有冢，岂无确定详。
广武面数罪，亦以阴使当。
阴使即密令，形迹近昧茫。
史赞曰放逐，又与弑雌黄。
媒孽汉人口，不自诸侯行。
诡秘同狙击，安知非何良。
间乐望夷宫，秦事纪昭彰。
马班皆汉臣，能信无诪张。
吕相绝秦语，秦人诅楚章。
从来多此类，聊与泥古商。

史通三首

尝诧青莲远别离，知几论史更恢奇。
惑经疑古真堪骇，通到不通便得之。

论衡问孔辞多悖，祇以争新撰异书。
向使汉时开汲冢，王充早已子元如。

刘氏推原出陆终，子孙数典肯相蒙。
独嗟不贵陶唐后，䰀信龙交大泽中。

坡山史断二首

宗周虽灭未亡齐，东国时犹不帝西。
即进嬴年还太早，此间尚费一评批。

吕嬴牛马说纷如，史法难凭暧昧书。
固是坡山疾二氏，衡之笔削恐应疎①。

注释

①坡山谓史当以莊襄元年，东周灭为秦统。余谓还当在始皇二十七年，齐亡后乃允。

荆轲二首

手披督亢及图穷，成败机关呼吸中。
急作专诸犹莫必，缓希曹沫便无功。
虎狼岂信结盟誓，豚犬徒痴速寇戎。
世恨荆卿疎剑术，荆卿疎在始谋同。

捐躯与国共雠秦，贯日长虹气欲伸。
易水两声歌慷慨，函关六国恨逡巡。
侠殊聂政私恩激，心等张良义愤真。
论列莫将侪刺客，荆轲豫让舍生伦。

豫让

漆身吞炭报雠恩，任侠行踪道学言。
事罔新君心不贰，知缘国士义斯存。
请衣面褫赵襄魄，挥剑宽销智伯魂。
一死偏能差快意，千秋英烈孰同论。

三良

穆公一葬杀三良，黄鸟哀歼特御防。
知异孟明西乞术，谅如古冶田开疆。
死同社稷大经在，生殉泉宫私昵当。
后世契丹述律氏，闻言截腕胜秦襄。

四君

养士相夸号四君，信陵公子出其群。
凭他珠履三千众，孰与铁椎四十斤。
犬盗鸡鸣皆食客，龙韬虎略独将军。
向令三子纵终合，那得强秦蚕食闻。

三杰

三杰功归相国何，非惟指示发纵多。
九章律演入关约，尽去嬴秦旧法苛。
清静无为继可守，刑名不扰政斯和。
四百余年根本在，登坛借箸未同科。

史论三首

祖龙残暴恣巡游，刘项同观语孰优。
隆準但知欣富贵，重瞳便切报仇雠。

敬业与师虽及败，檄祠正大等征诛。
狄公委顺存唐志，终是苟全徼幸图。

愤王策帝自陈闻，何妄焚祠谬檄文。
屈节伪周随嬖幸，江东面目不同君。

广武叹

休惊阮籍醉猖狂，广武兴嗟见大方。
不辨汉成和楚败，惟衡斗诈与争强。
中原得鹿诛蛇技，一代从龙猎狗行。
世蔑英雄竖子外，项王而下赵佗王。

祥异

陈胜鸣狐汉斩蛇，总同谩誕动惊呀。
天书神教机权秘，万岁三呼声响哗。
龙血元黄战野急，鬼弧张说载车遐。
吉符自古无凶异，灵畜何曾见怪邪。

王命

帝王受命本天生，揖让征诛且并衡。
莽操相沿真至宋，高光而下厥惟明。
代多尧舜传贤迹，朝罕商周伐罪名。
蚕食嬴秦元虎噬，人归天与独皇清。

明天顺

英宗复辟辱天下，在昔畴曾辨是非。
向使也先俾执盖，宁堪天顺更垂衣。
南宫树木尤难耐，北地风霜冬孰依。
何事夺门蛇画足，不终高禅效巍巍。

明议大礼

礼乐原宜天子制，撼门号哭尽诐邪。
不思敝屣弃天下，宁异分羹夸作家。
光武世宗皆祖后，中兴迎立有亲爷。
如何纷议偏争执，更甚唐人禘祫哗。

孝弟传

唐虞二典先亲孝，孔孟诸篇昭日星。
刘向传初标列女，马融书史补忠经。
修名莫不同头白，务本谁其具眼青。
史册焜煌节烈外，力田曾阅几芳型。

胡濬源诗集·尚友集

分宁胡濬源　乙燈著

男　云从 / 云会 / 云行 / 云龙 / 云程 / 云作
侄　友梅 / 友兰　　侄孙　廸　仝校

古今体

卷　四

两汉

两汉微衡事异同，多缘成败论英雄。
苗曾势不加卿子，义帝功宁敌圣公。
竖子一时广武叹，狂奴千古富春风。
穷经陈范争三传，诗史谁何细会通。

三国志二首

三国褒奸奖乱书，宁惟帝寇訿纷如。
悖狂悲哭临菑植，德素清纯华子鱼。
载笔岂其人得米，残编偏用卷盈车。
多应元魏同称秽，却使千秋愤莫摅。

魏晋人心大义盲，非天丑德靳其鸣。
文章止有出师表，世道相蒙受禅名。
赞赞龙骧梁父咏，冥冥鸿逝鹿门耕。
降民不肯言邪正，史断方知在庶氓。

晋书二首

晋书编撰备于唐，体例微嫌未尽详。
渊懿讳唐无讳晋①，师昭称帝不称王②。
三分统既中原正③，六代朝何南国当。
刘季沛公名渐改，应推史律马迁长。

懿师已在魏书中，三纪偏随篡夺崇。
泰誓始弁周代籍，戡黎不冠武城功。
后人笔削何嫌忌，大统权衡可异同。
史记汉先秦楚际，难将本纪议重瞳。

注释

①公孙渊讳称文懿。

②景文实封王，却称追号。

③晋承魏。

魏景初郊社礼

曹公家传系周宗，魏纪陆终又不同。
更怪景初郊祀礼，偏依祖舜高堂隆。
国应神聚孙疆社，苗岂史称顼籍瞳。
始叹后人详胄胤，由来世本亦多蒙。

宋书

裕岂鹑狐鸮獍根，古今凶戾聚诸孙。
一家冒顿商臣合，三叶齐襄姜氏昏。
汤武征诛不世出，唐虞揖让乃常存。
沈生有意追南董，空费文辞载笔繁。

齐书

萧齐人物沐猴冠，史氏何劳挂笔端。
竞篡孰能分顺逆，孤贞畴得免单寒。

龙颜鳞体夸先识，驴子苟儿尽达官。
子显浪矜一代典，只应野语与同看。

梁书陈书

梁陈仍是画葫芦，石火电光一瞥无。
索虏岛夷谁正统，斋僧狎客讵谁图。
胙方周卜余年短，疆比汉封数郡输。
只合记朝书甲子，那堪纪传枉功夫。

北魏书二首

讳李为元犯者诛，夸称天女便妖诬。
姜嫄简狄灵虽有，日影星光母不无。
未得九州同土宇，宁曾万岁实嵩呼。
五刑为史加崔浩，惊蝶抛骸亦可吁。

魏收自郤本无讥，真似村童相诟诽。
与国何须死僭斥，江南可是岛夷非。
强将交聘称朝贡，夸以分雄号帝畿。
惟载齐梁诸代禅，直书废篡得其微。

姚察陈书

姚察梁陈隋代臣，况崇释戒学非醇。
可能笔削称南董，徒逐兴亡视越秦。
后主风流多狎客，岳阳忠烈一完人。
思廉缵绪为前业，未便家传尽信真。

隋书二首

止盾春秋法不原，隋书何事讳于言。
癸辛商邵一夫备，孝弟俭恭太子反。
化及行诛如曰弑，唐公擅废岂成尊。
应缘谋禅须鄙国，魏相难将直道论。

炀广弥天罪莫容，张衡逢恶百潘崇。
胡于纪传模糊见，不与春秋笔削同。
报出妄言刑匪枉，作何物事谥为忠。
惟遵魏澹无回避，庶使千秋识大公。

北齐书

高齐称帝仅分争，二十八年霸业倾。
如虎如龙狗脚朕，爵鸡爵犬猬膏城。
蝮蛇罗杀纷为政，屋角穿锥竞署名。
最是凶淫诸秽德，当时蛱蝶不经评。

北周书

宇文气象胜高齐，东帝终难敌帝西。
宫殿撤华崇约俭，官司遵古尚遐稽。
申丧性笃三年制，断教邪祛二氏迷。
所恨不堪承嗣者，荒淫竟后西阳妻。

南北史二首

各书原本事宜符，二史彙编南北殊。
详略不均法已僻①，是非无定义之诬②。
人多互传自矛盾③，恶有公诛异钺鈇④。
大道迷茫杂小说⑤，侪诸正史太繁芜。

三长体例贵明条，宁尚繁称诩富饶。
列传多同氏族谱，贰臣半是元勋僚。
均为僭国争分史，绝少可人位各朝。
延寿生唐何爱惜，却频钞袭费心焦。

注释

①魏自焘以前晋未亡，纪至八九帝，他代皆无。

②凡革命时，于忠故国者多书诛。

③如南刘山阳死，武纪与萧颖胄传不符，沈昭略传与徐孝嗣传共一事相反，北萧宝夤传与尔未天光传所载不合，文宣纪斩薛嫔事，与后妃传亦不合。

④宋元凶，邵濬魏二逆，实君绍皆显书，独隋煬广全为隐讳。

⑤往往详载见鬼神事。

新唐书

三长二体史家宜，颇觉新唐书得之。
帝纪毋庸追懿景，藩名不更讳民基。
事增文省句虽涩，义正辞严赞不移。
信掩刘昫旧浅陋，典章明备属修祁。

唐武氏朝二首

武曌移唐事诧奇，乾坤颠倒没人知。
举朝巾帼载初仕，通代须眉狄相姨。
唱义空孤徐敬业，成功竟待张柬之。
嗟哉帝子贞冲虺，读史谁曾一吊伊。

修齐本是治平先，唐代家风讵足传。
弃位还山偏武族，为王让国独于阗。
隐巢节少勾吴迹，张薛淫如嫪毐宣。
倘匪明良能后起，余将五季语同年。

五代史

铢分五代散如钱，榆荚綖环强贯穿。
在势契丹惟北大，于名李氏似南全。
朱温安史生唐末①，石晋张刘立宋先②。
汉亦沙陀周继世，同归异姓史空传③。

注释

①安庆绪、史朝义弑父，朱友珪亦弑父。

②契丹立石敬塘为帝，金亦立张邦昌、刘豫为帝。

③刘智远与后唐皆沙陀人，周世宗实柴氏子。

宋史

宋祖遗谋惩五代，欲愚区宇以文明。
言官妄论法无坐，武将良图权不行。
道学争欺成积弱，陪臣忍耻尽偷生。
辽亡天下金元世，半壁虚延正统名。

元史

典章实録备堪欺，金宋降臣文餙之。
威力总同屠狗肆，武功全恃剖牛医。
塑形秘佛羞皇后，尚主兰王宠帝师。
名姓难通言语译，何人为著雅驯辞。

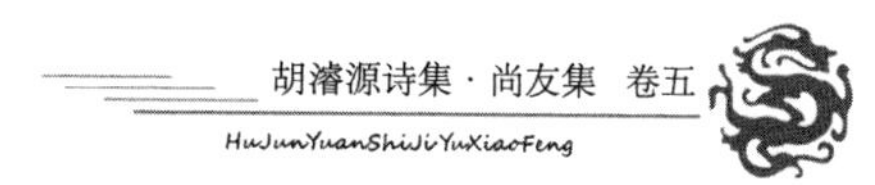

胡濬源诗集·尚友集

分宁胡濬源乙灯著

男 云从/云会/云行/云龙/云程/云作
侄 友梅/友兰 侄孙 廸 仝校

古今体

卷 五

汉祖

功臣疑忌尽屠烹，兄子封侯亦戛羹。
孰信汉高能大度，惟于吕后似含宏。

陈平狄仁杰

汉唐均患牝鸡风，改祚更朝却不同。
刘吕未成周武氏，陈平应胜狄梁公。
诛锄产禄犹参策，混狎昌宗岂曰功。
况是宣淫当庙绝，何妨大义表精忠。

汉陈宫明方孝儒

曹瞒屠虐及鸡犬，成祖刑威滥斩诛。
全家善免陈宫智，十族冤罹正学愚。
取义求仁同有死，贼恩安忍岂云儒。
汉帝分羹乐羊歠，功名志重性天无。

杜预议丧礼

贵贱通丧典莫刊，谅闇曲解议多端。
既云释服无三载，何故不言欺百官。
邪说阿逢礼可废，卒闻怪骇情难安。
纵令附和资殷畅，元凯终惭咏素冠。

晋代诸乐歌

象功昭德乐之由，晋氏夸章却足羞。
文德居然凌夏頀，武功俨尔蔑商周。
篇篇鯑托苍穹佑，句句规模雅颂休。
若使词臣见再世，青衣执盖可怜不。

晋人议复肉刑

肉刑省去汉文仁，议复纷呶魏晋人。
刘颂钟繇尊法吏，傅元皇甫贵农臣。
心臧土爱岁多赖，凿井耕田天下均。
养教不先徒密网，永嘉之乱又何因。

唐书艺文志道家类

圣学赞参天地功，包函万类六经中。
自从三教争门户，遂使邪辞立异同。
注老鸠摩翻释典，传僧宏景诩仙风①。
西升经义东渐②卷③，二氏书非火不通。

注释

①鸠摩罗什有注老子二卷，陶宏景有草堂法师传一卷。

②音尖。

③道家有集解老子西升经二卷，释家有佛化东渐图赞二卷。

古人卓识

莫谓权衡精义稀，从来巨眼也知微。
废莊非正王文度，黜魏未王习彦威。
虞预论同辛有识，阮生狂比伊川机。
宋儒纲目唐原道，应是先河海后归。

天道

典午亡曹报复存，恢恢疏网却归根。
渊方灭晋宗昭烈，裕又更朝祖楚元。
拔乱李唐蛇画足，欺孤赵宋虎饥吞。
从来代代胡卢样，天亦胡卢样不言。

潘岳

美才弥贵知几神，明哲宁惟仅保身。
衔藻权门有赝士，争名乱世无完人。
潘生附势三迁贱，陆喜衡贤五等纯。
干没不悛阿母负，闲居空赋板舆春。

嘲俗谱

莫笑南唐撰祖名，从来谱系谁家清。
遥遥华胄子骞后，谢谢余辉水帝生。
错向颜标问庙院，争于郭令拜坟茔。
宁知不朽归贤圣，阀阅衡茅鸟重轻。

注书后老眼更清

老耗离莚一旦清，将毋注古有神明。
知非巨眼观千载，业已凝心坐五更。
蠹简旧嫌鸺撮蚤，骊珠新得月生鲸。
从今庶可秋毫析，问字盈门不愧盲。

太平广记

太平广记宋初编，奉勅搜罗小说元。
遂启如来生赤脚，终令徽庙号真仙。
天书白日神祇见，宫观清差驿道连。
唐代有人諫佛骨，是时何遽寂无贤。

晋唐后国统

一统车书天下同，曰分曰闰便非公。
春秋战国周犹在，晋灭唐亡谁宅中。

唐后五代

朱梁曹魏迹无殊，此外皆如孙氏吴。
五代后唐非李后，南唐蜀汉可同符。

湘灵三首

虞帝陟年百有十，二妃齿已百龄间。
如何老泪疑千古，却作娇痕染竹班。

观刑厘降自陶唐，圣德宁曾类色荒。
又岂坤元如二女，招摇从幸到潇湘。

茫昧离骚山海经，汉秦傅会作湘灵。
若云帝子为天女，难刻黄陵庙里铭。

胡濬源诗集·尚友集

分宁胡濬源　乙灯著

男　云从 / 云会 / 云行 / 云龙 / 云程 / 云作
侄　友梅 / 友兰　　侄孙　廸　仝校

古今体

卷　六

解作者七人谓尧舜禹汤文武周公也

述者为明作者圣，七人尧禹至周公。
明明孔圣不居作，何事旁牵隐遁风。

论语两孔子曰

题记：舜有臣五人章与微子去之章。两孔子曰，皆孔圣亲笔起例特立案而断也。近时讲家见“孔子曰”三字不冠章首，遂以章首系记者增之。而举业家泥于口气之法，益固而求，愈生枝节矣。此章句小儒穿凿不通也。不知古来文体，自周书多士等篇，及易系孔子所作，下至《左传》《史记》，汉唐名家文，往往若是。如以为（另令非有）记者加笔，岂书、易、左史、汉唐文，皆待两手完成乎？且即《微子章》言之，孔圣若仅浑举曰三仁而未明指其人，则安知非伊尹、莱朱、傅说，而记者遂臆测为微、箕、比，又遽以微列父师少师之上，有是理乎？故醒揭之。

周书王曰篇多重，系辞子曰亦与同。
左传频援君子曰，史记赞称太史公。
重提特断文宜此，汉唐名家往往宗。
圣人立案圣人断，记者果谁能折衷。
经艺词章口气体，古文道晦六经蒙。

武王未代殷

题记：宋谢叠山言之。国朝李穆堂申辨之详矣，但《史记》黜殷命，在成王诛管蔡时。又《论语·舜有臣》章次节斯字及末节周德周字，亦已明指上武王也，奈注家沿误，故以谢李为确（又《楚辞·天问》云：授殷天下，反成乃亡，正与史合，亦足明证）。

诛纣原无代统谋，尚书迁史可寻求。
武庚旧国殷非黜，微子新公命始优。
十乱才难斯指武，三分服事德称周。
帝王孔孟不轩轾，升降纷呶章句流。

论语二则

韶武差美善，乃在声容间。
拔乱与继治，气象时使然。
要惟二乐盛，旨合论才难。
功德分隆降，于此绝不关。
不然章夏頀，孔圣何无言。

三仁首微子，太公仁道纯。
论忠比干极，原公微子真。
去乱归有道，宁仅为祀存。
不见会朝时，狂箕洪范陈。
三子纯天心，天心无私亲。
鲧殛而禹兴，纣灭而微臣。
夷齐不降志，箕子奴辱身。
管仲仁器小，子文忠未仁。
参差难意断，非圣谁能论。

订达孝

达孝犹达节，继述乃至善。
舜不告而娶，鲧殛禹受禅。
此义契天人，孔孟折衷贯。
夷齐叩马辞，粗浅后人赝。
释曰人通称，未免涉名见。
且使中庸章，下文都成羡。

没齿

没齿何嫌训齿牙，老人儿齿古曾夸。
年来齿豁艰咀嚼，始信饭疏多怨嗟。

杂论八首

相鼠讥无礼，怒詈至遄死。
豺虎疾谗邪，投畀极诋訾。
苏暴亦云故，面目诟蜮鬼。
岂其当刺讥，一味同萎腇。
温厚与和平，嗫嚅究非是。
自来脂韦人，遂惩歇后体。

其二

楚狂荷蒉流，多是风雅士。
歌辞信口号，葩经断章取。

特未归孔门，莫能游夏比。
宁等稷下辨，老苍黠鸮子。

其三

高明尚元妙，不过争上人。
中道长难见，取胜觅奇新。
其实隐怪偷，此心宁没真。
称仙及附释，请将本自循。

其四

大易止太极，宣圣不言无。
濂溪推而上，稍近空寂途。
天载无声臭，与无动静殊。
要哉中庸诚，一字不可肤①。

注释

①北史《李业兴传》梁武帝问：易有太极，极是有无？对曰：所传太极是有。

其五

依文审厥义，车书万国同。
辨声更别韵，五方音不通。
或详反与切，或析商与宫。
如何求古律，未易协黄钟。

其六

鬼神无定体，灵气在太空。
疑虚事足怪，泥实理不通。
起灭莫可执，如沤在水中。
祈禳亦有应，如人感梦同。
变幻成万状，因缘是寸衷。

其七

三代各殊建，庆节或异宜。
详经考因革，岁首当未移。
豳风即夏什，四月实周诗[①]。
莫春嗟保介，明近麦秋期。
小正志霖雨，月令完防堤。
皆与孟文合，七八月何疑[②]。
曾皙成春服，辰律益可知。
在寅尚严寒，风浴那能支。
胡遽谓春秋，周正冠夏时[③]。

注释

①《小雅，四月》；维夏六月，徂暑。

②朱子本刘向、董仲舒，谓周十一月，夏九月之说，遂以周七八月为夏五六月，似不然。

③ 北史《李业兴传》梁武帝问尧以前何月为正？对曰：三正不同时节，皆据夏时周礼，仲春二月会男女，虽周月亦夏时。

其八

束修犹饰行，义同洁已然。
史传文足征①，辞通理亦圆。
训为十脡贽，遂启悭吝缘。
阴风徐遵明，影质激而偏。
究之匪资窭，宁以薄为贤。

注释

①后汉书和帝诏边郡举孝廉曰：束修良吏，进仕路狭。又，邓氏纪云：故能束修，不触罗网。注以约束修整释之。又，郑均束修安贫，恭俭节整。冯衍传：圭洁其行束修其心；又刘般束修至行。又，杜诗荐伏湛疏云：自行束修，讫无毁玷。延笃亦云：吾自束修以来，为臣子忠孝。孔安国孝经传亦曰：束修进德，志迈清风。胡广传：使束修守善，有所劝仰。王龚传：束修厉节敦乐。艺文宋书王弘传：夫束修之胄，与小人隔绝。至晋书王凝之妻谢氏传：太守刘柳，束修整带，造于别榻。则又指容貌荘敬矣。至若《北史·乐逊传》逊转小师氏自谯王俭以下。并行束修之礼。又诏鲁公斌、毕公贤等，俱以束修之礼，同受业焉。冀儁善隶书，时俗人书学者亦行束修之礼。刘焯传：不行束修者，未尝有所教诲。大概后世，初见师贽，取《论语》束修二字为雅称，非《论语》本解也。本朝袁子才束修六解十余条，考证颇详。其中引韩昌黎注论语云：小子能洒扫进退，行束修之末事，以勤其小者，则吾必诲其大者。解似较朱注雅。盖朱注本唐开元礼，载皇子束修，束帛一筐五疋，酒一壶二斗，修一案三脡。及唐归崇敬教授谒师贽之说云然，归以释奠孔子不当北面，当东向，皆臆说，无依据也。

文论三首

革华文化周苏绰，已在起衰韩子前。
但论七经详佛性，非然八代岂无贤。

高蹈诗推陈子昂，勃兴李杜极于唐。
后来主客分门者，谁定区区室与堂。

佛经汉魏靡稽详，宗旨全偷老列莊。
后世才流欺后学，元言相绐曰文章。

原学

韩子原道不言体，言体恐被佛老笼。
吾道真体不离用，老氏言无佛言空。
入静入定心灰死，宋儒心学入禅中。
濂溪无极无动静，稍元便与二教同。
程子论心之累动，贵益卑谦醉益恭。
张氏丧师三十万，恻隐不生皆难通。
晦庵道心方发省，何为反咎夜闻钟。
孔颜乐处寻影响，牕草意思亦捕风。
喜怒未发何气象，迁怒无怒又何从。
博学多能谓玩物，分门别户渐殊宗。
大都言体太理障，如助双鸟聒耳聋。
口衔万象声易近，苏黄以下异端攻。
近思六经孔孟语，性与天道原中庸。
将辟异学研经学，经学宁容异学蒙。
从来此际几微辨，安得其人一折衷。

读书

休诧莊生鄗暧姝，宋人议宋已纷殊。
文章既笑论为记，道学还嗤释即儒。
渐致君亲终挚虏，空分门户重师徒。
读书万卷当由我，出入何劳浪主奴。

谈道

仙说荒唐佛影响，争开无著打乖门。
晋人大唱清言习，战国先栽横议根。
造化春光随处满，性情日用即时存。
群儒好胜夸元博，孰与昌黎作五原。

仙

蒙莊靡述松乔事，屈子无称广老辞。
赤水求珠象自罔，白霓化鸟体何之。
千年不死诪张幻，三代而前授受谁。
要识神仙始战国，传闻各异已传疑。

佛

除却汉明纪不虚，他皆后羼齐梁书。
语言巧占牢笼上，宗旨空传影响如。
般若南无都梵呗，天王帝释独华誉。
周秦汉魏繁称者，可有单辞及佛与。

道学立门

同门附和别门攻，道学分儒难骤通。
纲目僭经潜虚易，西铭近墨无极空。
修齐平治真心性，礼乐文章实事功。
何用大圈高帽子，几如僧道说元风。

说诗话

昌黎企李杜，精神固交通。
百怪入肠候，自言捕逐功。
李杜不轩轾，韩居鼎立雄。
其余纷主客，究与汝器同。
李才高得天，变化入太空。
日星风霆象，旋仪昧始终。
韩力重于地，豪横奇古踪。
海岳大荒阔，章亥难步穷。
杜法精极人，广大实中庸。
万有归陶冶，制作如周公。
三家秉三才，各树大家宗。
天地高且远，人道近易从。
后世浪议论，遂成虮蜉虫。
性情真气失，摘摭字句工。
影响枯禅偈，纖姣优伶容。
标榜分好尚，摹彷相推崇。
譬若遗雅颂，专诵列国风。
从来说诗者，固哉非折衷。

黄律卮言题序后

题记：《黄律卮言》明万历间人编也，其人无姓氏，所编《山谷诗访年谱例》专取律诗分十卷，而自四卷后，杂辑七言体八句者概为律，意谓超律。界将使后人疑破律法也。因题其序后。

谓超声律律无常，何如无句亦无章。
不乞韩子飞霞佩，谁瞩李杜治水航。
禅偈游移则影响，古人篇什岂荒唐。
怪哉牵强卮言者，耳食相沿转累黄。

吕舍人江西诗派图

江右欧王宋冕曻，涪翁虽杰未应踰。
紫微诗社宗支法，蓝本唐人主客图。
味贵蝤蛑充异膳，派成江汉凿中途①。
须知后学休标榜，二十五人趋向殊。

注释

①韩诗云半途喜开凿，派别失大江。

李易安金石録序二首

题记：易安赵明诚之妻，明诚著金石录，易安作后序，历述生平，时年已五十矣。世传其改嫁不终，得毋以才而招谤哉。

夫妻嗜古并情深。金石编传金石心。
可怪暮年遭谤蔑，几令道韫抱胡琴。

就木祇重廿五年，明明季隗已言然。
何堪手泽遗编定，不共班昭续史传。

注楚辞及韩集二书

好奇豪气少时骄，哇呕心肠肝肾雕。
赋爱离骚生创格，文夸韩集树高标。
湘灵山鬼斗香草，海鳄湫龙翻怪潮。
年老渐知平易解，从来垒块一樽浇。

小说韩湘子

恒情好异大都然，小说相沿世竞传。
长庆三年成进士，韩湘八洞号神仙。
花开顷刻原心幻，人脱尘凡在眼前。
自古才流能狡憎，胸中即是大罗天。

题《云峰院记》辨

题记：曾子固初贫，游分宁，求助于山农，不遇礼，窘激恚甚。云峰院僧哀而止宿食焉。遂为作记，极力詆毁宁俗，以泄愤。宁人不察，因院而録其文于志，相沿旧矣。查淡轩恶其谬，作辨，以稿示余，余既跋之，仍括以诗。

今人莫被古人欺，疑古惑经盖有之。
苟匪蚍蜉撼大树，何嫌萧斧伐枯枝。
云峰记是张仪檄，院石镌为漂母碑。
可怪南豊能激义，同胞有布不相规①。

注释

①宋史吕公着对神宗曰：巩为人，行义不如政事，政事不如文章。是其薄义可知也。又其弟布，宠用于徽宗，为小人魁。是巩所激义，又何如耶。考史，巩在宋不过一大文人，他无可称。即其文亦不过尚溪刻，全不顾题，不足为典要，何为著蔡之。且其作记在庆历三年，去游太学登第时，尚早十数年。是年少初学为文，不知记体，强作解人，故无法度，非壮年后之文也。而选家反曲加评赏之。甚矣，世人之多耳鑒哉。

古人习气三首

相师为耻叹恒情，翱籍称韩且曰兄。
更怪东坡山谷老，拜参释子反心倾。

别党争斗学术关，东坡偏目叔程奸。
假令洛蜀分权柄，执拗宁惟王半山。

经论权书出老泉，苏家习气颇多偏。
人情不近辨奸慝，新法还疑易地然。

吴彩鸾传

题记：称与文萧遇在唐太和末，又称彩鸾。吴猛女，则是晋咸康间人，至兹已五百余岁矣。事最荒唐。大抵刘阮天台，郑生汉乐皋，裴生蓝桥之类，皆文人无行谬讬之也。

五百年前老道姑，至唐犹自嫁凡夫。
莫嗤释教鸠摩什，须识仙家项蔓都。

补遗　游清水崖记

邑举人　胡濬源　乙灯

山谷诗云“尝闻清水巖”，知山谷先未曾游也。又曰“清水巖泉好”，知游亦不以身尝险，未曾穷搜其奇也。大抵昔之游者多不肯搜其奇，其搜之者又恇怖瞑黓，藉火瞥过，出即不及一一记忆，故其奇不传。山谷跋《元圣庚记》，跋传而《记》不传，可惜也。嘉庆十七年子月八日予以议州乘在城，因念及之时，陈壻重昭好事，遂买舟并肩舆邀二、三友偕往焉。初抵其郰遥瞩四山嶙峋玲珑，疑巖在是。及逼近乃宫羣山中陂陀环合，别小径渐即寺门，东西列阙如太湖假山。然循径入寺，少憩。西偏精舍启旁扉，下圃场则呀然大巖矣。大洞门园濶如都省城闉门，上倒悬棨戟。门内千人广坐。《志》称岩前巨石者实在巖中也。中正北结菩萨莲台，台崇袤五尺，上作神龛。台背有双泉洞，北溪水流入此伏潜不见。相传出通武宁空滩去。中央顶穹窿峻十馀丈，仰视如层云叠涛，四周冰筋千条为石笋，最中作覆室突垂。大天葩滴露如百斛，瓮下有承露石罇，罇中水名甘露，即清水所由名也。稍北又有小天葩，垂露亦闲有滴。左顶白鹤升天，翥骞空际佛手大柑状，类瑶池仙果，芭蕉碧树宛然绿天。右顶青龙吐沫，头角峥嵘鳞尾隐现。左壁石钟击作钟声，石旗斜插若建麾幢。种子仙洞在壁高丈馀口小如盘，俗传求子者投石中之即驗。少上石室秘经楼下有洞门，奥昧阶折而上至楼，楼有石几、石砚，俗呼山谷读书台者，殆欲以人重也。右壁石鼓挝作鼓声。鼓后豁石洞门入，小洞门出为南巖，高下盘旋十馀丈，内有擎天玉柱撑巖顶，俗名将军柱。顶有天窗天门，俗名攒柴洞。左壁有蛰龙双洞，洞四达仍出至大巖，由大巖左北洞有沙河一道。入双泉洞门，左过海八仙，俨在蓬岛。右雪田一区，沙白似雪。收卷华盖，一柄天马，饲槽一具。出北洞门，右悬崖峭壁，古松垂萝倒及拎溪前，逾土山里许下进洞门为北巖，即黟黝绝险。寺僧预拾稭稿燃缆炬前引，接臂探足至北泉伏出之所，行半里有雪田二区，雪山一嶂，举火烛之皆作鳞纹。视大巖之田，山尤晶莹净洁，炅炅有光。倒悬万孔蜜房，孔孔滴乳，名石蜂窠。上十馀步，高数丈顶悬倒挂金钩，可以悬灯，惜洞中未。由投索下左矗五层宝塔，门牖飞甍毕备。是处羊肠九曲，百十步路极侧陂凹凸。僧以巾缒而上，右有溪流，深黑不测，稍失足不知坠底矣。进数十步，左垂披肝石，色状若猪肝，进百十步壁有菩萨坐莲，菩萨色练莲青绛，浮出如刻画，高八九尺。又进数十步，玉础在左名石磉。又入洞门，门楣右吐莲花，菡淡红欲开。门当中狮子背印大如黄犍，犂尾锯牙，乍见令人惾悚。上悬石旗如风飘飏。进十数步顶漏天光一线，下陡磴左上竖五层华盖半张半卷、深绉百摺。又入洞门右天陨包瓜一双俗名金茄，从右转下数步，左玎瑠石，以石上、中、下三击，作三异声。进数十步鳌鲸奋鬐者，俨挟风涛动荡。下数磴从右转数十步，至“观且止”石题，内有洞门三重，必匍匐窥之窅窌直下，人不敢入，时有石燕飞出扑炬，拎是羣焉返，已六易炬矣。陈壻谓是游也实穷搜其奇，属予记之以遗后游者。为赋诗曰：

黄庐九华天之胜，焦金西湖人巧称。
禹穴张洞秘地奇，兹巖更属幽奇并。
大巖庨豁状渠渠，无楹无桷常哙正。
周霤如帘透雕镂，悬乳横庚僸昏暝。
随想成象象万千，动植异态嵌空映。
三界之外菩萨台，台纳双泉尾闾证。
天浆中沥清泚盂，旗鼓钟　杂编磬。
左登石室金检楼，右达南巖擎天径。
古来都费几緉屐，四顾踌躇饶讽咏。

出北洞门逾土山，下蹑北巖瞰鬼穽。
重重洞险殊南巖，几人瑟缩愁觑侦。
窮窣与谁鞭烛龙，烧炬煌荧灯可圣。
须弥古雪积芥中，蓝田空在峣关敻。
浮图阿育舍利藏，云旌羽盖七宝柄。
菩萨有时坐元窞，狮王蛰蹲气犹劲。
巨鳌赑屭冠石顽，龙伯大钩倒垂定。
玉版彭觥非梦撞，蜂房窍窍丹膏迸。
何代羑门狼藉餐，莲的浮瓜散果饤。
鬼斧神工修贝宫，落遗柱础为石矴。
人在羊肠肠里行，攀縋临深度危磴。
如入左腹披肺肝，一点天光见真性。
星星火影紫白英，百般弥较外间净。
夷险晦明浑不分，陆离光怪言难罄。
地府欲接羊须捋，大幽几见蛇身迎。
一日若通风火轮，虽不观止乌能竟。
百年已过三之二，今日搜奇恣老兴。
人生惜健宁惮险，尚当五岳从禽庆。

（原载《义宁州志》道光版）

胡濬源生平

胡濬源，字甫渊，号乙灯，祖籍江西分宁。据顾祖禹《读史方舆纪要·江西·南昌府·宁州》考证，“分宁，废县，本汉豫郡艾县地。后汉中平中，分置永修县，晋宋以后因之，唐为武宁县地。公元800年（唐贞元十六年），析置分宁县，属洪州。”按当今区域划分，分宁主要指江西九江市下属修水县，位于江西省西北，九江市之西，修河上游，地处幕阜山与九岭山山脉之间，是赣、湘、鄂三省，靖安、奉新、宜丰、铜鼓、平江、通城、崇阳、通山九县之交界处。濬源实为分宁武鄉带溪（今江西省铜鼓县带溪乡港下村）人。据带溪胡氏族谱记载：濬源系胡全霖第六子，本行五。族辈份为“美”，取名为“琳美”。绅书濬源，字甫渊，号禹艄，一号乙灯。由清洞分居带溪港下。生于公元1748年（清乾隆十三年，戊辰）农历七月望（十五）日巳时。殁于公元1824年（清道光四年，甲申）农历十月十六日申时，享寿七十有七。葬本乡高岭箬坪村紫草仑 。公元1861年（清咸丰十一年，辛酉）九月十二日未时于本山迁上数丈改葬，仍夫妻、妾三人合茔。

濬源自幼歧嶷好学，聪慧过人。为父皜亭所钟爱。十岁就能背诵十三经，十二岁应童试，二十岁补弟子员。史称他“闭户下帷，沉浸经史。文宗蒋时菴器重之。”（按：文宗蒋时菴：蒋元益，字希元，一字汉卿，号时庵，乾隆十年进士）。

公元1777年（清乾隆四十二年，丁酉）刚至而立之年的濬源参加乡试即中举人。 三年后赴南京参加庚子会试，首场散文得到主考官赞赏，二场因诗越出官韵而遭落第。境内士民舆论皆为之惋惜。

胡濬源毫不气馁，再埋头勤读诗文数年，兼攻书画。公元1787年（清乾隆五十二年，丁未）又参加会试。是时适逢吏部大挑知县，胡濬源中选，被分发河南。在部请假归籍省亲。是年冬抵达豫省履职。

初权署商水。初涉官场便显示他出色的“重道爱民”的优秀品德和“遇事能断”的治理才能。他以“学道爱人”为治，处理案件迅速果断、公正清廉，几至无讼。深获百姓爱戴。史称“遇事能断。卸事攀辕歌送者百里”。三个月后因父病告假离任。是时士民沿途车舆迎送数十里之遥。

旋即回乡终养。自编诗文成集。1789 年（己酉）其父病逝。濬源服阕三年。于 1791 年（辛亥）冬再度赴河南就职。

次署考城。考城与商水同属黄河水患之地，连年灾害不息。濬源以赈饥御灾，恤民驯暴为急务，管治大见成效。1794 年（甲寅）御水灾赈饥民，上游嘉焉。旋奉委赈获嘉县，睹灾黎情况赋有“放赈千言”、“苦雨行”等诗。对棘手的蝗灾应对有方，致使邻县蘭邑之蝗虫竟不入考城之境。人尤称异。上司深为嘉许。1796 年（丙辰）巡抚景疏请题补新郑衝繁，遂擢升他为冲要繁华之地新郑知县。

赴任新郑之时正值楚匪滋事未靖，差务无虚日，车马供张动增数倍。濬源不辞艰窘，亲垫雇应。濬源曰“宁毁家，毋累民”，变卖家产贴补公事及军务开支，赔补达万余金。就连在豫帮衬兵事的三兄平轩也一同化私为公。濬源尤能急定猝患，史述“驛有京兵入民家，合邑洶洶，立安抚之。”百姓深为感动，合锦额颂其为“仁明夫子”。上司嘉其能，以“醇儒良吏”相赠。

时间来到 1797 年（丁巳），濬源觉家资难以为继，田产已鬻过半，萌生退意，遂告病乞归。士民纷纷上书挽留。1798 年（清嘉庆三年，戊午）起咨南回，就道日士绅效钱农商备车供送抵原籍。旅途中闻匪徒蠢炽，他从容筹备，以暇镇之，遂宁。沿途多有与豫绅僚钓游应酬赠答。

胡濬源辞官返籍时年五十。他居乡善俗，理族纷，订家乘，茸祠墓，课后学，建构树春山房，其门下造就者众，家乡受益匪浅。林下二十余年，把大部分精力用于教育和著述。他先后在梯云书院、镇兴书室、毓芝斋、树春山房四讲堂执教十余年。

濬源生平端方正直，士林人慕之如黄叔度。嘉庆甲戌、丙子、丁丑三充乡饮正宾。其间他亦常与绅僚赠答。1822 年（清道光二年，壬午），州侯致书敦请修订旧版《义宁州志》。濬源不顾年老眼花，对旧志予以删补订讹，题要评论，并征质同局就商。1824 年（清道光四年，甲申）冬，《义宁州志稿》四卷撰成。胡濬源却猝然辞世。

濬源身后颇得官府及宗族垂青。敕授文林郎，诰授奉直大夫，貤封祖父母。毅庵公祠奖胙荫拾贰斤，每岁清明会筵一位。他位列嘉庆年间经理祠事捐金首倡。在忠节公庆诞、道光丙戌年盍族士绅佥称卓然乡贤懿范时被预请进主位；于忠节公祠并云逸公堂俱被请主位附享；甲申冬州刺史曾霄峰亲作胡濬源传文列入州志文苑；文宗许滇生亦为他立传刊列卷首；咸丰元年辛亥盍州乡城创建宾兴书馆被请主祭祀；光绪庚寅年都递创建云屏书院时其后裔捐箬坪田租贰石五斗付院，被请特主崇祀乡贤。

濬源原配张氏，奉乡湖山人，敕授七品孺人。生于 1750 年（清乾隆十五年，庚午）六月初五日酉时，殁于 1832 年（清道光十二年，壬辰）正月初八日亥时，享寿八十有三。生子四：希著（云从）、希蔚（云会）、希蘂（云青）、希榜（云龙），女一：希鸾。副室吕氏，河南获嘉县人，生于 1777 年（清乾隆四十二年，丁酉）四月初八日寅时，殁于 1811 年（清嘉庆十六年，辛未）七月二十七日辰时。生子二：希郑（云程）、希羽（云作），女二：希墨、希纸。

濬源平生淡於仁进，以诗文书画自娱，多吟善书，行草隶篆皆臻妙，又善写米芾东坡水墨，旁通青襄。

濬源毕生能诗善书，著作以老诗文直逼汉唐诸大家。为官八年，日理政务，夜即走笔千言，抒发内心感慨。旅途中与绅僚钓遊赠答。对水陆所见所闻作有《随遇草》，客居旅社又著有《愁旅赋》，告病休息还写出《病假百二韵》，守孝三年，仍整理文卷。同僚赞叹他为“江右继欧(阳修)、黄(庭坚)之后又一文豪”。辞官返乡后更是笔耕不辍。胡濬源著述颇丰，共有 130 余卷（见胡濬源著作列表），其中仅有《楚辞新注求确》、《雾海随笔》两部完整保存在现中国国家图书馆古籍部，《树春山房全集》现存

1831年（清道光十一年）翼绍堂刊本，共五十四卷：首一卷、斗酒篇二卷、随遇草二卷、豫小风六卷、秫田集十八卷、尚友集六卷、铁拍集一卷、杂文十卷、外集二卷、纂修州志稿四卷、末附行述一卷。现藏于日本国立国会图书馆及台湾大学图书馆。

其家族后人胡世蕃珍藏的《树春山房全集》只剩六册，含《文集三：豫小风》一册（三至六卷），《文集四：秫田集》四册（三至十八卷），及《文集五：尚友集》一册（一至六卷）。

胡濬源祖父名为胡果玉，字能兹，号毅菴。生平厚重朴实，慷慨好施。凡遇义举无不解囊，凶荒无不救济，人称世有阴德。1789年（己酉）以孙濬源官加级请五品封典。诰貤赠奉直大夫。

胡濬源父亲名为胡全霦，字公璘，号皜亭。例贡生。平生怀仁好义，乐善喜施。大荒之年，每半价出米，质贷不息，施粥救饥。各处桥梁道路，屡独捐修。1780年（庚子）七旬，州守达公亲制屏文以“持躬有道，义方有训”相赠。以子濬源官河南知县加三级，请覃恩诰封奉直大夫。

胡濬源排行第五，兄弟可考者有胡澄源、胡湧源、胡济源：胡澄源乃胡友梅（曾任铅山县教谕）之父，胡济源乃胡友兰（曾中武举）之父。胡濬源共有六子，即云从、云会、云青、云龙、云程和云作，其中云从、云会为庠生。

本文参阅史料为：光绪版《江西通志》，道光四年鉴悬堂藏版《义宁州志》及带溪忠节公祠族谱。

胡元龙　整理

附：胡濬源著作列表

《饮墨时艺》三卷

《斗酒篇》二卷

《楚辞新注求确》十卷

《雾海随笔》十四卷

《随遇草》二卷

《韩集五百家注旁参辟谬》四十卷

《杂文》十二卷

《豫小风》六卷

《秋田集》十八卷

《尚友集》六卷

《铁拍集》一卷

《外集》六卷

《遗忠录》二卷

《历代经籍注疏目录》四卷

《义宁州志稿》四卷

跋

一个偶然的机会，在整理胡世蕃先生的遗物及藏书时，寻获一纸铜鼓县志办十几年前借阅其所珍藏的胡濬源著《树春山房全集》七册的借条。遂凭此条索回家藏刻本六册。细读之下，深感先祖胡濬源学问之博大精深，诗文之精妙臻醇，为官之清廉善治，做人之正直儒雅，实是后辈之楷模。称得上是铜鼓历史上最杰出的历史文化名人；同时也是修河流域继黄庭坚之后的又一文豪与一脉政坛清流！胡濬源先生的“宁毁家，毋累民”六字为官准则，掷地有声！使他成为宜春市继况钟之后两大清官之一！结合《义宁州志》及《胡氏宗谱》等史料对其之记述，吾辈痛感对史上这样一位难得的“醇儒良吏”，不能令其自然沉没于历史云烟之中，有必要修复研读其旷世之作，从中汲取立志、立言、立身之养分。

鉴于《树春山房全集》在大陆已成绝版，此次修复整理的仅为此书之《文集三·豫小风》，《文集四·秋田集》和《文集五·尚友集》，共三十卷。其中《豫小风》之一、二卷和《秋田集》之一、二卷，蒙台湾大学图书馆大力玉成及台胞万迪豪先生的鼎力相助，得以补齐。由于这三部文集均为古今体诗，故题名为《胡濬源诗集》。

整理中所遇及的生僻字及典故，均依《中华大字典》《辞海》《古汉语词典》等工具书予以订正或更替。全书均经诗词大家熊盛元和黄莽先生审校改定，谨致谢忱。

胡元龙　谢寿全

2020 年 12 月 2 日于武汉

胡元龙：男，1947 年 10 月出生于江西省铜鼓县。医学科学博士，外科学专家。退休前为华中科技大学同济医院胃肠外科主任医师。主编学术专著 2 部，参编 31 部，发表学术论文 40 余篇。自幼酷爱古典文学，经史子集均有所涉猎，赋闲之后更以研读古籍为娱。

谢寿全：1953 年出生，自号独醉山人，江西省宜春市铜鼓县人，大专文化，执业中医师。爱好古典文学，尤其酷爱诗联，作品曾多次在全国大赛中获奖，部分对联作品已镌刻在当地的风景名胜与祠堂庙宇。现为中国楹联学会会员，中国诗词协会理事，江西省楹联学会常务理事，宜春市楹联学会副会长，铜鼓县楹联学会会长。